지은이
미쓰다 신조 三津田信三

일본 나라현에서 태어났다. 대학에서 국문학을 전공하고, 졸업한 뒤에는 출판사에 들어가 호러와 미스터리에 관련된 다양한 기획을 진행했다. 1994년 단편소설을 발표하면서 작가의 길을 걷기 시작했다. 2001년에는 첫 장편소설 《기관, 호러 작가가 사는 집》을 출간하며 미스터리 작가로서 널리 이름을 알렸다.

데뷔 초부터 미스터리와 호러의 절묘한 융합, 특히 본격추리에 토속적인 괴담을 덧씌운 독자적인 작품세계를 구축하며 자신만의 독특한 작품들을 선보여왔다. 특유의 문체와 세계관, 개성적인 인물들, 미스터리로서의 높은 완성도가 평단과 독자 양쪽의 호평을 이끌어냈다.

2010년 《미즈치처럼 가라앉는 것》으로 제10회 본격 미스터리 대상을 수상했으며, 지금은 '미쓰다 월드'라 불리는 특유의 작품 세계가 열렬한 마니아층을 형성하는 등 명실상부 일본 본격 미스터리를 대표하는 작가로 자리 잡았다.

미쓰다 신조 본인이 등장하는 '작가 시리즈'를 비롯해 '사상학 탐정 시리즈', '도조 겐야 시리즈', '집 시리즈' 등 다수의 시리즈 작품을 발표했으며, 《노조키메》《괴담의 집》《흉가》《화가》《우중괴담》《일곱 명의 술래잡기》 등 지금까지 출간한 소설만 수십 권에 이를 정도로 왕성한 활동을 펼치고 있다.

흉가

きょうたく

KYOUTAKU
©Shinzō Mitsuda 2008
All rights Reserved.
Original Japanese edition published by Kobunsha Co., Ltd.
Korean publishing rights arranged with Kobunsha Co., Ltd.
through Shinwon Agency Co., Ltd., Seoul.

이 책의 한국어판 저작권은 (주)신원 에이전시를 통한
저작권자와의 독점 계약으로 (주)더난콘텐츠그룹에 있습니다.
저작권법에 의해 한국 내에서 보호를 받는 저작물이므로 무단 전재와 복제를 금합니다.

미쓰다 신조 소설
현정수 옮김

흉가

きょうたく

북로드

여기에 들어갈 수 없어……
절대 들어가고 싶지 않아…….
아니, 들어가서는 안 돼……!

【 불길不吉하다 】

일이 예사롭지 아니하다

일러두기

· 괄호 안 주는 모두 옮긴이 주이다.
· 원문에서 서체를 달리한 부분은 번역문에서 볼드로 표기하였다.

목차

1장　이사 _11
2장　집 _31
3장　정리 _43
4장　산 _58
5장　검은 형체 _73
6장　친구 _85
7장　나가하시 마을 _99
8장　검고 긴 것 _112
9장　노파 _128
10장　폐허 저택 _140
11장　일기 1 _152
12장　암흑 _170
13장　제물 _190
14장　과거 _203
15장　고백 _220
16장　206호 _236
17장　바닥을 기는 것 _255
18장　또다시 과거 _271
19장　일기 2 _291
20장　놈들 _307
21장　이변 _324
종장 _353
역자 후기 _362

1장   이사

 신칸센 노조미호가 도쿄 역 플랫폼을 출발하는 순간, 히비노 쇼타는 학교에서 소풍을 가거나 가족 여행을 떠날 때처럼 뭐라고 표현할 수 없는 설렘을 느꼈다.

 나는 지금 미지의 땅을 향해 나아가고 있다!

 이런 생각을 하는 것만으로 즐거웠다. 물론 모험 여행을 떠나는 것은 아니었다. 그러나 열 살짜리 소년에게는 낯선 지방으로 이사하는 것 자체가 몹시 흥분되는 일이었다.

 어제 쇼타는 1학년에 입학하고부터 쭉 다니던 초등학교 4학년 1학기 종업식을 마쳤다. 그리고 오늘 아침, 쇼타와 가족들은 나라 현 안라 시로 이사하기 위해 다섯 명 모두 함께 신칸센을

탄 것이다.

이제까지 살던 도쿄 고쿠분지의 임대 아파트를 떠나 새로운 생활을 시작하게 될 안라 시의 새집에 도착할 때까지, 약 5시간 30분 정도 걸릴 거라고 아버지 마사유키가 말했다. 그래서 쇼타는 열차 안에서 쥘 베른의 《80일간의 세계 일주》를 읽을 생각이었다. 초등학생을 대상으로 만든 축약본인데, 이미 쥘 베른의 소설을 몇 권이나 읽은 쇼타에게는 친숙한 책이었다. 그래서 오늘 같은 특별한 날 어울리는 이야기로, 기상천외한 여행기인 이 책을 골랐다.

도쿄 역까지 갈 때는 차 안이 혼잡해서 도저히 책 읽을 분위기가 아니었다. 하지만 신칸센 지정석에 앉아서 가면 문제없었다.

그런데…….

한동안 차창 밖의 풍경을 바라본 뒤, 새로운 이야기의 세계로 들어가기 전의 또 다른 설렘을 느끼면서 쇼타가 책의 첫 페이지를 넘겼을 때였다.

그 섬뜩한 두근거림이 엄습한 것은…….

쇼타는 가슴 언저리가 꽉 죄는 듯 답답하면서 뭐라고 말할 수 없는 불안감에 빠져 안절부절못했다.

이사하는 날에 느끼다니…….

이 **증상**을 처음 느낀 것은 유치원에 갈 무렵이었던가, 세 살 많은 누나 사쿠라코의 뒤를 따라 혼자 바깥에 나갔던 때가 아니었을까?

 누나가 향한 곳은 아이들이 자주 놀러 가던 근처 공터였다. 주택가에 덩그러니 자리 잡은 그곳은 묘하게 적적한 장소로, 주위에 집들이 있기는 했지만 오가는 사람은 별로 없는 아주 이상한 공간이었다.

 공터에서 누나는 친구들과 '다루마가 굴렀다(한국의 '무궁화꽃이 피었습니다'와 같은 놀이—옮긴이)'를 하고 있었다. 이번에는 사쿠라코가 술래인지 근처 집 벽을 보고 서서 "다, 루, 마, 가, 굴, 렀, 다!"고 큰 소리로 외치고 있었다. 벽에서 몇 미터 떨어진 지점에 있는 다른 아이들은 뒤돌아서 있는 누나를 향해 조금씩 나아가기 시작했다.

 술래는 '다루마가 굴렀다'고 외치자마자 재빨리 뒤돌아본다. 다른 사람들은 그 전에 최대한 술래에게 다가가려고 앞으로 나아간다. 다만 술래가 돌아보았을 때는 움직이지 말고 딱 멈춰 있어야 한다. 조금이라도 움직이는 모습을 술래에게 들키면, 술래 옆에 붙잡혀 있어야 한다. 모두 붙잡히기 전에 누군가 술래의 등을 탁 치면, 포로로 잡혀 있던 사람까지 모두 한꺼번에 도망갈 수 있다.

 이때 곧바로 술래가 '스톱!'이라고 외치면 도망치던 사람들 모두 그 자리에 멈춰 서야 한다. 그 상태에서 술래가 세 걸음 뛰고 팔을 뻗어 한 명을 건드릴 수 있으면, 손이 닿은 그 사람과 술래를 교대한다.

당시 쇼타가 그 놀이의 룰을 어디까지 이해하고 있었는지는 모르지만, 자신도 누나를 향해 다가가는 아이들 맨 뒤에 붙어서 놀이에 끼었다. 사쿠라코는 아이들 틈에 남동생이 있는 것을 눈치챘으면서도 일부러 모른 체하고 있는 듯했다. 실제로 사쿠라코는 뒤돌아보았을 때 쇼타가 움직이는 것을 보고도 다른 아이들에게 하는 것처럼 '누구누구가 움직였어'라고 말하지 않았다. 쇼타는 자기보다 나이 많은 아이들 틈에 끼어 노는 것이 즐거웠다.

이윽고 남자아이 하나가 누나의 등을 치자 "와!" 하는 환성과 함께 아이들이 일제히 도망치기 시작했고, 사쿠라코가 "스톱!"이라고 외쳤다.

그때였다. 갑자기 쇼타의 가슴이 두근두근하기 시작했다. 전속력으로 달리기를 한 뒤에 경험하는, 심장이 마구 쿵쾅거리는 느낌이 아니었다. 그런 육체적인 것이 아니라 마치 마음의 밑바닥에서 울리는 듯한, 처음 경험하는 느낌이었다.

"자, 쇼타. 네가 다음 술래야."

정신을 차리고 보니 사쿠라코가 옆에 서 있었다. 아무래도 쇼타만 도망치지 못하고 붙잡힌 모양이었다. 누나는 여유롭게 뛰어서 가장 가까이 있던 쇼타를 어렵지 않게 잡은 듯했다.

그러나 쇼타는 '다루마가 굴렀다'를 하고 있을 상황이 아니었다. 어떻게 표현해야 할지 알 수 없었지만 엄청나게 초조한 기분이었다.

계속 여기 있으면 안 된다……?

곧 큰일이 벌어진다……?

뭔가 다가오고 있다……?

두근거림은 어느새 뭔가 무서운 것이 자신들에게 다가오고 있다는, 서서히 가까워지고 있다는 느낌으로 변해 있었다. 아니, 그런 식으로 쇼타 자신이 무의식중에 바꾸었는지도 모른다.

"쇼타! 네가 술래니까 얼른 저쪽으로 가."

움직일 생각이 없는 듯한 남동생에게 곧 누나가 화를 냈다.

"아직 무리 아냐? 쇼타한테는…….''

누나의 친구 리에가 쇼타를 술래에서 빼주자고 말했지만, 사쿠라코는 납득하지 못하겠다는 듯 말했다.

"다 같이 놀려면 쇼타도 술래를 해야 해."

"하지만 아직 어리잖아……."

"그럼 우리하고 놀기에도 아직 이른 거 아니겠어?"

"하지만 그래도……. 불쌍하잖아."

"리에, 너는 남동생이나 여동생이 없으니까 그런 말을 하는 거야. 아니, 여동생이라면 나도…….''

"도망쳐야 해…….''

쇼타가 가만히 중얼거렸다.

그러고 나서 쇼타는 갑자기 누나의 손을 힘껏 잡아당기더니 집에 가자고 했다고 한다. 사실 쇼타는 이때부터 그 일을 제대로 기억하지 못했다.

"집에 가고 싶으면 혼자 가."

당연히 사쿠라코는 거절했다. 하지만 어찌 된 영문인지 남동생이 손을 놓지 않았다. 얌전한 성격에 싸우려고 하면 금세 울음을 터뜨리는 쇼타가 너무나도 고집스럽게 집에 가자고 매달렸다. 결국 끈질기게 잡아끄는 쇼타에게 지고 만 사쿠라코는 어쩔 수 없이 남동생과 함께 집으로 돌아갈 수밖에 없었다.

공터에서 멀어질수록 쇼타는 기묘한 두근거림이 약해지는 것을 느꼈다. 그리고 집에 도착할 무렵에는 평소 상태로 완전히 돌아와 있었다.

사쿠라코는 분통을 터뜨리며 어머니 마이코에게 무슨 일이 있었는지 전부 이야기했다. 어머니는 아들의 몸이 안 좋은 것은 아닌지 걱정했지만 어디 아픈 데는 없었다. 말하자면 경기를 일으켰던 게 아닌가 싶었는데, 누나하고는 달리 어릴 적부터 손이 많이 가지 않는 얌전한 아이였기에 어머니는 고개를 갸웃했다.

그날 밤, 리에의 어머니에게 전화가 왔다. 리에가 아직 돌아오지 않았다는 것이었다. 사쿠라코와 쇼타 두 사람이 집으로 돌아가고 난 뒤 숨바꼭질 놀이를 했는데, 술래가 된 아이가 아무리 찾아봐도 리에가 보이지 않았다. 그래서 항복을 하고, 이제 그만 나오라고 불렀는데도 나타나지 않았다. 마지막에는 모두 찾아 나섰지만 어디에도 보이지 않았다. 그래서 아이들은 사쿠라코하고 쇼타가 그랬던 것처럼 먼저 집에 돌아갔을지도 모른다고 여기고 각자 집으로 돌아갔다. 그 이야기를 들은 리에의 어머니가 쇼타 집에 전화를 했던 것이다.

두 사람이 집으로 돌아간 것은 숨바꼭질 놀이를 하기 훨씬 전이었다는 것을 알게 된 리에의 어머니는 곧바로 경찰에 신고했다. 그 후 밤새 수색에 나섰지만 리에를 찾을 수 없었다. 공터에 수상한 흔적은 전혀 없었고, 아무런 단서도 발견되지 않았다.

결국 리에는 그렇게 행방불명되고 말았다.

그 뒤에 아무 일도 없었다면 쇼타의 기억도 흐려져서 잊어버렸을지도 모른다. 쇼타가 초등학교 1학년이던 무렵이었다. 친구 요시카와 키요시의 집에 놀러 갔을 때 쇼타는 그 집 할머니에게 오싹한 이야기를 들었다.

지난 수십 년 동안 그 공터에서 아이들 몇 명이 행방불명되었다고 한다. 그것도 여자아이만 사라졌다는 것이었다. 바로 조금 전까지 친구들과 같이 노는 모습이 보였는데 문득 깨닫고 보니 없어졌다. 그런 식으로 아이들이 사라졌다고 한다.

"그야말로 '카미카쿠시(神隱し, 갑자기 사람이 행방불명되는 일을 가리키는 말로, 옛 일본에서는 요괴의 소행으로 믿었다.—옮긴이)'지."

그렇게 말하면서 요시카와의 할머니는, 남자아이라고 결코 방심하지 말라며 무서운 얼굴로 두 사람에게 주의를 주었다.

계속 놀았다면 행방불명된 것은 누나였을지도……

쇼타는 그날 '다루마가 굴렀다'를 하던 아이들 중 여자는 리에와 누나뿐이었다는 사실을 떠올렸다. 그와 동시에 그때 느꼈던 섬뜩한 두근거림이 생생히 되살아나 몸이 덜덜 떨렸다.

그 일이 있고 나서 쇼타가 그런 기분을 느낀 적은 딱 두 번 더 있었다.

한번은 어머니와 함께 어느 상점가 아케이드를 걸어갈 때였다. 쇼타는 의아해하는 어머니를 재촉하며 빠른 걸음으로 그곳을 곧장 벗어났다. 그날은 좋지 않은 일이 벌어지거나 하지 않았다. 하지만 며칠 뒤 그곳에서 한 남자가 식칼을 들고 무차별 연속 살인을 저질렀다.

또 한번은 아버지의 차를 타고 어느 국도를 달릴 때였다. 목적지가 확실했기 때문에 그 길을 벗어나 다른 길로 가자고 해도 아버지는 듣지 않았다. 그대로 계속 달렸지만 아무 일도 일어나지 않았다. 하지만 몇 주 뒤 그 국도에서 10여 대의 차량이 연쇄 추돌하는 사고가 일어나 다수의 사상자가 발생했다.

세 차례 느낀 기묘한 감각이 가까운 장래의 변고를 알려주는 예고인지 어떤지는 쇼타 자신도 알지 못했다. 스스로에게 예지 능력이 있다는 생각도 들지 않았다.

전철을 타고 어느 역을 통과한 다음 날, 그곳에서 투신자살 사건이 발생했지만 그때는 사전에 아무것도 느끼지 못했다. 사람이 죽을 만한 사건이나 사고가 일어나는 장소에서 참사를 미리 감지할 수 있다면, 전철에 타고 있을 때 그 느낌이 덮쳐 왔어야 한다.

그래서 쇼타는 생각했다. 어쩌면 첫 번째는 누나, 두 번째는 엄마, 세 번째는 아빠와 같이 있었기 때문은 아닐까 하고…….

그리고 지금, **가족 모두 함께 있다.**

전에 아버지가 비디오 대여점에서 빌려 온 옛 일본 영화 <신칸센 대폭파>의 특수촬영 신이 문득 뇌리에 떠올랐다. 제목 그대로 신칸센이 대폭발하는 영상이었다.

설마…….

이 신칸센에 폭탄이 설치되어 있는 것은 아닐까? 아니면 차량의 고장으로 탈선하는 것은 아닐까? 혹시 관제실의 실수로 반대 방향에서 달려오는 다른 신칸센과 충돌하는 것은 아닐까?

무서운 상상이 차례차례 머릿속을 휘감았다. 가족 모두 내린다고 해도 다음에 정차하는 나고야 역은 한참 뒤였다. 그때까지 괜찮을까? 그렇다고 해도 쇼타는 어떻게 할 방법이 없었다. 가령 나고야 역에 무사히 도착한다고 한들 무슨 말로 부모님을 설득한단 말인가.

공황 상태에 빠지기 직전에 쇼타는 그 섬뜩한 두근거림을 느낀 장소에서 곧바로 사건이 일어나는 것은 아니라는 사실을 떠올렸다. 첫 번째는 몇 시간 뒤, 두 번째는 며칠 뒤, 세 번째는 몇 주 뒤였다.

이 신칸센에서는 아무 일도 일어나지 않는 것일까? 적어도 오늘은?

조금은 안도감이 들었지만 그래도 나고야 역을 지나고 하차할 교토 역에 도착할 때까지 몹시 불안했다. 물론 기대했던 책 읽기도 전혀 진도가 나가지 않았다.

이제 곧 교토 역에 도착한다는 안내 방송이 나오고, 터널을 빠져나오자 바로 앞에 교토 타워가 보였다.

아버지는 짐받이 선반에서 가방을 내렸고 어머니는 여섯 살 아래의 여동생 모모미에게 내릴 채비를 시켰다. 누나는 교토 타워의 조형에 대해 신랄한 감상을 늘어놓았지만 쇼타는 그럴 기분이 아니었다. 교토 역에서 뭔가 무서운 것이 기다리고 있지는 않을까 하는 걱정에 견딜 수가 없었다.

"얘, 너 왜 그래? 멀미해?"

남동생이 아무 반응을 보이지 않아 언짢았던 사쿠라코가 문득 미심쩍다는 듯 쇼타의 얼굴을 들여다보았다.

"아니, 아무것도 아냐."

"괜찮니? 멀미약은 있는데."

어머니도 말을 걸어 왔지만, 그때 마침 신칸센이 교토 역 플랫폼에 도착했다.

내리는 사람들이 많아서 좀처럼 통로를 나아갈 수 없었다. 쇼타는 걱정할 필요 없다는 것을 알면서도 열차에서 내릴 때까지 불안해서 견딜 수 없었다.

간신히 플랫폼에 내려서자 분지 특유의 후끈한 열기가 몸을 감쌌다. 본디라면 불쾌한 기분을 느꼈겠지만 쇼타는 저도 모르게 안도의 한숨을 내쉬었다.

교토 역에서는 지역 전철로 갈아타야 했다. 급행열차를 타고 48분 정도 달리면 나라 현 안라 시 중심가에 도착한다고 아버지가 미리 설명해주었다. 특급을 타면 35분으로 단축할 수 있다는 것을 알게 된 사쿠라코가 "특급을 타요"라고 주장했고, 여동생도 "모모도 특급이 좋아!"라며 천진하게 언니를 따라 했지만 어머니가 절약해야 한다며 일축해버렸다. 쇼타는 그저 신칸센에서 멀어지는 것으로 족했다.

그런데…….

안라행 급행열차가 발차하고 차창 밖의 경치가 교토의 길거리에서 논밭이 많은 시골 풍경으로 바뀌기 시작하자마자, 그 섬뜩한 두근거림이 다시 찾아왔다.

신칸센이 아니었나?

쇼타는 초조했다. 게다가 이런 식으로 잠깐의 시간을 두고 다시 그 감각이 찾아온 경험은 이제까지 한 번도 없었다.

어찌 된 일이지?

놀라움과 두려움이 얼굴 표정으로 나타나려고 했다. 겉으로 드러나는 것을 필사적으로 억누르면서 쇼타는 어떻게든 냉정하게 생각하려고 애썼다. 조금 전에도 차분함을 유지할 수 있었으니 이번에도 할 수 있을 것이다.

쇼타는 지난 세 차례의 경험을 돌이켜보며 천천히 머릿속으로 생각해보았다. 그러고는 소름 끼치는 감각을 느낀 장소나 꼭 그 지점에서 참사가 일어나지는 않았다는 사실을 깨달았다. 첫 번째 그 공터는 명확하지 않지만, 상점가 아케이드와 국도의 경우 실제로 살인 사건과 교통사고가 일어난 것은 쇼타가 소름 끼치는 감각에 사로잡혔던 곳보다 훨씬 앞쪽이었다. 상점가 아케이드는 입구와 출구 정도의 차이가 있었고, 국도는 몇 킬로미터나 달려간 지점이었다.

신칸센은 상관없었던 것이다. 분명 가까운 장래에, 이 급행열차에서 뭔가 나쁜 일이 생길 것이다.

그렇게 결론을 내리려던 쇼타는 잠깐, 하고 생각했다.

그렇다면 두 번째 느낌만으로 충분하지 않을까? 이제까지 경험대로라면 신칸센의 첫 번째 느낌이 아무 의미 없게 된다.

안라 시에 도착할 때까지 쇼타는 고민을 거듭했다. 신칸센에서는 책을 읽는 척할 수 있었지만, 지금은 책을 가방에 넣어두었다. 아무 말 없이 가만히 있으면 부모님이나 누나가 이상하게 여길 테니 적당히 이야기를 나눌 필요가 있었다. 하지만 건성으로 구는 것은 어쩔 수 없었다.

"괜찮니?"

결국 어머니가 나지막이 물어보았다.

쇼타는 어릴 적부터 누나에 비해 몸이 허약한 편이었다. 여동생도 잔병치레 없이 튼튼했기 때문에 아버지는 곧잘 "우리 집은 여성 상위네"라고 농담을 했다. 하지만 아버지 자신은 아주 건강했기 때문에 그 말은 들어맞지 않는다. 늘 쇼타 혼자만 섞이지 못하고 겉돌았다. 어릴 적부터 쇼타는 그런 소외감을 계속 느껴왔다.

"좀 이상해요. 신칸센 탔을 때부터."

옆에 있던 사쿠라코가 어머니에게 속삭였다.

"이상하긴 뭐가 이상해?"

쇼타가 곧바로 부정했지만 누나는 전혀 믿어주지 않았다.

묘하게 관찰력이 좋아서인지 예전부터 사쿠라코에게는 거짓말이 잘 통하지 않았다. 그것도 남동생을 아끼며 지켜보고 있다기보다 그저 트집거리를 찾고 있는 듯한 느낌이었다.

다행히 사쿠라코는 직전까지 이야기하던 새집의 방 나누기에 대해 다시 어머니와 이야기하기 시작했다. 이미 도쿄의 아파트에서 몇 번이나 검토했는데도 본인은 전혀 질리지 않는 듯했다. 어쨌든 가장 좋은 방을 자기가 차지하고 싶은 것이겠지.

이윽고 열차는 여러 개의 철로가 교차하는 가다이시 중계역을 지났고, 그렇게 한동안 달리다 철로가 지하로 내려갔다. 그리고 얼마 지나지 않아 드디어 안라 시에 도착했다.

지상으로 나오자 역 앞으로 지방도시 느낌이 물씬 나는 풍경이 펼쳐져 있었다. 하지만 썩 높지 않은 건물 뒤편으로 먼 옛날에 이 지역이 일본의 수도였던 시대부터 여유롭게 자리 잡고 있던 산들이 불쑥 얼굴을 내밀고 있었다.

알 수 없는 기분 나쁜 긴장에 이때까지 사로잡혔던 쇼타는 눈앞의 경치를 보는 순간 저도 모르게 안도의 숨을 내쉬며 느긋한 기분이 밀려들었다.

역 앞에서 어머니가 필요한 물건을 사 올 때까지 잠시 기다렸다가 가족들은 택시를 탔다. 걸어서 20여 분 거리였지만 택시 두 대에 아버지와 쇼타, 어머니와 사쿠라코와 모모미가 나눠 타고 출발했다.

역 앞의 큰길을 서쪽으로 잠시 달리다 첫 번째 교차로에서 북쪽으로 뻗은 길로 들어갔다. 차창 밖으로 여러 상점들과 편의점, 그 밖에 집들과 연립주택, 절 등이 흘러갔다.

일본 어디에서나 볼 수 있는 그런 거리의 모습을 멍하니 바라보고 있을 때였다. 쇼타에게 또다시 그 섬뜩한 두근거림이 엄습했다.

하루에 세 번이나……?

이 정도면 보통 상황이 아니었다. 아니, 애초에 이 느낌 자체가 보통 일이 아니기도 했지만, 이처럼 단기간에 연달아 느낀 적은 이제까지 한 번도 없었다.

싫어…… 안 돼…… 싫어…… 싫어.

곧바로 이런 생각이 들었다.

무서워…… 무서워…… 무서워…… 무서워.

이런 생각밖에 들지 않았다. 옆에 앉은 아버지에게 도쿄로 돌아가는 게 좋겠다고 말하고 싶었다.

이유는 설명할 수 없었다. 과거에 겪은 세 차례의 경험에 견줘봐도 이번 일은 정말 영문을 알 수 없었다. 신칸센, 급행열차, 택시라는 서로 다른 탈것 안에서 느꼈다. 여기에 뭔가 공통점이 있다면…….

이사 갈 집을 향하고 있다는 것?

이런 생각이 드는 순간 쇼타의 온몸에 소름이 돋았다.

몇 개의 신호를 지나고 다리를 건넜다. 내리막길은 앞쪽에 보이는 교차로 너머부터 조금 경사진 언덕길로 바뀌었다. 택시는 파란불이 켜진 교차로를 지나 단숨에 언덕길을 올라가다가, 크게 왼쪽으로 꺾이는 길 앞에서 멈췄다.

언덕길 양쪽을 보니, 각각의 집들 사이에 좁은 길이 나 있었다. 왼편은 도로라기보다 골목길에 가까웠고 오른편은 차 한 대 간신히 지나갈 정도밖에 되지 않았다. 그런 비대칭 십자로에서 택시가 오른쪽으로 꺾으려 했다.

그쪽으로 돌면 안 돼…….

쇼타는 자기도 모르게 빌었다. 도쿄로 돌아가지는 않더라도, 어쨌든 오른쪽 길로만 들어서지 않으면 괜찮을 것 같다는 기분이 들었던 것이다.

하지만 택시는 오른쪽으로 돌았다. 물론 어머니가 탄 택시도 뒤따라왔다.

그 뒤로 택시는 속도를 높이지 않고 양쪽으로 집들이 늘어선 길을 천천히 나아갔다. 도로변에는 낡은 목조 주택과 외부를 새롭게 마감한 집들이 재미있을 정도로 뒤섞여 있었다. 아마도 몇 년 전까지는 모든 집들이 오래된 주택이었을 것이다. 그러다 리모델링한 집들이 하나둘 생겨난 것이다. 길에서 보면 집들의 모습이 아주 들쭉날쭉했다.

앞으로 몇 년쯤 지나면 외관이 새롭게 바뀐 집들만 늘어서서 마치 신흥 주택가처럼 변해 있을 것이다. 아니면 예쁜 집들 사이로 드문드문 폐가로 착각할 만큼 낡은 목조주택이 몇 채 남아 있는 참으로 기묘한 풍경이 생겨날지도 모른다.

변화하는 길거리의 과도기와 같은 풍경 중간쯤 왔을 때, 택시가 왼쪽으로 돌려고 했다.

그쪽으로 돌지 마…….

오른쪽으로 돌 때 이상으로 빌었지만, 물론 택시는 멈추지도 되돌아가지도 않고 왼편으로 돌았다.

왼편으로 돌자 앞쪽 좁은 길 양옆으로 새 집과 낡은 집이 뒤섞여 있는 똑같은 경치가 이어졌다. 다만 길이 조금 갈지자처럼 나아가고 있었다.

그런데 길 양쪽으로 집들이 대여섯 채 정도 이어지다가 갑자기 눈앞이 탁 트였다. 길 양옆 풍경이 논으로 바뀐 것이다. 게다가 길은 그대로 쭉 이어지다가 막다른 곳에서 왼쪽으로 돌아 한동안 나아가더니 오른쪽으로 한 번 꺾어져 눈앞에 보이는 작은 산 중턱까지 이어졌다.

뱀……?

그 산을 보는 순간 쇼타는 곧바로 거대한 뱀이 똬리를 틀고 있는 모습을 떠올렸다.

어째서일까?

이제까지 경험하지 못한 느낌이었다. 처음 가는 장소에서 어떤 것을 보고 이렇게까지 또렷한 이미지를 받은 적은 한 번도 없었다.

더구나 택시가 논 한복판에 난 길을 달리기 시작하자 다시 가슴이 두근거리기 시작했다. 그 섬뜩한 느낌과는 달랐지만 어쨌든 좋은 기분은 아니었다. 어딘지 모르게 비슷한 기분에 사로잡혔다.

이대로 가다가는 때를 놓치고 만다…….

갑자기 그런 생각이 들었다. 왜인지는 알 수 없었다. 다만 논밭 주변에 집들이 늘어서 있는 나가하시 마을에 들어서자마자 그렇게 느꼈다.

닫혀 있다…….

택시에서 마을을 바라본 쇼타는 문득 마음속으로 중얼거렸다.

논밭을 둘러싸고 원을 그리듯이 집들이 이어졌다. 쇼타 가족이 가고 있는 북쪽 산을 제외하고, 나머지 삼면에는 집들이 늘어서 있었다. 아마도 수십 년 전 폐쇄된 하나의 세계가 하나의 마을이었던 것이 아닐까?

그런 폐쇄된 공간에 지금 막 외지인인 우리가 침입했다.

쇼타는 그런 생각을 떨칠 수 없었다. 아니, 숨어들었다기보다 오히려 나올 수 없게 되었다고 표현해야 할까?

자신에게 상당한 공상벽이 있다는 것은 쇼타도 알고 있었다. 그것도 나쁜 쪽으로 말이다. 신경이 너무 날카롭다고 스스로 생각한다. 여기가 DVD로 봤던 <살렘스 롯>의 살렘스 롯 같은 마을도, <시티 오브 더 데드>에 나오는 화이트우드나 <파퓰레이션 436>의 록웰 폴즈 같은 마을이 아니라는 것도 안다. 그것들은 영화, 어디까지나 지어낸 이야기니까.

그런데도 눈앞의 광경을 보면 볼수록 점점 불안해지는 것은 왜일까?

우거진 나무로 덮인 산기슭 오른편에 거의 폐가 같은 집 한 채가 서 있었다. 주위의 집보다 높은 곳에 위치한 것으로 보나,

저택이라고 부를 만한 규모와 건축 양식으로 보나, 옛날 이 일대의 지주나 촌장의 집이 아닐까 싶었다. 하지만 몹시 낡은 집이었다.

그 저택 왼편 산자락에는 깔끔한 2층 연립주택이 있었다. 위아래 다섯 개씩 늘어선 창문의 크기로 보아 열 개 호의 독신자 연립인 듯했다. 그런 건물이 산을 조금 깎아 만든 듯한 형태로 세워져 있었다.

폐가로 보이는 저택과 깔끔한 연립주택. 이 두 개의 건물만이 이질적으로 비쳤다. 이 지역에서 겉도는 것처럼 여겨졌던 것이다. 저택의 역사는 몇십 년, 연립주택은 몇 년밖에 되지 않을 텐데 어쩐지 같은 분위기가 감돌았다.

어쩐지 음침한걸……

두 개의 건물을 차례로 바라보던 쇼타는, 택시가 막다른 길에 다가갔을 때 비로소 저택 앞에 **뭔가** 있음을 깨달았다.

어? 하면서 쳐다보니 누군가 외따로 서 있었다. 눈에 힘을 주고 쳐다보니 기모노를 입은 몸집이 작은 노파였다. 수수한 옷 색깔 때문인지, 거의 배경에 녹아들어 있어서 가까이 갈 때까지 인식하지 못했다.

그 노파가 택시를 빤히 쳐다보고 있었다.

이사 오는 사람이 드문가?

그렇게 생각했지만 그 노파가 단순한 호기심이라고 할 수 없는 뭔가를 온몸으로 발하고 있다는 기분이 머릿속에서 떠나지 않았다.

좀더 자세히 보고 싶었지만, 어느새 택시가 왼쪽으로 돌더니 연립주택 앞을 지나 다시 오른쪽으로 꺾어서 언덕길을 올라가기 시작했다.

그때였다.

쇼타는 믿기지 않게도 오늘만 네 번째로 그 섬뜩한 두근거림을 느끼고 하마터면 소리를 지를 뻔했다.

싫어…… 무서워…… 싫어…… 무서워…… 싫어…… 무서워…… 싫어…… 무서워.

쇼타는 순식간에 소용돌이치는 두 개의 감정에 휩싸였다.

섬뜩한 느낌을 더듬어 간 곳에 있는 것은 자기 가족이 앞으로 살 집이라는 사실을, 이미 받아들일 수밖에 없었다.

그렇다. 지금 앞에 보이는 **저 집**에 분명 뭔가 있다…….

2장 집

 언덕길을 3분의 1쯤 올라가자 택시가 오른쪽으로 꺾어서 들어갔다. 그러자 눈앞에 나무를 벌채한 뒤 경사면을 'L' 자로 깎아내고 주택지로 개발한 땅이 나타났다. 앞부터 저 안쪽까지 네 구획으로 나뉘어 왼편의 절벽 쪽에 늘어서 있었다. 변두리 지역에 가면 어디서나 볼 수 있는, 그리 드물지 않은 풍경이었다.

 그런데 눈앞의 광경을 본 순간…….

 이건 이상해.

 쇼타는 그런 인상을 아주 강하게 받았다.

 택시를 타고 올라온 언덕길은 거의 산 한가운데 나 있었다. 산 정상까지 이어진 그 길이 시작되는 오른편에 연립주택이 있었고, 3분의 1쯤 올라간 지점에서 옆으로 들어간 곁길이 지금 쇼타 일행이 있는 곳이었다.

거기서 3분의 1쯤 더 올라간 곳의 오른편에도 주택지로 개발된 땅이 있는 듯했다. 머지않아 산 정상이나 언덕길 왼편도 마찬가지로 개발할 예정인 모양이었다. 주택 건설에 대해 아무것도 모르는 문외한이라도, 아니, 어린아이라도 그 정도는 예상할 수 있었다.

그런데 그 첫 시도라고 여겨지는 주택지에 세워진 집은 어찌 된 영문인지 맨 안쪽에 한 채뿐이었다. 다만 언덕길에서 가장 가까운 구획은 땅이 패어 있었고, 그 옆 구획은 기초공사가 끝난 상태였다. 세 번째 구획은 집의 골조까지 올라가 있었다. 하지만 세 곳 모두 공사 도중에 지금 상태 그대로 방치된 듯한 분위기였다. 아무리 봐도 이제부터 집을 세울 것처럼 보이지 않았다.

이곳에서 완성된 집은 네 번째 구획에 세워진 한 채뿐……. 오늘부터 히비노 일가가 살게 될 **그 집**이었다.

이건 분명 이상해.

집 앞에서 유턴해 돌아가는 택시를 쇼타가 불안한 시선으로 바라보고 있는데, 옆에서 사쿠라코가 가차 없이 감상을 쏟아냈다.

"교외의 주택지란 건, 바꿔 말하면 촌구석이란 얘긴가."

새집은 부모님이 사전 조사를 하고 결정했기 때문에 아이들 셋이 보는 것은 오늘이 처음이었다. 부모님은 새로 이사 갈 집이 예쁜 단독주택이라고 말했다. 그래서 사쿠라코는 교외의 잘 정비된 주택지를 상상했던 모양이었다. 하지만 실제로는 논밭 사이를 지나 산속으로 들어왔으니 사쿠라코가 가만히 있을 리 없었다.

"약간의 입지 문제는 있지."

주위를 둘러보고 나서 아버지는 우선 사쿠라코의 말에 동조한 다음 말을 이었다.

"하지만 이렇게 멋진 집에서 살게 되었잖니. 그 점에 대해 사쿠라코 아가씨는 어떻게 생각하십니까?"

"그야⋯⋯ 뭐, 그냥 그래요."

사쿠라코는 싫지만은 않다는 얼굴이었다. 이사 갈 곳이 정해졌을 때, 사쿠라코는 자기 방을 가질 수 있다며 누구보다 좋아했다. 아버지는 그것을 잘 기억하고 있었다.

"하얗고 예쁜 집이네요. 이번에 새로 지었대요?"

"지은 지 3년 되었다고 들었는데, 그렇게 보이지는 않는걸."

두 사람의 대화에 어머니도 기쁜 투로 끼어들었다.

"마치 신축 주택 같네. 요전에 봤을 때보다 더 새 집 같아."

"모모도 이 집, 정말 좋아!"

오랫동안 이동하느라 지쳤는지 택시에서 내렸을 때는 언짢아 보였던 모모미까지 재잘거리기 시작했다.

"어떠냐? 집이 산속에 있으니까 탐험도 할 수 있어."

쇼타만 아무 말이 없자 아버지가 말을 걸었다.

쇼타는 남자아이라면 누구나 좋아하는 야구와 축구 같은 운동에 원래 흥미가 없었다. 운동에 서툴다기보다 일정한 룰 안에서 공을 치거나 던지거나 차거나 하는 행위에 도무지 재미를 느끼지 못했던 것이다. 그보다는 산이나 숲을 걷거나 바다나 강에서 헤엄치는 것이 훨씬 즐거웠다.

반대로 아버지는 운동을 좋아했다. 휴일에는 아들과 캐치볼을 하는 것이 꿈이었다고 어머니에게 들은 적이 있다. 작년까지는 쇼타도 그런 아버지에게 맞춰주고 있었지만, 무리하고 있다는 것을 들킨 뒤로는 하지 않았다.

그렇기에 사쿠라코가 좋아할 만한 환경은 아니겠지만, 그와 반대로 쇼타에게는 만족스러운 장소일 것이 틀림없다고 생각했을 것이다. 물론 아버지가 옳았다. 여기가 평범한 지역이고 정상적인 집이라면⋯⋯.

"옆에 있는 집들은 어째서 짓다 만 걸까요?"

어머니와 사쿠라코와 모모미가 집 주위를 둘러보는 사이, 쇼타는 골조뿐인 옆집 쪽으로 가만히 다가가면서 일단 가장 신경 쓰이는 것을 물어보았다.

"짓고 있는 모양인데⋯⋯."

아버지는 처음에 그렇게 운을 떼며 적당히 대답하려고 했다. 하지만 쇼타의 얼굴을 보고는 사실대로 말해야겠다는 생각이

든 모양이었다.

"아무래도 집주인이 자금이 달렸던 모양이야. 그래서 어중간하게 공사를 내팽개친 거지."

"처음에는 산 위쪽도 개발할 생각이었는데요?"

"아……, 우리 쇼타가 용케 눈치를 챘구나. 부동산 사무소에서 하는 말로는 이 산 전체를 신흥 주택지로 만들 계획이었던 모양이야."

"이런 공사를 할 때는 돈이 얼마나 들지 처음에 다 계획하는 법이잖아요?"

"물론이지……."

"그런데 아무리 자금이 달렸다고 해도 이 집만 짓고 말다니……."

"뭐, 별일 아닐 거야. 이런저런 사정이 있었던 게 아닐까? 처음에는 분양하려고 했던 것을 세를 주는 방향으로 바꾼 모양이고 말이지. 뭐, 어때. 덕분에 아주 싼 가격에 집을 얻을 수 있었으니까."

아버지가 반쯤은 진심으로 그렇게 생각하고 있음을 알 수 있었다. 하지만 나머지 반쯤은 아버지도 뭔가 마음에 걸리는 듯했다. 쇼타가 그것을 살피려는데 사쿠라코의 목소리가 들렸다.

"아버지, 열쇠는요?"

소리 난 쪽을 보니 어머니와 사쿠라코, 모모미 셋이 현관 포치 앞에 서 있었다.

"슬슬 집에 들어가 볼까?"

아버지가 재촉했다. 쇼타가 주저하며 걸음을 옮기자 옆에 있던 아버지가 나지막이 속삭였다.

"누나가 멋대로 정해버리기 전에 네 방을 골라도 된단다. 물론 두 사람이 같은 방을 원한다면 가위바위보를 해야겠지만 말이다."

가만히 내버려두면 사쿠라코의 의견이 우선시되어 버리니, 아버지 나름대로 충고를 해준 것이었다.

남향의 현관문을 열자 신발 벗는 자리에 타일이 깔끔하게 깔려 있었고 왼편에는 신발장이 있었다. 신발을 벗고 홀처럼 되어 있는 곳에 올라가자 오른편으로는 문이, 왼편으로는 장지문이 보였다. 오른쪽 문을 열자 거실 겸 식당 공간이 북쪽으로 펼쳐져 있었다.

"남쪽에 응접세트를 놓고 식탁은 구석 쪽에 놔야겠네."

어머니가 가리키는 식당 공간 너머에 부엌이 있었다.

"우아, 2층까지 뻥 뚫려 있네!"

사쿠라코의 환성을 듣고 위를 올려다보니, 거실로 쓸 예정인 커다란 방의 천장이 아주 높았고 그 서쪽으로 2층 복도 난간이 보였다.

홀 쪽으로 돌아와서 장지문을 열어보니 예상대로 그곳은 일본식 다다미방이었다. 남쪽과 서쪽에는 각각 창문이, 북쪽에는 벽장이 있었다. 서쪽 창문으로 **이웃집**의 골조가 훤히 보이기에 쇼타는 저도 모르게 고개를 돌렸다.

홀을 지나면 집 안쪽으로 들어가게 되어 있었다. 홀은 복도로 변해 오른편에는 거실로 통하는 문이, 왼편에는 수납장이 설치되어 있었다. 좁은 일본식 주택 특유의 공간 활용이었다.

복도는 막다른 곳에서 양쪽으로 나뉘는데 왼편으로 계단이, 오른편 안쪽에는 부엌 입구가 있었다. 계단 앞에 세면실 문이 있었고, 그곳에서 옆의 욕실로 들어갈 수 있었다. 또 부엌 앞에 있는 문은 화장실이었다.

말하자면 동서로 뻗어 있는 복도의 서쪽부터 순서대로, 2층으로 올라가는 계단, 세면실 문, 화장실 문, 부엌 입구로 이어지는 것이다. 2층으로 올라가는 계단과 부엌 입구는 동서 양끝에서 마주 보고 있었다.

이것뿐이라면 평범한 구조겠지만, 어째서인지 세면실 문과 화장실 문 사이에 복도가 있었다. 왼쪽은 세면실 벽이고 오른쪽은 화장실 벽이었다. 그 밖에는 바닥과 천장뿐인, 그야말로 단순한 복도가 북쪽으로 뻗어 있었다.

"이건 뭐지……?"

쇼타는 왠지 이 복도가 몹시 신경 쓰였다.

"뒷문이겠지."

아버지는 그렇게 대답했지만, 조금 미심쩍은 투였다.

복도 막다른 곳의 문을 열고 밖으로 나가자 바로 앞에 절벽이 가로막고 있었다. 건축 기준법을 충족할 만큼 집과 거리가 떨어져 있었는데도 아주 가깝게 느껴졌다. 무너지는 것을 방지하기 위한 콘크리트 옹벽이 있었지만, 여기저기 물이 스며 나온 듯한 자국이 있어서 묘하게 음침한 인상을 주었다. 덤으로 한 군데뿐이기는 해도 균열이 나 있었고, 그곳에서 검고 커다란 식물 뿌리가 축 늘어져 있었다.

"왠지 음침하네……."

사쿠라코는 흘끗 보더니 얼른 돌아가 버렸다.

"큰 쓰레기를 잠시 놔두는 장소였나 보다."

아버지는 어쩐지 앞뒤가 맞지 않는 의견을 늘어놓았다.

"쓰레기 얘기가 나와서 말인데, 수거 차량이 여기까지 오는 걸까?"

그에 비해 어머니는 현실적인 걱정을 했다.

"거기서 이야기하지 말고, 얼른 2층으로 올라가 봐요."

"모모도 얼른 2층이 보고 싶어!"

사쿠라코가 복도 구석에서 얼굴을 내밀었고 모모미가 엄마의 팔을 붙들었다.

하지만 쇼타 혼자 양말만 신은 채 밖으로 나갔다. 뒷문에서 오른편을 들여다보니, 옆에 있는 화장실 창문 맞은편에 또 하나의 문이 보였다.

"아빠, 저쪽에도 문이……."

쇼타가 가리키자 복도를 돌아가려던 아버지가 돌아보면서 말했다.

"부엌문이겠지."

확실히 위치상으로는 그랬다. 아파트에 살 때 어머니는 신문에 끼워진 주택 광고지를 자주 들여다보곤 했다. 몇 번이나 같이 본 기억이 있는데, 대개 부엌에는 문이 딸려 있었고 그것은 집의 옆이나 뒤편, 어느 한쪽에 접해 있는 것이 보통이었다. 그러니까 저 부엌문도 이상하지는 않았다.

이상한 것은 이 뒷문이다.

어떻게 생각해도 필요해 보이지 않았다. 바로 가까이에 부엌문이 있는데, 일부러 복도를 만들면서까지 뒷문을 낼 이유가 전혀 없었다.

이럴 여유가 있다면 그냥 수납장을 더 만들지 않을까?

어머니는 주택 광고 평면도를 보면서 늘 수납 공간을 신경 썼다. '방이 몇 개인지는 상관없나요?'라고 물으면, 물건을 깔끔하게 넣을 수 있는지를 가장 신경 써서 체크한다고 했다.

이런 복도와 뒷문은 역시 불필요하다.

아마 아버지도 분명 자연스럽지 않다고 느꼈을 것이다. 다만 쇼타가 생각하는 정도로 이상하다고 생각하지 않았을 뿐이다.

"쇼타, 양말이 더러워지잖니."

그대로 멈춰 서 있으니 어머니가 복도 모퉁이에서 얼굴을 내밀고 주의를 주었다.

"누나하고 동생은 벌써 2층에 올라갔단다."

마지막으로 흘끗 옹벽을 올려다보고, 쇼타는 발바닥을 맨손으로 털면서 집 안으로 들어갔다.

"자, 얼른 가지 않으면 누나가 멋대로 자기 방을 정해버릴 거야."

아버지와 같은 말을 하면서 어머니가 2층으로 올라가자고 쇼타를 재촉했다. 둘 다 누나에게는 들리지 않도록 신경 쓰는 것이 어쩐지 재미있었다.

중간에 한 번 방향이 꺾이는 계단을 올라가자, 복도가 양쪽으로 쭉 뻗어 있었다. 1층 현관에서 이어지는 복도 바로 위를 남북으로 잇는 형태였다.

복도 왼쪽, 즉 북쪽 막다른 곳의 문이 화장실이고 그 바로 옆에 있는 동쪽의 문이 안쪽 방, 계단에서 비스듬히 오른쪽에 보이는 문이 가운데 방, 그리고 오른쪽, 즉 남쪽 막다른 곳의 서쪽 문이 앞쪽 방이었다.

사쿠라코는 이미 앞쪽 방과 가운데 방 중 어느 것을 자기 방으로 삼을지 고민하고 있었다.

앞쪽 방에는 남향으로 난 창이 있어서 볕이 잘 들고 베란다까지 있었다. 다만 베란다는 집 2층 남쪽 면 전체, 즉 동서에 걸쳐 이어져 있기 때문에 앞쪽 방의 독립된 공간은 아니었다. 거실에서도 올려다보이는 2층 복도 남쪽 가장자리에 베란다로 나가는 문이 있었다.

그렇다고 해도 어쨌든 자기 방에 베란다가 있는 것이었다. 그리고 방 앞 복도에서 1층을 내려다볼 수도 있었다.

가운데 방은 그만큼 호화롭지 않았다. 동쪽으로 난 창문에서 보이는 것은 울창하게 우거진 숲 정도였다. 다만 남쪽에 양문 창이 나 있어서, 그곳을 통해 거실을 내려다볼 수 있었다. 이 양문 창이 아주 멋들어졌다. 그런 창문이 있는 것은 이 방뿐이었기 때문에 더욱 특별하게 생각되었다.

사쿠라코는 망설이는 듯했지만, 결국 쇼타의 예상대로 앞쪽 방을 자기 방으로 정했다.

"넌 괜찮으냐?"

조금 걱정스러워 보이는 얼굴로 아버지가 쇼타에게 물었다. 어머니도 같은 표정으로 쇼타를 보았다. 모모미까지 걱정스러운 듯한 표정을 짓고 있는 것이 귀여웠다.

쇼타는 묵묵히 고개를 끄덕였다.

"그럼 쇼타는 가운데 방으로 할 거냐?"

"거실이 보여서 재미있을 거야."

"안쪽 방이 좋아요."

그렇게 대답하자 아버지와 어머니는 얼굴을 마주 보며 당황스러운 표정을 지었다.

"쟤는 예전부터 어두컴컴한 분위기를 좋아하잖아요."

곧바로 사쿠라코가 끼어들자 아버지와 어머니도 조금은 납득한 듯했다.

확실히 안쪽 방에서 보이는 것은 북쪽 옹벽과 동쪽의 울창한 숲뿐이었다. 결코 경치가 좋다고 말하기 어려웠다.

다만 **어떤 것**이 눈에 들어왔다. 실은 **그것**을 볼 수 있기 때문에 그 방으로 정했는지도 모른다. 사쿠라코가 앞쪽 방을 고르지 않았다고 해도, 분명 쇼타는 안쪽 방을 선택했을 것이다.

쇼타의 눈에 들어온 것. 그것은 나무들 사이로 보이는, 산기슭에 세워진 폐허 저택이었다.

3장   정리

이삿짐 트럭이 도착한 것은 그날 저녁이었다. 예정보다 늦게 온 바람에 서둘러 짐을 전부 집 안에 들이고 나니 날이 저물어 버렸다.

다만 종업식이 금요일이었고 이삿날이 토요일이었기 때문에, 다음 날 일요일에는 아버지가 출근하지 않아서 꼬박 하루 걸려 짐 정리를 마칠 수 있었다.

토요일 밤과 일요일 아침 끼니는 어머니가 안라 역 앞에서 사 온 빵과 컵라면으로 때웠고, 점심과 저녁은 피자와 초밥을 시켜 먹었다.

"여기는 너무 멀다고 배달 안 해주는 거 아닐까요?"

전화를 걸고 있는 아버지에게 사쿠라코가 농담을 했다. 사실 아버지가 휴대전화를 끊고 주문했다는 것을 알기까지 모두 반신반의했다.

피자도 초밥도, 현관에서 돈을 건네고 음식을 가져오는 건 아버지에게 돈을 받아둔 쇼타 몫이었다.

낮에 온 피자 가게 배달원은 체육계 스타일의 시원시원한 청년으로 특별한 점은 없었다. 그런데 저녁에 온 초밥집 배달원은 홀쭉하고 얼굴이 여드름투성이인 아직 소년이라고 할 만한 사내였는데, 분명 이 집에 신경 쓰는 눈치였다. 어디에서 왔느냐, 가족은 몇 명이냐, 왜 이사 왔느냐, 계속 살 거냐 하고 더듬거리는 투로 꼬치꼬치 캐물었다.

쇼타는 당황하면서도 솔직하게 대답했다. 그러자 배달원 소년은 씩 하고 기분 나쁜 미소를 짓더니 거실에는 들리지 않는 작은 목소리로 중대한 비밀을 밝히듯이 이렇게 속삭였다.

"이 집에 살던 사람들 모두 우리 가게 단골이었어. 하지만 그리 오래가지 못했다는 점도 다 똑같았지······."

그 말 때문인지 쇼타는 좋아하던 장어 초밥이나 계란말이를 먹어도 거의 맛을 느낄 수 없었고, 가족과의 대화도 건성이었다.

오래가지 못했다······. 대체 무슨 뜻일까?

꽤 오랫동안 살다 보면 더 이상 초밥집을 단골로 이용하지 않는다는 뜻일까? 하지만 새로운 손님한테 일부러 그런 사실을 알려줄 이유가 없었다. 게다가 그 소년은 분명 **손님 쪽**에 문제가 있었다는 투로 말했다.

또 금방 이사를 가버리니까……?

말 그대로 생각하면 그렇게 된다. 모두 어떤 이유로 이사를 온 것이다. 그런데도 그렇게 오래 살지 않고 이 집을 떠난다는 얘기일까?

어째서……?

맥주를 마시고 얼굴이 벌겋게 물든 아버지에게 아직 정리할 게 남았으니 너무 마시지 말라며 어머니가 주의를 주었다. 사쿠라코는 텔레비전 채널을 계속 돌리면서 도쿄보다 방송 채널이 적다고 투덜거렸다. 모모미는 와사비를 뺀 초밥을 입안 가득 넣고 우물거리기에 바빴다. 말하자면 네 사람 모두 벌써 이 집에서 편히 지내고 있었다.

"전에는 어떤 사람들이 살았어요?"

자연스럽게 꺼냈다고 생각했는데, 역시 갑작스러웠던 모양이었다. 아버지도 어머니도 그리고 누나도 미심쩍다는 듯 쇼타의 얼굴을 쳐다보았다.

"우리랑 비슷한 가족이었다고 들었는데."

"그런 것치고는 아주 깨끗하게 썼어. 정말 신축 같아."

아버지의 말을 듣고 어머니가 집을 칭찬했다.

"짓고 나서 3년간 죽 그 사람들이 살았어요?"

"아니, 한 가족은 아니었나 봐. 부동산 사무소에서 하는 얘기로는 몇 가족이 살다 나갔다는 눈치였으니까 말이야."

"다들 이 집을 아주 소중히 썼나 보네……."

"얘, 너는 뭘 그렇게 신경 쓰는 거니?"

사쿠라코의 느닷없는 물음에 쇼타는 돌연 말문이 막혔다.

"조금 전 초밥집 배달원한테 뭔가 이상한 소리를 들은 건 아니겠지?"

누나의 날카로운 직감에 쇼타는 혀를 내두를 지경이었다. 그러자 아버지가 깜짝 놀란 표정으로 물었다.

"그랬니? 무슨 얘기를 들었는데?"

"아무리 쇼타가 느긋하다지만 돈을 내고 초밥을 받아 오는데 시간이 너무 오래 걸린다고 생각했어요. 그래서 슬쩍 엿봤더니 그 여드름투성이가 쇼타한테 소곤소곤 얘기를 하고 있지 않겠어요? 그 녀석, 나를 밉살스런 눈으로 빤히 쳐다보더라고요."

그때 거실에서 사쿠라코가 얼굴을 내밀고 있는 줄은 몰랐다. 하지만 이야기 내용까지 듣지는 못한 모양이었다.

"쇼타, 무슨 얘기를 들었기에 그러니?"

어머니가 걱정스러운 얼굴로 바라보았다. 쇼타는 어쩔 수 없이 전부 솔직히 털어놓았다.

그런데 예상치 못한 반응이 나왔다.

"뭐야, 그건 당연한 소리잖아."

우선 사쿠라코가 바보 아니냐는 듯 말했고 아버지도 쓴웃음을 지었다.

"쇼타, 네가 생각이 너무 많아서 그런 거다. 뭐, 그중에는 금방 이사 간 가족도 있었겠지만, 대부분 자기들 쪽에서 더 이상 주문을 하지 않은 거겠지."

"어째서요?"

쇼타가 묻자 옆에서 사쿠라코가 말했다.

"당연하잖아. 남의 집 안을 흘끔흘끔 엿보는 기분 나쁜 점원한테 누가 또 배달을 시키겠어? 단골이 오래가지 않는 것도 당연해. 문제는 그 녀석 때문이라고."

그렇게 말하더니 사쿠라코는 다시 텔레비전을 보기 시작했다.

"앞으로는 그 집에서 시켜 먹지 않는 편이 좋을까……."

"맞아, 맞아. 꼭 초밥을 먹을 필요는 없지. 정 먹고 싶으면 다른 가게에서 시키면 되고."

난처한 표정을 짓는 어머니에게, 아무 일도 아니라는 듯 아버지가 대답했다. 그래서 배달원 소년의 일은 간단히 **마무리**되고 말았다.

저녁 식사를 하고 나서도 이삿짐 정리가 이어졌지만 어쨌든 한 시간여 만에 끝낼 수 있었다. 거실과 식당, 부엌 정리는 사쿠라코와 쇼타도 거들었다. 각자 방의 세세한 정리는 내일부터 천천히 해나가면 되었다.

2층 앞쪽 방은 사쿠라코, 가운데 방은 부모님의 침실, 구석방은 쇼타의 방으로 정해졌다.

"모모 방은?" 하며 모모미가 토라지자, 일단 어머니가 1층 다다미방을 모모미의 방으로 배정해주었다. 그곳은 오카야마에 사는 친할머니 타에와 후쿠오카에 사는 외할머니 키와코가 와서 묵을 때 '할머니 방'으로 쓸 예정이었지만, 모모미는 두 할머니를 몹시 좋아했으므로 일석이조였다.

교토와 나라 지역은 분지라서 겨울에는 춥고 여름에는 몹시 덥다고 들었는데, 산속이라서 그런지 밤이 되니 선선했다. 짐 정리로 요란스럽게 일하고 난 뒤여서 그런 날씨가 참 고마웠다. 그래도 땀을 흘렸으니 개운하게 목욕을 하기로 했다.

목욕을 마친 뒤에 쇼타는 거실에 있는 아버지와 어머니에게 "안녕히 주무세요"라고 인사하고 자기 방으로 올라갔다. 모모미는 이미 부모님 침실에서 자고 있었다. 사쿠라코는 보고 싶은 방송이 있는지, 쇼타와 교대하듯이 욕실에 들어갔다.

자기 방을 가지기는 처음이었다. 아파트에 살 때 쇼타는 누나 사쿠라코와 같은 방을 썼다. 누나와 남동생이 각자 다른 방을 쓸 수 있어서 기쁜 것은 분명 사실이었다.

그런데도 침대에 누운 쇼타는 이사 온 지 이틀째 되는 밤을 뜬눈으로 보낼 지경이었다. 어젯밤은 장거리 이동으로 지쳐서인지 금방 잠들었다. 오늘도 아침부터 저녁까지 몸을 움직여서 곤히 잘 수 있을 거라고 생각했는데, 좀처럼 수마가 찾아오지 않고 묘하게 눈이 말똥말똥했다. 잠이 못 드는 이유는 두 가지였다.

한 가지는 역시 초밥집 배달원의 이야기였다. 아버지와 사쿠라코의 의견은 일리 있었다. 하지만 두 사람 모두 그 배달원 소년과 직접 이야기한 것은 아니었다. 그 말투에 배어 있는 미묘한 뉘앙스도, 오싹하고 기분 나쁜 미소도 전혀 모른다. 단순히 상대가 입 밖으로 뱉은 말만 가지고 해석한 것에 지나지 않는다. 그래서 문제가 이 집에 사는 가족이 아닌 초밥집 쪽에 있다고 판단한 것이다.

하지만 역시 반대가 아닐까?

그 소년은 '모처럼 이사 왔는데, 이곳에 오래 못 있을 거예요. 댁하고 알고 지내는 시간도 얼마 되지 않을 겁니다'라고 말하는 것 같았다. 그렇게 되리라는 것을 **알고 있다**는 듯이……. 왜냐하면 **과거의 사례**들로 예상할 수 있기 때문에……. 새로 거주하는 사람들의 신변에 **뭔가 일어나리라는 것**을…….

뭔가……,

좋지 않은 일이……,

흉측한 일이 생긴다……?

이 집에 도착하기까지 그 섬뜩한 두근거림이 네 번이나 찾아왔다. 이것은 보통 일이 아니었다. 그 느낌 자체로도 보통 문제가 아니지만 그것을 감안한다고 해도 정도가 지나쳤다. 이 정도라면 비상사태라고 할 수 있지 않을까?

다른 한 가지는 산기슭에 있는 폐허 저택이었다. 어젯밤에 이어서 오늘 밤에도 이 방에서 내려다보았는데, 불이 켜지지 않고 있다. 날이 저물고 나서 몇 번이나 보았는데도 전혀 불빛이 새어 나오지 않았다.

단지 그것뿐이었지만, 밤에도 불빛이 전혀 보이지 않는다는 사실이 어쩐지 소름 끼쳤다. 적어도 그 노파는 살고 있을 텐데 어째서 불이 켜지지 않는 것일까? 산 쪽과 반대편 방에서 생활하는 것일까? 저택이 너무 커서 그 불빛이 이곳에서는 보이지 않는 것일까?

그러나 쇼타의 눈꺼풀 뒤편에는, 시커먼 저택의 넓은 방 한가운데 꼼짝도 하지 않고 가만히 앉아 있는 그 노파의 모습이 흐릿하게 떠올랐다.

잠을 자려고 해도 배달원 소년의 말이 머릿속에 메아리쳤고, 노파의 모습이 망막에 어른거렸다.

아무 관계도 없는 것처럼 보이지만 잠을 방해하는 두 가지 이유가 깊숙한 곳에서, 밑바닥에서, 어딘가에서 연결되어 있다는 기분이 들어 견딜 수 없었다.

이번만큼은 적극적으로 행동에 나서야 한다.

쇼타는 그렇게 생각했다. 뭐니 뭐니 해도 가족의…… 목숨이 걸려 있다?

그런 생각이 떠오르자마자 여름밤인데도 온몸에 소름이 돋았다. 잠이 들기는커녕 점점 더 눈이 말똥말똥해졌다.

쇼타가 겨우 잠든 것은 꽤 늦은 밤이었다.

"오빠, 언제까지 잘 거야?"

막 잠이 들었다고 생각했는데 어느새 여동생이 깨우러 왔다. 실제로는 몇 시간은 잤겠지만, 쇼타는 도무지 잠을 잔 것 같지 않았다.

"엄마가 얼른 아침 먹으래. 짐 정리 안 할 거냐면서. 오늘도 할 일이 많대."

모모미는 침대 위에 기어 올라와서 옆에 다소곳이 앉았다.

"아빠는?"

"벌써 회사 갔어. 부장님이라서 할 일이 많대."

아버지 마사유키는 오사카에 본사를 둔 교육계 출판사의 도쿄 지사에서 영업과장으로 근무했다. 출판사라고 해도 서점에서 판매하는 책을 내는 것이 아니라, 연령이나 학년에 맞춘 어린이 교재를 만드는 회사였다. 아버지는 간사이 지역에서 판로를 확충한 실적을 인정받아, 이번 인사이동 때 본사로 영전되면서 영업부장으로 승진했다.

그렇다고 해도 간사이 지역에서 성과를 내면 언젠가는 도쿄 지사로 돌아갈 수 있는 모양이었다. 물론 다시 승진하는 것이다. 그래서 아버지는 혼자 오는 것도 고려한 모양이었지만, 몇 년이 걸릴지 알 수 없고 본사에서 출세할 가능성도 충분히 있기 때문에 가족 모두 이사하기로 결정한 것이다.

"언니는 아침부터 자기 방을 정리하고 있어. 낮에 친구들을 만날 거래. 문자를 주고받으며 친구가 됐다는 카린하고 토모하고……."

문제는 사쿠라코였다. 올봄 중학교에 입학했는데 고등학교 입시도 생각해야 했다. 하지만 사쿠라코 본인은 간사이 지방으로 가고 싶어 했다. 가고 싶은 대학이 교토에 있었던 것이다.

낮에 만날 친구들은, 온라인 커뮤니티에서 알게 된 몇 명의 그룹으로 누나와 문자를 주고받는 친구들이었다. 사전에 서로의 어머니끼리 전화로 연락을 취해두어서 각자의 신원은 확실했다. 아버지도 그 애들을 만나도 좋다고 허락했다. 사쿠라코는 이번 만남을 몹시 기대하고 있었다.

스스로도 이상하다고 생각하지만, 쇼타는 예전부터 가족 중에 스스럼없이 상대할 수 있는 사람은 여동생뿐이라는 의식을 가지고 있었다.

아버지는 초등학교 때부터 스포츠를 좋아해서 줄곧 운동을 하고 있다. 그런 의미에서는 체육계 스타일이지만 적어도 집에서는 그런 기색을 전혀 보이지 않았다. 어머니의 말에 따르면, 직장이 운동부 같은 분위기여서 반대로 집에서는 그런 스타일이 나오지 않는 듯했다.

그래도 아버지가 아들에게 남자다운 강인함을 원하고 있다는 것은 어릴 적부터 알게 모르게 느끼고 있었다. 야구나 축구 같은 운동을 강요한 적은 결코 없지만, 그런 놀이를 쇼타와 함께 하고 싶어 했다. 아이와 놀아준다기보다 아버지 자신이 좋아하기 때문이었다.

아버지의 기대에 부응할 수 없다…….

어느새 쇼타는 그렇게 생각하고 저도 모르는 사이에 아버지와 거리를 두게 되었다. 그것이 혼자만의 엉뚱한 착각에 지나지 않는다는 것은 누군가 지적하지 않아도 알고 있었다. 하지만 아버지가 부담스럽게 느껴지는 것은 어쩔 수 없었다.

어머니는 점잖은 사람이었다. 친구들의 어머니가 꽥꽥 호통 치거나 히스테릭하게 소리치는 모습을 봤을 때 정말 깜짝 놀랐다. 그 정도로 어머니는 나긋한 사람이었다. 다만 그렇기에 한번 화내면 정말 무서웠다. 알면서 나쁜 짓을 했을 때나 정당한 이유 없이 약속을 어겼을 때는 어머니의 불벼락이 떨어졌다. 아버지에게도 예외는 없었다. 정말 드문 경우이긴 하지만, 어머니가 화가 났을 때는 솔직하게 용서를 비는 것이 제일이다.

평소에 어머니는 어리광을 아주 잘 받아주었다. 다만 쇼타가 철이 들 무렵부터 어머니와의 사이에는 언제나 누나가 있었다. 어머니가 쇼타를 상대해주면, 사쿠라코는 그 배의 시간을 어머니에게 달라붙어 있었다. 그래서 쇼타는 진심으로 만족할 만큼 어머니에게 어리광을 부려본 기억이 없다. 얼마 있다가 여동생이 태어나자 그럴 기회는 더욱 줄어들었다. 그렇게 해서 아버지와는 다른 이유로 어머니한테도 묘한 거리감을 느끼고 있었다.

누나 사쿠라코는 자기중심적인 성격이었다. 다만 그저 자기만 아는 것하고는 달랐다. 지금 자기주장을 해도 괜찮은가, 자신을 전면에 드러내면 불이익을 보게 되지 않을까, 어떡하면 자신의 뜻을 이룰 수 있을까 하는 판단을 그 상황에 따라 적절히 내릴 줄 알았다. 그런 의미에서는 타인에게 아주 좋은 인상을 심어주기 때문에 어떤 환경에서든 세상을 잘 헤쳐 나갈 수 있는 유형이었다.

사쿠라코는 자신이 누나 역할을 하고 싶을 때는 쇼타를 몹시 귀여워해주었다. 하지만 남동생을 돌보기 싫을 때면 가차 없이 매정하게 굴었다. 그때그때 대하는 방식이 다르기 때문에 어릴 때부터 쇼타는 누나에게 많이 휘둘렸다. 그러다 급기야 누나에 대해 열등의식을 가지게 되어버렸다.

말과 행동이 시원시원하고 보이시한 용모를 가진 사쿠라코에 비해 쇼타는 얌전하고 남자치고는 피부가 하얀 편이어서, 친척들이 누나와 남동생이 바뀌었으면 좋았을 텐데, 하고 몰래 수군거린다는 것을 쇼타는 알고 있었다.

여동생 모모미는 그야말로 막내 그 자체였다. 아버지나 어머니에게도, 사쿠라코와 쇼타에게도 어리광을 잘 부렸다. 모모미는 특히 오빠 쇼타를 가장 잘 따랐다. 아니, 무의식적으로 그러기를 바라고 있는 것일까? 다만 쇼타는 문득 이런 생각이 들 때가 있었다. 가족 중에 혼자 떨어져 있는 듯한 오빠를 보다 못해 여동생이 구원의 손길을 뻗고 있는 것은 아닐까 하고……

그건 그렇다고 해도 이 이방인 같은 느낌은 무엇일까?

이럴 때는 보통 자신은 어딘가에서 주워 온 아이라든가, 나만 아버지나 어머니 중 어느 한쪽이 다르다든가 하는 생각을 하게 마련이다. 하지만 그런 생각은 조금도 들지 않았다. 물론 자신이 특별한 인간이라는 불손한 착각도 없었다.

어쨌든 거리감이 드는 것이다. 그뿐이다.

"참 나, 오빠! 일어났어? 또 잘 거야?"

모모미는 멍하니 있는 쇼타에게 질렸는지 이불 속에 두 손을 집어넣었다.

"아직도 쿨쿨 자는 건 오빠뿐이야."

그러더니 모모미가 쇼타의 겨드랑이를 간질이기 시작했다.

"하, 하지 마. 알았어……. 이, 일어날게."

"엄마가 말이지……."

쇼타가 아침 식사를 마치지 않으면 짐 정리를 시작할 수 없다는 엄마의 말을 여동생이 반복했다.

"그래, 알았어."

건성으로 대답하고 옷을 갈아입고 있는데 여동생이 물었다.

"별로 못 잤어?"

"뭐, 그냥……."

"혹시 어젯밤에 오빠 방에도 왔어?"

모모미가 묘한 말을 했다.

"누가? 엄마?"

"아니."

모모미는 부정하면서도, 깜빡하고 말해버렸다고 후회하는 표정이었다.

"아니면 아빠나 누나 말이야?"

이번에는 모모미가 묵묵히 고개를 저었다.

"허, 그렇다면 내가 간 거네. 이렇게……."

쇼타가 두 손을 앞으로 내밀고 프랑켄슈타인 같은 걸음걸이로 다가가자, 모모미는 꺅꺅 하고 즐겁게 소리 지르며 방 안을 도망 다녔다.

"좋아, 잡았다! 자, 얼른 자백해. 대체 어젯밤에 누가 모모의 방에 왔어?"

그러자 모모미의 미소가 엷어지더니 난처한 표정이 떠올랐다.

"오빠한테도 말 못하는 거야?"

"……비밀로 해야 한댔어."

"그런 말을 들었어?"

모모미가 고개를 끄덕였다.

"어째서? 왜 말하면 안 되는데?"

"비밀이라고……. 이건 모모하고 히히노의……."

"히히노?"

모모미는 아차 하는 표정을 지었지만 이내 결심한 듯 입을 열었다.

"알지? 오빠한테만 알려주는 거야. 절대 다른 사람한테 말하면 안 돼."

여동생은 쇼타에게 다짐을 받고 나서야 이야기를 시작했다.

어젯밤 모모미가 부모님의 침대에 누워 있을 때, **이 산에 살고 있다**는 히히노가 찾아온 이야기를…….

4장   산

조금 느지막이 아침을 먹은 뒤, 쇼타는 자기 방을 정리했다.

골판지 상자를 봉한 박스 테이프를 청바지에 달린 키홀더의 작은 칼로 자르고 차례차례 뚜껑을 열어 내용물을 꺼냈다. 이 작은 칼을 살 때 어머니는 난색을 표했다. 하지만 칼처럼 생기기는 했어도 날이 전혀 날카롭지 않아서 이럴 때 말고는 쓸 데가 없었다. 그래서 어머니도 어린 쇼타가 가지고 있어도 된다고 허락했던 것이다.

한동안 방 정리를 계속하는데 모모미가 한 이야기가 도무지 머릿속에서 떠나지 않았다. 좀처럼 작업이 진행되지 않더니 이내 손을 놓고 말았다.

"잠깐 산책하고 올게요."

어머니에게 그렇게 말하고 쇼타는 집을 나왔다. 모모미는 방 정리를 끝낸 사쿠라코와 즐겁게 놀고 있었다.

히히노라는 것이 뭘까?

처음에는 어린아이에게 흔히 나타나는 공상 속의 친구인가 하는 생각이 들었다. 자신에게도 그런 기억이 있고, '히비노'라는 성씨와 비슷한 '히히노'라는 이름 역시 너무나 그럴싸했기 때문이다.

그런데 모모미의 이야기를 듣는 동안, 아무래도 그건 아니라는 느낌이 들었다.

히히노는 이 산에 살고 있으며, 새로 이사 온 가족에게 인사를 하고 싶었다. 다만 그 집에서 가장 어리고 귀여운 아이만 볼 수 있다. 또한 자신의 존재를 어른들에게 알리면 더 이상 여기서 살 수 없으니 만났다는 이야기를 절대 해서는 안 된다. 약속을 지킬 수 있으면 다시 놀러 오겠다.

모모미의 이야기를 정리하면 이랬다.

인간이냐고 물어보니 그런 것이라고 대답했다. 남자냐 여자냐고 물어보니 남자라고 했다. 얼굴은 어떤가, 몸집은 어느 정도 되느냐고 물으니 한참을 고민하고 나서 산에 사는 덩치 큰 남자 같다고 대답했다. 요괴나 요정인 것 같으냐고 물어보니 곧바로 아니라고 대답한 뒤, 역시 잘 모르겠다며 난처한 표정을 지었다.

히히노라는 이름은, **그것**이 스스로를 그렇게 불렀다고 했다. 어째서 히히노인지, 어떤 의미가 있는지는 모모미도 잘 모르겠다고 했다. 애초에 뭔가를 물어볼 생각 자체를 모모미는 하지 않았던 것이다. 이상한 이름이라고 생각했지만, 자기들 가족의 성씨인 '히비노'하고 비슷해서 오히려 모모미가 받아들이기 쉬웠던 모양이다.

그렇게 생각하면 전부 모모미의 공상이라고 판단하는 것은 망설여졌다. 게다가 유치원 아이들이 상상하는 친구치고는 너무 기묘하지 않은가? 이 히히노라는 존재가 말이다…….

쇼타가 집을 나온 것은 **그것**이 살고 있다는 산을 살펴보기 위해서였다. 물론 만나리라는 기대를 한 것은 아니었다. 아니, 그전에 실제로 존재한다는 생각조차 하지 않았다. 다만 산의 뭔가가 모모미에게 이상한 영향을 주고 있는 것이 아닐까 하는 의심을 품었다. 그래서 산책 겸 재빨리 둘러보기로 했다.

그런데 집을 나와서 걷는 동안 쇼타는 왠지 다른 세 구획에 신경이 쓰였다. 다만 어딘지 모르게 기분이 나빠서 그쪽 부지 가까이 가고 싶지는 않았다. 그저 도로 쪽에서 조금 거리를 두고 관찰하기로 했다.

바로 이웃 구획에는 집의 기본 골조가 세워진 채 방치되어 있었다. 비바람에 노출되어 목재가 변색된 모습은, 마치 한 채의 집이 썩고 낡아서 끝내 뼈대만 남은 상태로 계속 버티고 있는 것처럼 보였다. 그러나 실제로는 완성되기 전에 썩어버린 것이다. 그 때문인지 벽이나 천장이 없는 집 안에, 그 집의 원통함이 자욱한 듯 어쩐지 오싹한 분위기가 떠돌았다.

그 집의 골조를 보는 동안, 왠지 교수대 이미지가 머릿속에 떠올라서 쇼타는 오싹한 기분에 휩싸였다.

그 옆에는 기초공사를 마치고 드디어 기둥과 대들보 같은 골조를 조립하는, 이른바 구체 공사에 들어가는 시점에서 갑자기 중단된 듯 보이는 집이 있었다.

어? 하고 깜짝 놀라며 두 번째 부지 근처로 옮겨 간 쇼타는, 거기서 조금 신경 쓰이는 것에 시선을 고정하고 저도 모르게 가까이 다가가고 있었다.

집의 토대가 되는 콘크리트 부분이 시커멓게 되어 있는 것이었다. 그것도 전체가 다 그런 것이 아니라 위쪽은 짙고, 아래로 내려올수록 색이 옅었다.

마치…….

그렇다, 마치…….

화재 흔적 같은…….

그렇게 느끼자마자 눈앞에, 두 번째 집의 골조가 불길에 휩싸여 활활 타오르는 광경이 떠올랐다.

불에 탔구나…….

쇼타는 곧바로 확신했다. 그래서 기초공사 부분만 남은 것이었다. 다만 3년간 비바람에 씻기면서도 콘크리트 표면의 불탄 흔적은 지워지지 않고 남았다.

하지만 어쩌다 불이 난 걸까?

물론 쇼타는 건축 현장에서 불을 쓰는지 어떤지는 알지 못했다. 그러나 한창 짓고 있는 집에 불이 나다니, 어떻게 생각해도 부자연스러웠다.

방화……?

문득 그런 생각이 들었지만 이 한 채만 불을 내는 것도 이상했다. 그 무렵 오른쪽 옆집은 지금과 같은 골조가 완성되어 있지 않았을까? 맨 안쪽의 집은 아직 완성되지 않았을까? 여기만 공사가 진행되었던 것일까?

아니, 그건 이상하다.

주택 건설에 대한 지식이 전혀 없는 쇼타조차 그건 분명 아니라고 느꼈다. 보통은 맨 안쪽부터 순서대로 세우든가 네 구획을 동시에 진행하지 않는가.

굳이 현재 상태만으로 판단하자면, 역시 맨 안쪽 부지부터 순서대로 집을 세우기 시작했다고 생각된다. 하지만 얼마 있다가 세 번째, 두 번째, 첫 번째 부지까지 지장이 생기면서 좀처럼 공사가 진행되지 않았던 것이다. 하지만 그런 와중에도 네 번째 집은 점점 완성되어 갔다. 그러다 아버지가 말한 대로 자금이 바닥났거나, 혹은 뭔가 다른 이유로 건설주가 다른 세 채의 건축을 포기해버렸다. 그 결과 지금의 이 광경이 초래된 것은 아닐까?

그런 생각을 하면서 쇼타는 기초공사조차 끝나지 않은 첫 번째 부지 쪽에 서서, 눈앞에 펼쳐진 기묘한 구덩이 속을 들여다보았다.

그랬다. 뻥 뚫린 듯 지면에 커다란 구덩이가 파여 있었다.

이곳이 주택 예정지였다는 것을 몰랐다면, 어중간한 크기와 깊이의 이 구덩이가 무슨 용도인지 알 수 없어서 고개를 갸웃거렸을 것이다. 실제로 쇼타가 내려다보고 있는 것은 단순히 커다란 구덩이에 지나지 않았고, 인위적으로 굴착한 흔적을 가까스로 찾아볼 수 있을 정도였다.

용케 빗물이 차서 연못이 되지 않았구나.

솔직히 그렇게 생각했다. 하지만 가만히 살펴보니 바닥이 질퍽거리는 느낌으로 물 빠짐이 몹시 좋지 않아 보였다. 발밑에 있던 커다란 돌을 던져보니, 바닥에 떨어진 돌이 천천히 가라앉기 시작했다.

바닥없는 늪 같다…….

그런데 주위에는 잡초 한 포기 자라지 않았다. 산속의 땅에 이런 구덩이를 파놓은 채 내버려두면 금세 빗물이 차오르고 주변에 풀이 무성히 자라다가, 마침내 자연스럽게 연못이나 늪이 된다. 하지만 여기는 아직도 구덩이인 채로 남아 있었다.

　세 번째부터 첫 번째 집터까지, 새삼스럽게 음침한 기운이 느껴졌다. 게다가 각각의 장소에서 풍기는 꺼림칙함도 전부 달랐다. 세 번째 집은 교수대, 두 번째 집은 화재, 첫 번째 집은 바닥 없는 늪…….

　뭐지, 여기는?

　얼른 집으로 달려가고 싶던 순간, 그곳이 네 번째 집이라는 사실을 떠올리고 쇼타는 등골이 부르르 떨렸다.

　그런 게 아니야. 그저 연상된 것뿐이잖아…….

　똑바로 서 있는 기둥에서 교수대를, 불탄 흔적 같은 시커먼 얼룩에서 화재를, 땅에 팬 구덩이 속의 진흙에서 바닥없는 늪을 떠올리는 것은 당연하다. 게다가 음침한 겉모습까지 더해 그런 이미지를 준 것뿐이다.

　그처럼 스스로에게 힘껏 말하고 나서, 쇼타는 빠른 걸음으로 언덕길을 걸어갔다.

　택시를 타고 올라왔을 때는 짧다고 느낀 언덕도, 이렇게 내려다보니 묘하게 길고 경사도 조금 급하게 느껴졌다. 자전거를 타고 내려가면 조금 무서울지도 모른다.

　게다가 콘크리트로 포장된 언덕길은 지금이라도 바닥이 부슬부슬 갈라지며 무너져 내릴 것만 같았다. 단단하고 튼튼한 포장도로 위에 서 있는데도 어째서인지 발밑이 불안했다.

언덕 내리막길을 보고 있어서 그렇다고 생각한 쇼타는 오르막 쪽으로 고개를 돌렸다. 그 순간 문득 묘한 기분이 들었다.

누군가 부르고 있다…….

그런 느낌을 받았다. **무엇**이 그러는지는 알 수 없었다. 다만 내려다보고 있을 때보다 올려다보고 있는 지금이 왠지 모르게 기분이 좋았다.

쇼타는 천천히 언덕길을 올라갔다. 그러자 서서히 기분이 좋아졌다.

오전부터 여름 햇살이 따갑게 내리쬐었지만 전혀 땀이 나지 않았다. 그러고 보니 여름인데도 집 안이 서늘해서 지내기 편했다. 간사이 지방은 몹시 덥고, 특히 교토와 나라 일대는 푹푹 찐다고 들었는데 거짓말 같았다.

산속이라서 그런가?

그 점이 영향을 미친 것은 확실하지만 이 정도로 효과가 있단 말인가. 산이라고 해도 기껏해야 조금 큰 뒷산 정도인데 말이다.

그렇지 않다.

곧바로 부정하는 목소리가 들렸다. 언덕 위에서 들려온 것 같기도 하고 자기 스스로 말한 것 같기도 했다. 어느 쪽이든 그 목소리가 옳았다.

옛날부터 이곳은 특별한 땅이었던 것이 분명했다. 즉 선택받은 산이다. 그렇기에 공기가 맑고 시원해서 사람 살기 좋은 곳이다. 그렇게 훌륭한 장소에 세워진, 게다가 한 채밖에 완성되지 않은 집에서 살 수 있다니 우리 가족은 정말로 복 받은 셈이다. 아니, 히비노 일가도 선택받은 것이다.

누구에게……?

쇼타는 곧바로 의문을 느꼈지만 간단히 답을 알고 안심했다.

물론 이 산에게 선택받은 거지.

어느새 쇼타는 산기슭에서 3분의 2쯤 되는 지점까지 언덕길을 올라왔다. 오른편으로는 아래쪽 네 구획과 마찬가지로, 산을 깎아 만든 곁길이 이어져 있었다. 다만 포장되어 있지는 않았다. 게다가 흙길 왼편, 즉 산 쪽은 전혀 깎여 있지 않아서 주택 개발이 완전히 중단되었음을 알 수 있었다. 모처럼 낸 길도, 지금은 무성한 잡초로 뒤덮여 발을 내딛기도 힘들었다.

자연으로 돌아간 거야.

쇼타는 이것이야말로 자연의 모습이며, 사람이 쓸데없는 짓을 해봤자 산은 결코 받아들이지 않는다는 것을 깨달았다.

쇼타는 언덕길의 나머지 3분의 1을 다시 천천히 오르기 시작했다. 거기서부터는 포장된 길 여기저기 금이 가고, 틈새에 잡초가 삐져나온 광경이 여기저기 눈에 띄었다. 오랫동안 자동차는 고사하고 사람 하나 올라오지 않았음을 알 수 있었다.

이윽고 콘크리트 포장이 뚝 끊어진 곳에 이르렀다. 쇼타는 산꼭대기에 올라 있었다. 여기까지 길을 이어오다가 갑자기 '나 관둘래!'라고 내팽개친 듯, 참으로 갑작스럽게 길이 끝나 있었다.

눈앞에는 키 낮은 초목이 우거진 작은 들판 같은 적적한 공간이 펼쳐져 있었다. 선택받은 산 정상치고는 상당히 소박했다. 다만 바로 앞쪽의 초목이 우거진 수풀이 의외로 깊어 보였다.

포장이 끊어진 발밑에서 저 검은 숲으로 흐릿한 길이, 한 줄의 좁디좁은 산길이 이어져 있었다. 거의 산짐승들만 다니는 길 같았다. 잡초가 조금만 더 우거졌더라도 완전히 가려 보이지 않았을 길이었다. 간신히 눈에 띌 정도였는데, 그야말로 절묘한 경계에서 안쪽의 어두운 숲으로 조용히 이어져 있었다.

가야 해…….

저 어두운 숲 속에서 부르고 있어…….

포장된 길에서 한 걸음 내딛자마자 쇼타는 묘하게 부드러운 흙과 잡초의 감촉이 발바닥에 느껴졌다. 그야말로 무기물에서 유기물 위로 이동한 느낌이었다. 마치 엄청나게 거대하고 흉측한 어떤 생물의 피부 위에 올라간 듯, 그런 소름 끼치는 감촉이 신발 바닥을 통해 전해졌다.

그러나 그것도 한순간이었다. 마치 발밑이 땅과 동화되고, 걸어감에 따라 온몸이 산에 감싸이듯 고양된 기분에 휩쓸렸다.

이 산의 더 깊고 깊은 곳으로……, 아주 깊은 곳으로…….

자신의 몸이 들어간다, 이끌려 간다는 느낌이 들었다. 두 번 다시 결코 돌아올 수 없는 곳으로…….

하지만 괜찮아…….

아주 잠깐의 머뭇거림은 두세 걸음 나아감에 따라 스르르 엷어졌다. 머릿속에 남은 것은 어쨌든 눈앞의 검은 숲 속에 들어가고 싶다는 생각뿐이었다. 뒷일에 대한 생각은 전혀 들지 않았다. 생각하지 않고 있다. 생각할 수 없다.

그때…….

"오빠!"

언덕 밑에서 큰 목소리가 들렸다.

갑자기 오빠라니, 쇼타는 돌연 누구를 말하는 걸까 하는 생각이 들었다. 하지만 어째서인지 뒤돌아보는 것이 좋을 것 같았다. 몸이 아주 나른했지만 모든 힘을 짜내서 발길을 돌리고, 비틀거리며 두세 걸음쯤 돌아왔을 때, 한 어린 여자아이가 눈에 들어왔다. 언덕길 중간에서 이쪽을 올려다보고 있는 어린 여자아이의 모습이…….

모모미?

여동생의 이름을 떠올리자마자 쇼타는 퍼뜩 정신이 들었다. 그와 동시에 발밑이 꿈틀거렸다.

땅바닥이 떨리고 있었다. 흔들리고 있는 것이 아니었다. 무수한 벌레가 지표면 바로 밑에서 일제히 꿈틀거리는 듯한 불쾌감이었다.

"앗!"

입에서 비명이 튀어나옴과 동시에 쇼타는 콘크리트 포장도로를 뛰어갔다.

거기서 우연히 내려다본 언덕길은 마치 산에서 뻗어 나온 길고 긴 혓바닥처럼 보였다. 마치 산기슭에서 뭔가를 빨아올리는 것처럼 보이기도 했고, 산에서 뭔가를 토해내고 있는 것처럼 보이기도 하는, 오싹한 광경이었다.

"잘 다녀와, 언니!"

그 언덕길을 내려가고 있는 사쿠라코에게 모모미가 손을 흔들고 있었다. 언니를 배웅하러 거기까지 나온 모양이었다.

그 덕분에 내가 살아난 건가······.

조심조심 다시 뒤돌아보니, 기묘한 분위기가 떠도는 검은 숲이 **그곳**에 웅크리고 있었다. 새로 이사 온 가족 중에서 다른 가족보다 감각이 날카로워 보이는 소년을 한입에 꿀꺽 삼키려는 듯이 시커먼 입을 벌리고 있었다.

여기가 운명의 갈림길이었구나······.

포장이 뚝 끊어진 도로 가장자리를 바라보면서 쇼타는 깨달았다. 이 경계선을 넘어버리면 자신의 의지로 돌아오기 어렵고, 저도 모르게 어슬렁어슬렁 저 숲속으로 발을 들이게 되는 것이다. 그리고 두 번 다시 돌아오지 못하게 된다.

우리 가족은 말도 안 되는 곳에서 살게 된 것이 아닐까?

이사 온 당일 네 번이나 느낀 그 섬뜩한 두근거림은 이 소름 끼치는 의혹의 충분한 뒷받침이 된다는 기분이 들었다.

"오빠!"

여동생의 목소리에 깜짝 놀라 뒤돌아서자, 어느새 두 번째 곁길 부근까지 모모미가 언덕을 올라와 있었다.

"내가 그쪽으로 갈게!"

쇼타는 더 이상 검은 숲에 눈길을 주지 않고 곧장 언덕을 내려갔다.

"언니는 놀러 나가버렸어."

"응. 저기 말이야, 모모미. 약속 하나만 해줘."

그렇게 말을 꺼낸 쇼타는 '절대 혼자 산 위에 가서는 안 된다'고 강한 어조로 여동생에게 주의를 주었다. 쇼타는 "왜 그래야 하는데?" 라는 반문을 받을 거라고 생각했다.

"이 언덕은 너무 힘들거든. 모모는 저렇게 높은 꼭대기까지 못 올라가."

하지만 여동생이 순순히 대답하기에 일단 가슴을 쓸어내렸다.

이 산꼭대기에 가보고 싶다는 별난 생각을 아버지나 어머니, 사쿠라코가 할 리는 없었다. 걱정되는 건 모모미뿐이었다. 주의에 주의를 더하려고 산 정상에는 뱀이 우글거려서 무섭다는 얘기도 꾸며냈다.

모모미와 손을 잡고 언덕을 내려가면서 쇼타는 이 일을 부모님께 어떻게 설명해야 좋을지 고민했다.

아버지와 어머니는 미신을 믿지 않는다. 그렇다고 유령의 존재를 부정하는 것 같지도 않았다. 새해가 되면 신사에 하츠모데(정월의 첫 참배–옮긴이)를 하러 가고, 가을에 오봉(한국의 추석에 해당하는 일본의 명절–옮긴이) 연휴에는 아버지의 친가가 있는 오카야마와 어머니의 친가가 있는 후쿠오카의 절에 각각 1년 교대로 성묘를 하러 간다. 하지만 특정 종교를 믿는 것은 아니었다. 그런 점에서 극히 일반적인 부류였다.

그런 부모님에게 대체 뭐라고 말해야 할까?

그 집에서 유령을 봤다든가 이 산 위에서 괴물을 만났다고 이야기하기는 차라리 쉽다. 하지만 지금은 쇼타의 느낌뿐이었다. 막상 말로 설명하려고 하면 아주 애매모호해진다. 아마 자신이 느낀 섬뜩함, 위험, 소름 끼침의 10분의 1도 전할 수 없을 것이다.

게다가 이제 막 이사를 왔는데…….

아버지와 어머니는 분명 직접 유령이나 괴물을 목격하고 그것이 가족에게 해를 끼칠 수 있다고 판단하지 않는 한, 여기서 떠날 생각은 절대 하지 않을 것이다.

언덕 아래 곁길까지 내려와 거기서 왼편으로 돌아갔다.

우선 모모미를 집 안에 들여보내고, 잠시 같이 놀다 보면 점심시간이 된다. 쇼타는 점심을 먹고 나서 산기슭을 산책할 생각이었다.

지금은 그렇게 주변을 돌아보는 것 말고 할 수 있는 일이 없었다. 하지만 아무 일도 하지 않는 것보다는 나았다. 이 산이나 저 집에 대해 어떤 것이라도 상관없으니 이상한, 묘한, 일그러진 부분을 발견하는 것이다. 귀를 기울이던 부모님이 깜짝 놀람과 동시에 두려운 나머지 이 집을 떠나는 것을 진지하게 생각해볼 정도의 뭔가를.

그렇게 결심했을 때 쇼타는 2층 베란다에 어머니가 나와 있는 것을 보았다.

"봐, 엄마가 저기……."

모모미에게 말하려고 하는데, 현관에서 어머니가 나왔다.

"엄마!"

곧바로 모모미가 손을 흔들며 어머니에게 달려갔다.

하지만 쇼타는 그 자리에 멈춰 서 있었다. 자기 집 2층 베란다에 서 있는 검은 사람 형체를 멍하니 응시하면서…….

5장 검은 형체

 점심 식사를 하고 나서 쇼타는 베란다로 나가보았다.

 솔직히 몹시 무서웠다. 하지만 아직 한낮이었다. 더구나 거실 천장이 트여 있기 때문에, 2층 복도 막다른 곳 문 앞에 서면 부엌에서 일하는 어머니의 기척이 들렸다. 오히려 조사하려면 지금밖에 없다고 생각했다. 그래서 쇼타는 복도 쪽 문을 열어두고 베란다로 나왔다.

 산꼭대기에서 집으로 돌아오는 곁길에서 쇼타가 베란다에 있는 사람 형체를 발견했을 때, 어머니를 보고 달려가던 모모미가 넘어졌다. 곧바로 달려가 일으키고 옷에 묻은 흙먼지를 털어내주고 고개를 들었을 때는 이미 그 형체는 사라지고 없었다.

어머니는 사쿠라코를 배웅하러 나간 모모미가 좀처럼 돌아오지 않아 걱정이 되어 밖으로 나온 듯했다. 그때 확실히, 아직 베란다에는 사람의 형체가 있었다. 따라서 당연히 그 검은 형체는 어머니가 아니었다.

아버지는 회사에 출근했다. 사쿠라코도 놀러 나가버렸다. 모모미는 쇼타와 함께 집 밖에 있었다. 집 안에 있었던 것은 어머니뿐이었다. 그런데 어머니가 현관 밖으로 나왔으니까 그때 집 안에는 아무도 없었을 것이다.

쇼타는 손님이 오지는 않았는지 넌지시 어머니에게 확인했다. 그러나 이사 온 뒤로 가족 외에는 이 집 안에 들어온 사람이 아무도 없었다.

그런데도 2층 베란다에 사람의 모습이……

지금 자신이 같은 장소에 있다고 생각한 순간, 팔뚝에 소름이 쫙 돋았다. 곧바로 등골이 부르르 떨렸다.

그래도 쇼타는 용기를 쥐어 짜내서 베란다를 샅샅이 살펴보았다. 그러나 어디에도 기묘한 흔적은 없었고 이상한 곳도 찾아볼 수 없었다. 그냥 별다를 것 없는 길쭉한 공간이 동서로 뻗어 있을 뿐이었다.

그러고 보니 그 사람의 형체는…… 아주 기묘했다. 검은 그림자처럼 보였던 것이다. 하지만 그때 쇼타가 있었던 곳은 첫 번째 구획, 그 바닥없는 늪 부근이었다. 거기서 세 구획 떨어진 집의 2층을 바라보았다고 해도, 베란다에 서 있는 사람의 모습이 또렷하게 보이지 않은 것은 역시 이상했다. 역광도 아니었다. 어머니의 모습은 제대로 보였으니까…….

그것이 히히노였을까?

문득 그런 생각이 들었다. 상식을 벗어난 생각이기는 하지만, 지금 납득할 만한 해석은 그것밖에 떠오르지 않았다. 히히노가 모모미를 찾아왔는데 그 애가 집에 없다. 그래서 베란다로 나와 여동생을 찾고 있었는지도 모른다.

그렇다면 산에서 나를 불렀던 것은…… 누구였을까?

히히노는 산에 살고 있다. 모모미와 손을 잡고 언덕길을 내려오면서 쇼타는 조금 전 자신이 산 정상에서 히히노의 부름을 받은 것이 틀림없다고 생각했다. 물론 아무런 근거도 없었다. 그저 그런 생각이 들었을 뿐이었다.

그런데 베란다에서 본 사람의 형체가 히히노가 아니라면 설명이 되지 않는다. 히히노의 존재 자체를 인정하는 것이 이미 정상적인 상황은 아니지만 말이다.

그날 산기슭을 돌아보려고 했던 쇼타는 생각을 바꿔 거의 하루 종일 모모미와 함께 보냈다.

"마을 쪽을 돌아보고 오는 건 어떠니?"

어머니는 여동생과 놀아주는 쇼타에게 고마워하면서도, 하고 싶은 것을 하라고 두 번이나 은근슬쩍 물어보았다. 조금 전에 친구를 만나러 나간 사쿠라코와는 달리 쇼타가 여름방학 내내 집 안에 틀어박혀 지낼까 봐 걱정되었기 때문이다.

"네. 내일은 그렇게 할게요."

하지만 쇼타는 모모미가 걱정되었다. 밤뿐만 아니라 낮에도 히히노가 나타난다면, 언제 여동생이 저 산꼭대기의 검은 숲 깊은 곳으로 꾀어 들어가게 될지 알 수 없었다. 쇼타는 모모미에게 가족하고 함께 가지 않는 한, 절대 산꼭대기에 가지 말라고 다시 한번 단단히 일렀다.

도쿄에 살 때와 마찬가지로 아버지가 돌아올 때까지 기다리지 않고 저녁 식사를 마쳤다. 오늘은 회사에서 아버지의 환영회가 있기 때문에 늦게 귀가하리라는 것을 알고 있었다.

식탁에서는 대부분 사쿠라코의 새로운 친구들 이야기가 화제였다. 2학기부터 다닐 예정인 료쿠바 중학교의 학생이 문자를 주고받는 카린의 친구인지, 내일 또 만나기로 약속했다는 것이었다. 누나는 전학하기도 전에 벌써 학교 친구를 만들려고 했다.

쇼타와 사쿠라코가 다니는 초등학교와 중학교 모두 방학 중에는 등교하는 날이 없기 때문에, 본래 2학기 개학일에 처음 동급생의 얼굴을 보게 된다.

하지만 누나는 벌써…….

사쿠라코의 행동력—그리고 행운 같은 것—이 쇼타도 조금 부러웠다.

그래. 누나에게 상의해볼까?

문득 그런 생각이 들었다. 지금까지 생각해보지 않았지만, 이 기괴한 이야기를 받아들일 가능성은 아버지나 어머니보다 누나 쪽이 더 높을 것이다. 호러 소설이나 영화도 좋아하고 유령의 존재도 부정하지는 않으니 말이다.

하지만 지금은 좀 그런데…….

사쿠라코는 뭔가에 푹 빠져 있을 때는 어지간한 일이 아닌 한 다른 일에 흥미를 보이지 않는다. 하물며 조금 공상벽이 있는 남동생의 이야기에 진지하게 귀를 기울일 리는 없었다. 뭔가 구체적인 증거가 없는 한 누나에게 말해봤자 헛수고가 되어버린다.

잠자리에 들기 전 쇼타는 동쪽 창문으로 폐허 저택을 내려다보았다. 해가 지고 나면 틈틈이 그 저택을 살펴보는 것이 일과처럼 되었다. 하지만 아직까지 불빛을 본 적이 한 번도 없었다.

터무니없이 기묘한 산, 흉측하고 검은 숲, 어쩐지 기분 나쁜 집, 집 근처에 방치된 세 구획의 주택지, 수수께끼의 노파, 소름 끼치는 폐허 저택, 정체불명의 히히노, 왠지 무서운 사람의 형체…….

그런 것들이 머릿속을 빙글빙글 맴돌고 소용돌이치고 뒤섞이는 가운데, 어느새 쇼타는 잠이 들었다.

그 때문에 다음 날 아침 잠에서 깨어났을 때 쇼타는 땀에 푹 젖어 있었다. 어째서 쇼타의 방만 더웠을까 하며 어머니가 의아해할 정도였다. 하지만 실제로는 되레 쌀쌀했다. 북쪽 창문을 열어놓으면 산 정상에서 불어온 냉기가 옹벽을 타고 방 안으로 스며드는 것처럼 느껴졌다. 그런데도 땀을 흘린 것이다. 끈적끈적하고 불쾌한 땀을…….

어머니가 시키는 대로 쇼타는 아침부터 샤워를 했다. 욕실을 나와 세면실에서 몸을 닦고 속옷을 새로 갈아입으니 산뜻하고 기분이 좋았다.

이상한 것들까지 전부 씻겨 나갔으면 좋을 텐데.

그런 생각을 하면서 쇼타가 세면실을 나오는데, 마침 그 뒷문으로 통하는 복도를 돌아가는 아버지의 모습이 눈에 들어왔다.

어, 아버지가?

하지만 그럴 리가 없었다. 아버지는 이미 출근해서 회사에 있을 것이다. 아니면 어젯밤에 술을 너무 많이 마셔서 늦잠을 잔 것일까? 아니, 아버지가 그럴 리는 없었다. 게다가 막 전근한 회사에서, 갓 승진한 아버지가 출근 이틀째부터 지각을 하다니, 생각할 수 없는 일이었다.

그럼 누구지?

싫어, 보고 싶지 않아, 하고 쇼타는 생각했다. 하지만 부엌에는 어머니, 거실에는 사쿠라코와 모모미의 기척이 들렸다. 바로 옆에 가족이 있으니까 괜찮아. 그렇게 스스로를 타이르고 뒷문으로 통하는 복도로 살며시 얼굴을 내밀어 보았다.

아무도 없다…….

망설인 시간을 감안해도 조금 전 이 복도로 들어간 사람이 쇼타가 엿보기 전에 뒷문 밖으로 나가기는 불가능했다. 무엇보다, 그랬다면 문을 여닫는 소리가 났을 것이다. 아주 조용히 여닫았다 해도 그렇게 되면 복도를 걸어가는 데 시간이 훨씬 많이 걸릴 것이다.

그래도 만일을 위해 집 뒤편을 확인해보려고 쇼타가 복도 구석까지 나갔을 때였다. 문의 위쪽 절반을 차지하는 젖빛 유리 붙박이창에 사람의 모습이 비쳤다.

"히익……!"

쇼타의 입에서 저도 모르게 낮고 짧은 비명이 흘러나왔다. 하지만 쇼타는 다음 순간, 스스로도 믿기지 않는 행동을 했다. 벌컥 하고 갑자기 뒷문을 열어버린 것이다.

문이 밖으로 열리기까지 시간이 아주 길게 느껴졌다. 실제로는 1,2초 정도인데 마치 슬로모션 영상을 보는 것 같은 기분이었다. 지금이라도 **누군가**에게 문이 닿아 멈추면 그 감촉이 자신의 손에 전해져 오리라는 생각에 단단히 대비하고 있었는데, 아무런 방해물 없이 문이 활짝 열려버렸기 때문일 것이다.

그렇다. 문 뒤에는 아무도 없었다…….

문손잡이를 쥐기 직전까지, 확실히 젖빛 유리창에 사람의 형체가 비쳤다. 그런데도 집 뒤편은 텅 비어 있었고 아무런 기척도 없었다.

또다시 **그것**을 본 것인가?

어제 2층 베란다에 있던 사람의 형체가 이번에는 집 안에 나타났고, 그것이 뒷문을 통해 밖으로 나간 것일까?

"쇼타, 어서 와서 밥 먹어라."

어머니가 부를 때까지 쇼타는 활짝 열린 뒷문을 잡은 채 못 박힌 듯 멍하니 그 자리에 서 있었다.

아침 식사를 마친 뒤 1층 다다미방에서—여동생의 말대로 하면 자기 방에서—함께 놀아주는 동안 쇼타는 자연스럽게 모모미의 속을 떠보았다.

"어젯밤에도 자기 전에 히히노가 왔어?"

그러자 모모미는 당연한 것을 뭘 묻느냐는 투로 대답했다.

"보통날 밤은 못 오지."

"어……? 그럼 지난번에는 특별한 밤이었어?"

"그래. 오빠는 그것도 몰라?"

"응, 그러니까 얘기해줘. 뭐가 특별하다는 거야?"

모모미는 조금 생각하는 몸짓을 했다.

"그런데…… 말하면 안 된다고 했는걸."

"오빠한테는 괜찮잖아."

"음……."

"그럼 다음 특별한 밤은 언제야?"

"그게, 저기……."

공중을 향해 눈을 굴리면서 뭔가를 세는 듯하더니 모모미가 말했다.

"나흘 뒤에."

"26일, 토요일인가?"

지난번에는 20일 일요일이었다. 히히노는 주말에만 쉴 수 있는 건가? 마치 샐러리맨 같네 싶어서 우스웠지만 바로 생각을 고쳤다. 어제 낮과 오늘 아침에 본 사람의 형체 때문이었다.

"어제 말이야, 오빠가 산에서 내려와 모모미하고 집에 돌아왔을 때……."

쇼타는 다시 놀기 시작하는 모모미에게 계속 물었다.

"엄마가 현관으로 나온 걸 보고서 네가 막 뛰어갔잖아?"

"금방 넘어졌지. 하지만 모모는 안 울었잖아?"

사실은 두 눈에 눈물이 그렁그렁했지만, 소리 내어 울지는 않았으니 모모미도 확실히 성장한 모양이었다.

"그래, 모모미 장해. 그런데 그때 2층 베란다에 누가 나와 있지 않았어?"

"아니, 아무도 없었는데."

"그렇구나……."

"언니는 놀러 나갔단 말이야. 2층에 누가 있겠어?"

"그렇지. 오빠가 잠깐 착각했나 보다."

아무래도 모모미에게는 그 형체가 보이지 않았던 듯했다. 쇼타보다 키가 작으니 제대로 보이지 않을 수도 있겠지만, 그 위치라면 집의 전경이 보였을 것이다. 못 보고 지나칠 리 없었다. 새하얀 벽을 배경으로 시커먼 사람의 형체가 서 있었으니까.

잠깐, 그렇다면……

그 사람의 형체는 히히노가 아니라는 건가? 모모미에게도 보이지 않았다면 그렇다는 이야기가 된다. 그 형체는 히히노가 아니다. 그렇다면 대체 누구인가?

히히노는 이 산에 살고 있다.

그 형체는 이 집 안에 살고 있다.

문득 그런 생각이 떠올랐다. 그와 동시에 히히노는 요괴 같은 것이지만 사람의 형체는 유령이 아닐까 하는 느낌이 들었다. 아마도 **서식**하는 장소가 달라서 그렇게 생각된 것이리라.

요괴가 실제로 존재하는지는 쇼타도 잘 모른다. 하지만 요괴가 있다면 시골의 산이나 강, 들판처럼 오래된 자연에서 나타나지 않을까 생각했다. 그야말로 이 산이 그렇다. 그곳에 사람의 손길이 닿았기 때문에 저 검은 숲속에서 나왔는지도 모른다. 그렇게 보면 일단 설명은 된다.

유령이라면, 요괴보다 존재할 가능성이 더 높다는 생각이 들었다. 요괴 사진은 본 적 없지만 심령사진은 텔레비전이나 잡지 등에서 몇 번 보았다. 물론 진짜인지는 알 수 없었다. 다만 죽은 사람이 어떤 이유로 유령이 되어 나타나는 현상은 실제로 있을 법하지 않은가.

즉…… 과거에 이 집에서 **누군가** 죽은 것이다. 그것도 유령이 되어서 나타날 만큼 특별한 죽음을, 그 **누군가**가 당한 것이다. 그렇게 생각하지 않는 한 그 형체는…….

"오빠!"

쇼타는 퍼뜩 정신을 차렸다. 모모미가 조금 화난 표정으로 쳐다보고 있었다.

"같이 안 놀아줄 거면 저리 가. 여기는 모모 방이란 말이야."

"아…….''

쇼타는 저도 모르게 생각에 잠겨 있었다. 이사 온 이후로 끊임없이 뭔가를 생각하고 있는 듯한 기분이었다.

"뭘 하고 놀까?"

"됐어! 모모 혼자 놀 거야."

아무래도 오빠가 말한 것과는 달리 건성으로 놀아주고 있다는 것을 알아차린 듯했다.

"그래, 알았어……."

쇼타는 적당히 맞장구를 쳐주고 다다미방을 나왔다.

어머니는 거실 청소를 하고 있었다. 사쿠라코는 벌써 외출하고 없었다. 쇼타마저 집을 나가면 어머니와 모모미 둘만 남게 된다. 어머니는 할 일이 많으니 여동생 혼자 놀아야 한다. 도쿄에서도 그랬다. 하지만 여기서도 똑같이 그래도 괜찮은 걸까?

여동생이 놀고 있는 곳에 그 형체가 나타난다면······.

모모미에게 보이지 않는다고 해서 안전하다고 할 수는 없었다. 오히려 존재를 인식하지 못하기 때문에 상대가 무슨 짓을 해도 깨닫지 못할 위험이 있었다. 게다가 히히노보다는 그 사람의 형체에서 아주 흉측한 뭔가가 느껴졌다.

그때 어머니가 거실 청소를 끝내고 쇼타에게 물었다.

"낮에 장 보러 갈 건데, 넌 어떡할 거니?"

물론 어머니는 모모미를 데려갈 거라고 했다.

그렇다면 자신도 낮에는 외출해야겠다고 쇼타는 결심했다. 그리고 그때까지 여동생 곁에 있기로 마음먹었다. 앞으로 매일매일 여동생을 챙기기는 어렵겠지만, 어쨌든 오늘 아침나절만큼은 혼자 내버려둘 수 없었다.

쇼타는 다다미방으로 돌아와 장지문을 열면서 말했다.

"모모, 오빠하고······."

'놀래?' 하고 말하려던 쇼타의 말문이 막히고 말았다.

모모미 바로 뒤에 그 사람의 형체가 앉아 있었던 것이다.

6장 친구

쇼타는 점심을 먹고 나서 어머니와 모모미보다 먼저 집을 나섰다.

"다녀오렴. 엄마하고 모모미는 3시쯤 돌아올 거야."

어머니가 배웅해주었다. 하지만 모모미는 쇼타를 돌아보지도 않았다. 거실에 있다가 복도로 나오기는 했지만, 모모미는 일부러 쇼타에게 등을 돌리고 있었다.

그렇게 하는 것도 무리는 아니었다. 오전에 기분 좋게 놀고 있는데 갑자기 오빠가 다다미방에서 데리고 나갔기 때문이다. 게다가 재미있는 것이 있다며 억지로 데리고 간 오빠의 방에는 아무것도 없었다. 모모미는 몹시 화를 냈다.

어머니가 알게 되면 일이 복잡해지므로 쇼타는 필사적으로 모모미를 달랬다. 하지만 왜 다다미방에 있던 아이를 자기 방으로 데려왔는지, 모모미가 납득할 만한 핑계가 떠오르지 않았다. 그래서 여동생의 화도 좀처럼 수그러들지 않았다.

그때 쇼타의 머릿속에는 어쨌든 모모미를 다다미방에서 데리고 나와야 한다는 생각뿐이었다. 그것 말고는 아무것도 생각할 수 없었다.

모모미가 놀고 있었던 곳은, 이 집을 살펴보고 나서 부모님이 즉흥적으로 구입한 일본식 장롱 앞이었다. 모모미 바로 뒤에 새까만 사람의 형체가 앉아 있었다. 몸을 비스듬히 기울인 부자연스러운 모습으로, 마치 모모미에게 기댄 것처럼…….

쇼타가 황급히 다다미방에서 데리고 나온 것도 당연한 일이었다. 그 때문에 곤란하게 되었지만, 여동생만 무사하다면 어떤 비난을 받아도 쇼타는 괜찮았다.

어떻게든 수습할 수 있었던 것은, 그래도 '오빠가 나한테 나쁜 짓을 할 리 없다'는 신뢰가 모모미에게 있었기 때문이다. 확실히 평소의 쇼타로서는 생각할 수 없는 행동이었다. 어린 여동생도 오빠가 이런 행동을 하는 데는 뭔가 이유가 있다고 느꼈는지도 모른다.

그렇다고 해도 웃는 얼굴로 배웅해줄 만큼 모모미의 기분이 풀리지는 않은 듯했다. 엄마하고 장 보러 가는 것으로 풀리면 좋을 텐데……. 하지만 저렇게 복도까지 나왔다는 것은 좋은 징후였다. 정말로 화가 났다면 모습조차 보이지 않았을 것이다.

그렇게 생각하니 쇼타의 마음이 조금은 가벼웠다. 모모미가 말을 걸지 않으면, 설령 그것이 단 하루라고 해도 쇼타는 크나큰 정신적 타격을 입는다. 스스로도 참 우스꽝스럽다고 생각하지만 여동생에 대한 애착이 나날이 점점 더 깊어지는 듯했다.

전에 다니던 학교 동급생 중에도 남동생이나 여동생을 귀여워하는 아이들이 있었다. 하지만 그런 친구들도 때와 상황에 따라서는 자기보다 어린 아이를 돌보는 일을 귀찮아했다. 아무리 사이가 좋다고 해도 종종 다투곤 했다.

하지만 쇼타는 달랐다. 어떤 상황에서도 모모미를 매정하게 대한 적이 단 한 번도 없었다. 하지만 자신이 여동생을 몹시 아끼고 있다는 생각은 하지 않았다. 어떻게 표현해야 좋을까? 어쨌든 저 애를 지켜야 한다는 마음이 드는 것이었다.

그리고 지금 모모미가 딱 그런 상황에 처해 있다는 기분이 들었다. 아버지나 어머니에게도, 누나에게도 상담하기 어려웠다. 그러니 자신이 신경 쓸 수밖에 없었다.

언덕길로 나와서 뒤돌아보았을 때 2층 베란다에 사람의 형체가 보여서 움찔했다. 하지만 곧바로 모모미라는 것을 알고 안도했다. 시험 삼아 손을 흔들어보았다. 그러자 모모미가 두 손을 크게 흔들어주었다. 쇼타는 그제야 안심이 되고 마음이 편했다.

산꼭대기 쪽은 돌아보지도 않고 쇼타는 언덕길을 내려왔다. 지금이라도 뒤쪽에서 **뭔가** 부르는 목소리가 들릴 것만 같았다. 앞으로 집을 나설 때마다 이런 기분을 느끼게 되는 것일까? 아니, 나갈 때는 그렇다 해도 집에 돌아올 때는 어떡하지? 언덕길을 올라오는 내내 계속 고개를 숙이고 있어야 하나? 고개를 푹 숙이고서 집까지 제대로 걸어올 수 있을까?

어쩐지 한심한걸…….

그런 생각을 하다 보니 어느새 언덕길을 내려와 있었다.

우선 눈에 들어온 것은, 정면에서 약간 오른편에 있는 작은 사당이었다. 택시를 타고 올 때 본 기억은 없었다. 언덕길에 접어들기 전까지 폐허 저택과 연립주택에 정신이 팔려 있었기 때문이다. 게다가 택시가 언덕을 오르기 시작하자마자 그 두근거림이 찾아왔기 때문에 주위 경관에 신경 쓸 겨를이 없었다.

맞배지붕에 쌍바라지 격자문이 달린 사당은, 오카야마에 사는 친할머니와 함께 봤던 텔레비전 시대극의 시골 마을 길가에 세워져 있던 것과 아주 흡사했다. 다만 시대극의 사당 안에는 지장보살이 안치되어 있었는데, 이 사당은 아무래도 다른 것 같았다. 격자창 너머로 들여다보니, 석불인 것은 틀림없지만 지장보살이 아니라는 것은 쇼타도 알 수 있었다.

망설이면서 조심스럽게 뒤돌아보니, 언덕이 시작되는 길 양쪽으로 석상 두 개가 서 있었다.

이것도 미처 못 봤구나.

이사 당일은 어쩔 수 없었다고 해도, 지금까지 그냥 지나쳤다니 기가 막힐 일이었다.

하지만 이상하네…….

길 양쪽 가장자리에 세워진 석상은 후쿠오카에 사는 외할머니가 알려준 '도조신'이 아닐까 하고 쇼타는 생각했다.

도조신이란 옛날에 질병이나 악령이 마을 안으로 들어오지 못하도록 마을의 경계나 고개, 혹은 네거리나 다리 등에 세운, 이른바 문지기 같은 신이다. 그렇기 때문에 석상의 정면은 당연히 바깥을 향하고 있어야 한다. 이 경우에는 산 방향이다. 그런데 눈앞에 있는 두 석상은 마주 보고 있었다. 서로 상대의 얼굴을 보고 있었던 것이다. 마치 두 석상 사이를 지나가려는 자를 막아서겠다는 듯이.

마치 지나가지 못하게 가로막는 것처럼.

어쩌면 이것은 마을에서 산으로 들어가는 것을 금지하는 표식이 아닐까? 아니면, **산에서 뭔가가 마을로 내려오지 못하도록** 망을 보고 있는 **것**일까?

옛날에도 이곳에 마을이 있었으리라. 그리고 지금은 이 지역에 나가하시 마을이 있다. 그러나 사당도, 도조신을 모셨던 것도 아주 오랜 옛날 일인 것 같았다. 몇십 년도 더 된 옛날, 오카야마와 후쿠오카의 할머니들이 '전쟁 전'이라고 부르던 시대보다도 훨씬 전의 어느 때…….

참배를 하자.

쇼타는 황급히 사당 앞으로 돌아갔다. 왜냐하면 옆으로 살짝 어긋나기는 해도, 산 정상에서부터 길고 긴 혓바닥처럼 뻗은 언덕길 정면에 이 사당이 있었기 때문이다. 산에서 내려오는 뭔가 좋지 않은 것을 막아서기 위해 모셔진 것이라면 어떨까?

앗, 어긋나지 않았을지도…….

콘크리트로 포장된 언덕길은 수년 전 산을 주택지로 개발할 때 만들어진 듯했다. 그러니까 옛날부터 있던 길은 좀 더 좁고, 사당의 정면으로 뻗어 있었던 것이 틀림없다. 오른편에 있는 도조신은 언덕길의 폭을 넓힐 때 옮긴 것이 분명했다.

정면에 사당을 모시고, 좌우에 도조신을 배치해둔 산길…….

물론 쇼타에게는 종교학이나 민속학 지식 같은 것이 전혀 없었다. 이른바 영감이 뛰어나거나 특별히 날카로운 직감을 가지고 있지도 않았다. 다만 그 섬뜩한 느낌을 경험했을 뿐이다. 그래도 눈앞의 언덕길에 뭐라고 말로 표현할 수 없는 흉측한 기운이 떠돌고 있음을 알 수 있었다.

쇼타는 사당 앞에 쪼그려 앉아 열심히 빌었다.

부디 모모미를 지켜주세요, 가족을 구해주세요, 여기 사는 동안 부디 아무 일 없기를…….

그렇게 열심히 빌고 있을 때였다. 문득 등 뒤에 뭔가 기척이 느껴졌다.

등 뒤에 뭔가 서 있다…….

오싹하면서 등골이 떨렸다. 산 정상에서 긴 혓바닥 같은 언덕길을 타고 그것이 내려왔다는 생각에 소름이 끼쳤다.

무엇인지는 알 수 없었다. 분명 쇼타를 불렀던, 검은 숲속에 있는 뭔가가 분명했다. 하지만 언덕길이 시작되는 곳에는 도조신이 있다. 나쁜 것이 지나가지 못하도록 망을 보고 있다. 석상을 넘어서 사당 앞까지 올 수는 없지 않을까?

스스로에게 용기를 불어넣으면서 쇼타는 자세를 낮춘 채로 조심조심 뒤를 돌아보았다.

그곳에 서 있는 것은 쇼타 또래로 보이는 한 소년이었다.

곧바로 감자가 떠올랐다. 울퉁불퉁하고 거무스름한 까까머리가 마치 밭에서 갓 캐낸 흙투성이 감자 같았다. 꽤 오래 빨지 않은 듯 보이는 지저분한 옷차림에 더더욱 감자가 연상되었다.

한동안 두 사람은 상대의 얼굴을 가만히 바라보며 서로 미동조차 하지 않았다.

이 근방에 사는 아이일까? 낯선 녀석을 발견하고 시비를 걸려고 온 것일까? 혹시 트집을 잡으면 어떡하지……. 쇼타가 그런 생각을 하고 있을 때였다.

"안녕……."

마침내 상대가 말을 걸었다.

"안녕……."

쇼타는 똑같이 인사하면서 일어섰다.

감자 소년은 쇼타의 머리끝부터 발끝까지 거리낌 없이 훑어보았다. 하지만 그 눈동자에 반감의 빛은 없었다.

두 소년은 아주 대조적이었다. 깔끔하고 청결한 옷차림에 피부가 하얗고, 어딘지 모르게 세련돼 보이는 쇼타. 한편 감자 소년은 모든 점에서 반대였다. 하지만 그들은 상관없었다.

"산 윗집에 이사 왔지?"

"그래. 지난주 토요일에."

"어디서 왔어?"

"도쿄 고쿠분지에서. 알아?"

"아니, 몰라. 도쿄에 가본 적도 없어. 끽해야 오사카 정도."

"교토는?"

"아니. 갈 일이 없거든."

"그래?"

동시에 두 사람의 얼굴에 미소가 떠올랐다.

감자 소년의 이름은 나카미나미 코헤이, 2학기부터 쇼타가 다닐 호사 초등학교 4학년이라고 했다. 그러니까 쇼타하고 동급생이었다.

"학교는 어때?"

"오사카의 초등학교보다는 좋아."

코헤이는 1학년 때 지금 다니는 초등학교로 전학 왔다고 했다. 전학 오기 한 달쯤 전에 부모님이 이혼했기 때문이라는 것이었다.

코헤이는 스스럼없는 투로 말했지만, 쇼타는 어떻게 반응해야 좋을지 몰라서 난감했다. 그러자 코헤이는 신경 쓸 필요 없다는 듯이 냉정한 투로 덧붙였다.

"오사카에 살 때부터 아버지는 집에 잘 들어오지 않았어. 그래서 지금 생활도 별로 달라진 건 없어. 어머니가 살던 외갓집은 와카야마인데, 어릴 적에 딱 한 번 가봤지……."

쇼타는 동갑내기인데도 자기 부모님을 '아버지'라든가 '어머니'라고 부르는 코헤이가 어쩐지 멋있어 보였다. 하지만 이 지역에 우연히 이사 왔다면 저 산에 대해 물어봐도 소용없겠다 싶어 조금 실망했다.

그런 쇼타의 마음을 알 리 없는 코헤이는 뒤에 있는 연립주택을 돌아보며 말했다.

"집세가 제일 싸다며 어머니가 찾은 집이 여기였거든."

그러고는 고개를 돌려 그 폐허 저택 쪽을 가리키면서 놀라운 이야기를 했다.

"다만 주인집이 저런 상태라서 말이지."

"어, 이 연립주택의 주인집이 저 집이야?"

"그래. 너희 집도 마찬가지야."

"뭐? 저 산 윗집도?"

"몰랐어? 이 근방의 땅은 전부 다 저 집 거라던데."

"옛날에는 이 지역의 지주였겠네."

"지주? 그게 뭐야?"

쇼타는 오카야마의 할머니와 함께 봤던 시대극 이야기를 해 주었다.

"쇼타, 너는 아주 소박한 걸 챙겨 보는구나."

코헤이가 의외라는 듯 갑자기 이름을 부르며 친근하게 말하기에 쇼타는 깜짝 놀랐다. 하지만 전혀 기분 나쁘지 않았다. 오히려 낯간지러운 기분이었다.

"코헤이 너는 어떤 방송을 보는데?"

"우리 집에는 텔레비전이 없어."

한순간 쇼타는 코헤이의 말을 이해할 수 없었다. 친구들 중에 텔레비전이 없는 집은 이제까지 들어본 적이 없기 때문이었다.

또다시 쇼타는 어떻게 대꾸해야 할지 몰라서 당황했다. 그런데 집 이야기가 나오기 무섭게 코헤이가 연립주택으로 걸어가면서 말했다.

"우리 집에 갈래?"

쇼타는 당혹스러워하면서도 그 뒤를 따라갔다.

산의 언덕길 왼편에 동쪽 방향으로 길쭉하게 '타츠미 빌라'

가 세워져 있었다. 언덕길에 접한 서쪽 벽에는 위아래로 다섯 개씩, 열 개의 우편함과 2층으로 올라가는 계단이 있었다. 각 방의 현관은 산 쪽을 향하고, 창문은 반대편인 남쪽을 향하고 있는 구조였다.

쇼타는 우편함에 눈길을 주었다. 201호에 '나카미나미'라고 손으로 쓴 이름표가 보였다. 101호에 '이이노', 103호에 '쿠레바야시', 106호에 '오니타'라고 적혀 있었다. 104호와 204호는 번호가 없었다. 나머지는 빈집인가 싶었는데 무엇 때문인지 206호의 이름표가 새까맣게 칠해져 있었다.

어째 기분 나쁘네……

쇼타는 저도 모르게 이맛살을 찌푸렸다.

빈집이라면 아예 이름표가 없을 것이다. 그러나 206호에는 명패가 있었다. 게다가 이름이 새까맣게 지워져 있는 것이 아주 꺼림칙했다.

"이 집은 뭐야?"

쇼타가 206호의 우편함을 가리키자 코헤이는 흘끗 쳐다보기만 하고 고개를 저으며 말했다.

"신경 안 써도 돼."

그러고는 얼른 계단을 올라갔다.

이웃에 민폐를 끼치는 사람인지도 모른다. 쇼타 가족이 살았던 고쿠분지의 아파트에도 그런 사람들이 있었다.

계단을 올라가서 2층 복도에 들어서자 갑자기 주위가 어두컴컴했다. 북쪽의 산을 향해 있는 데다 난간 너머로 울창하게 우거진 나무들이 바로 앞까지 다가붙어서, 마치 자연의 벽처럼 보였다. 그래서 햇살이 거의 비쳐 들지 않았다.

"어! 잠깐 기다려봐."

코헤이가 조금 당황한 기색으로 바지 주머니에 손을 찔러 넣더니 열쇠를 찾기 시작했다. 쇼타는 나무들 사이로 자기 집이 보이지 않을까 하고 북동쪽 방향으로 눈길을 돌렸다. 그때였다.

어두컴컴한 복도 구석에 서 있는 여자가 눈에 띄었다.

206호 앞인 듯한 그곳에 한 여자가 서 있었다.

몸은 산 쪽을 향하고 있으면서 고개만 돌려 이쪽을 쳐다보았다. 몹시 무리하게 목을 한껏 비틀고 줄곧 이쪽을 바라보며 쇼타를 빤히 응시하고 있는 것이었다.

"야! 얼른 들어와."

속삭이듯이 낮게, 그러면서도 꾸짖는 듯한 목소리가 들렸다. 소리 난 쪽을 돌아보니 201호의 열린 문 안에서 코헤이가 필사적으로 손짓하고 있었다.

쇼타가 퍼뜩 정신을 차리고 현관으로 뛰어들자 코헤이가 곧바로 문을 닫고 잠갔다. 그때 머리 위에 딸그랑하고 방울 소리가 났다. 올려다보니 몇 개나 되는 부적이 포렴처럼 문 위의 들보에 늘어져 있었다.

"나쁜 것을 쫓는 부적 같은 거야."

당연하다는 듯 설명하는 말투에 놀란 쇼타를 뒤로하고 코헤이가 집 안으로 척척 들어가면서 가리켰다.

"봐, 여기도 있잖아."

현관에서부터 뻗어 나간 짧은 복도 끝, 그곳 방 입구 대들보에도 부적들이 매달려 있었다.

201호는 현관에 신발 벗는 좁은 공간이 있고, 그곳에 신발을 벗고 올라가면 짧은 복도가 나온다. 오른편으로는 부엌과 화장실, 왼편에는 세탁기가 놓인 세면실과 욕실이 있었다. 말하자면 복도가 부엌 공간을 겸하는 구조였다.

그 끝에는 바닥이 마루로 된 두어 평짜리 방과 세 평짜리 방이 나란히 있었는데, 각 방의 미닫이문 위에도 부적이 주르르 매달려 있었다.

현관문 뒤와 방 두 개의 미닫이문 위, 이 세 군데에 부적이 포렴처럼 늘어져 있었던 것이다.

"거기 멍하니 서 있지 말고 이리 들어와."

안쪽 방에서 부르는 소리가 들리자 복도에 멈춰 서 있던 쇼타는 겨우 몸을 움직였다.

"어머니하고는 여기서 자. 그리고 잘 때 가장 영향을 받기 쉽다길래 현관뿐만 아니라 방 입구에도 부적을 달았대."

"너희 엄마가?"

"응. 어머니한테 충고한 사람은 가게 단골이라는 점쟁이 아줌마라지만."

코헤이의 어머니는 낮에는 인근 슈퍼마켓 계산대에서 일하고 저녁에는 수상한 술집에서 호스티스를 한다고 했다. '수상한'이라고 표현한 것은 물론 코헤이였다.

그건 그렇다 해도 자는 동안 영향을 받는다는 둥, 점쟁이의 충고라는 둥 하는 건 대체 무슨 뜻일까?

그런 의문이 얼굴에 드러났는지 코헤이는 크게 한숨을 내쉬더니 말했다.

"산에서 **뭔가** 안 좋은 것이 이쪽으로 내려온대."

7장   나가하시 마을

뭔가 안 좋은 것이…….

산에서 내려온다…….

쇼타는 온몸에 오싹 소름이 돋았다. 자기와 같은 느낌에 사로잡힌 사람이 있었다. 그런 생각이 드는 순간 너무나 무서웠다.

"그 점쟁이가 이 집에 왔었어?"

"이 연립에 산 지 1년 정도 되었을 때였던가……. 어머니가 그 사람을 불렀어. 그 무렵 밤에 일을 마치고 집에 오는데 언덕 위에 이상한 것이 있다는 소리를 자주 했거든. 그리고 복도가 어쩐지 오싹하고, 부엌하고 앞쪽 방을 지나 이 방까지 들어올수록 점점 심해진다는 얘기도 했지."

"그래서 가게 손님 중에 점쟁이한테 상담한 거구나."

"칸다라고 하는 작고 통통한 아줌마인데, 역의 남쪽 상점가에서 점집을 하고 있어. 점집이라고 해도 그 왜, 작은 책상 하나 놓고 앉아 있는 그런 거 있잖아? 하지만 어머니 말로는 뭔가 영적인 능력이 있다는 모양이야."

"칸다 아줌마가 이 집에 와서 뭐라고 했어?"

"얼른 나오라고. 이사 가는 편이 좋겠다고."

"……."

"하지만 어머니가 지금 내는 집세로 다른 곳에서는 이 정도 넓이의 집을 구할 수 없다면서 그건 힘들다고 했어. 그러니까 어쨌든 산이 있는 방향으로 부적을 매달아 둬야 한다고 충고했어."

"……."

"조금 전에 우편함을 봐서 알겠지만, 이 연립에 사는 사람들이 별로 없어. 들어와도 금방 나가버리거든……. 그나마 여기 사는 사람들도 다들 조금 이상해. 101호의 이이노 씨는 출장이 잦아서 한 달에 한 번 정도밖에 들어오지 않아. 106호의 오니타 씨는 작업장에서 일하느라 아침나절에 들어왔다가 밤에 다시 나가고. 작년 가을에 이사 온 103호의 쿠레바야시 씨는 평범하게 회사에 다니고 있지만……."

코헤이는 슬며시 입을 다물더니 의미심장한 눈빛으로 쇼타를 쳐다보았다.

"어째 점점 이상해진다고 해야 할지⋯⋯."

"무슨 소리야?"

"무슨 일이 있었던 건 아냐. 다만 예전에 비해 음침해졌다고 할까, 인상이 흐릿해진 느낌이야⋯⋯. 내가 보기에도 쿠레바야시 씨는 그런 것 같아."

1층에 사는 사람이 그렇다는 얘기는 어머니에게 들은 모양이었다. 코헤이의 어머니는 밤에 술집 손님을 상대하기 때문에 여기 사는 남자들을 세세하게 본다고 했다.

"열 집 가운데 지금 사람이 살고 있는 건 다섯 집에 모두 여섯 명이라는 거야?"

"실제로 사는 사람은 네 명이겠지만⋯⋯."

"206호는?"

그렇다면 그 네 명 중 하나일 조금 전의 여자가 신경 쓰였다. 우편함의 새까맣게 칠해진 이름표, 복도에 서 있던 모습, 이쪽을 응시하는 태도⋯⋯. 그 모든 것이 기묘했다.

"조금 전에 본 그 여자는 그 집에 살고 있는 거 아냐?"

쇼타가 묻자 곧바로 코헤이의 얼굴이 일그러졌다.

"코즈키 키미 씨는 대학생이고 우리가 여기 이사 온 해 봄에 안라 여자대학교에 입학했어. 학교에 가지 않는 날은 나하고 놀아주기도 했고⋯⋯. 아주 좋은 사람이었는데⋯⋯."

"여기 1,2년 사는 동안 점점 이상해진 거야?"

저도 모르게 상황을 눈치챈 쇼타가 문득 떠오른 대로 말하자 코헤이가 괴로운 표정으로 고개를 끄덕이더니 또다시 크게 한숨을 내쉬었다.

"칸다 아줌마가 해준 이야기를 어머니가 전했는데도, 코즈키 씨는 그런 얘기를 믿지 않은 모양이었어. 나도 어떡할 수 없었어."

"……."

쇼타는 위로의 말을 해야겠다고 생각했지만 무슨 말을 해야 좋을지 전혀 떠오르지 않았다.

그런데 코헤이가 문득 뭔가 떠올랐다는 듯 말했다.

"갑자기 이런 이야기를 해서 깜짝 놀랐겠다. 미안해. 역시 기분 좋은 얘기는 아니지……. 하지만 어쩐지 너는 자연스럽게 받아들이는 것 같아서 말이야. 나도 조금 놀랐는데……."

쇼타는 어떡해야 할지 망설였다. 하지만 자기도 모르게 "저기 말이야"라고 운을 떼고는 이사 온 당일 느꼈던 오싹한 느낌부터 오늘 아침 다다미방에서 본 형체까지 단숨에 털어놓았다. 게다가 그 섬뜩한 느낌까지 거슬러 올라가서 모두 이야기해주었다.

"괴, 굉장하다……."

이야기 도중에 전혀 끼어들지 않던 코헤이는 쇼타의 이야기가 끝나자마자 반은 두렵고, 반은 감탄한 듯한 표정을 지었다. 그리고 곧장 옆방으로 가더니 보리차가 든 컵을 가지고 돌아와서 척 내밀었다.

"목마르지?"

"고마워."

그런 말을 들을 때까지 쇼타는 자신이 얼마나 오랫동안 이야기했는지 모르고 있었다. 확실히 목이 많이 칼칼한 상태였다.

"역시 넌 머리가 좋구나. 처음 봤을 때부터 그런 생각이 들더라."

"그래? 어째서?"

"언덕길에 있던 사당이라든가, 그 도조신의 역할을 제대로 맞혔잖아. 칸다 아줌마도 똑같은 소리를 했거든."

"그, 그랬어?"

쇼타는 놀라서 하마터면 입에 머금고 있던 보리차를 내뿜을 뻔했다.

"칸다 아줌마가 여기 들른 뒤에 여러 가지로 조사해본 모양이었어. 그러고는 가게에 와서 어머니에게 이야기해줬대."

칸다 아줌마의 이야기를 정리하면 이랬다.

이 나가하시 마을은 옛날에 '나가하시 촌'이라 불렸다. 논밭을 중심으로 그 주변을 집들이 둥그렇게 둘러싸고 있는 촌락이었다. 나가하시 촌장은 대대로 '타츠미 가'가 맡아왔고, 대부분의 토지를 그 가문이 소유하고 있었다. 거기에는 마을 북쪽에 자리 잡은 '도도 산'도 포함되어 있었다. 그 산에는 옛날부터 무서운 뱀신이 산다고 전해져서, 입산이 금지되었다고 한다. 그런 신성한 영산(靈山)을 모시면서 뱀신을 진정시키는 한편 입산객이 있는지 눈을 번뜩이며 감시하는 것도 타츠미 가의 역할이었다.

그런데 태평양전쟁 이후 농지개혁에 의해 타츠미 가는 이 땅의 권리를 거의 상실하고 말았다. 그런데 얄궂게도 개혁에는 산림 소유권이 포함되어 있지 않아서 가장 포기하고 싶었던 도도 산만 남게 되었다.

게다가 타츠미 가는 전쟁 이후로 후계자들이 신통치 않아서 점차 몰락일로를 걷기 시작했다. 그리고 5년 전에 끝내 도도 산 주변을 개발해서 '타츠미 빌라'를 세웠고, 그 1년 후에는 산 자체를 주택지로 바꾸겠다는 계획을 밀어붙였다.

타츠미 가의 최연장자였던 센은 도도 산에 손대는 것을 마지막까지 반대했다. 그러나 이미 체면을 차리고 있을 상황이 아니어서 사위와 딸들이 우격다짐으로 개발 계획을 단행했다.

하지만 여간해서는 짐작할 수 없을 정도로 공사가 난항을 겪었다. 처음 개발에 착수한 것은 산의 오른쪽 절반이었다. 하지만 무엇 때문인지 정상에는 일체의 차량이 올라갈 수 없었고, 산 중턱의 2단째부터는 곁길을 만들었지만 몇 번이나 절벽이 무너져 내려서 가장 중요한 옹벽을 구축할 수 없었다. 결국 개발 구역 중 맨 아래의 3단째만 간신히 택지화할 수 있었다.

3단째도 네 개 구획을 동시에 주택 건설에 착수했는데, 첫 번째 구획은 물 빠짐이 너무 좋지 않아서 기초공사조차 진행하지 못했고, 두 번째 구획은 골조 조립 단계에서 두 번이나 원인불명의 화재가 일어났으며, 세 번째 구획에서는 비계공이 세 명이나 발판에서 떨어지는 사고가 잇따라 발생하는 믿기지 않는 일이 벌어졌다. 어떻게든 집을 완성할 수 있었던 것은 네 번째 구획뿐이었다.

그뿐만이 아니었다. 때를 같이해서 타츠미 가 사람들이 차례로 불가해한 죽음을 맞이하기 시작했다.

어떤 이는 아침을 먹다가 토란 조림이 목에 걸려서 질식사를 했다.

어떤 이는 창고에서 뱀한테 목이 감긴 채 쇼크사한 상태로 발견되었다.

어떤 이는 이른 아침에 타츠미 저택 앞 논바닥에 얼굴을 처박고 익사한 채로 발견되었다.

어떤 이는 세 번째 구획의 집 골조에 목매단 채 발견되었다.

어떤 이는 마을의 맨션 건설 현장 근처에서 떨어진 철골에 깔려 죽었다.

어떤 이는 타고 가던 택시가 급브레이크를 밟자 갑자기 차문이 열려 도로로 떨어졌다가 뒤따라오던 차에 치여 죽었다.

이런 믿기지 않는 사고나 자살로밖에 생각되지 않는 죽음으로 여섯 명이 연이어 목숨을 잃었다. 그 결과 도도 산 개발은 자연스럽게 중단되었고, 타츠미 가에는 최연장자인 센만 살아남게 되었다.

"그 할머니가……."

쇼타가 이사 온 날 봤던 그 기묘한 노파가 타츠미 센이고, 저 폐허 저택이 타츠미 가였던 것이다.

쇼타가 말끝을 흐리자 코헤이는 고개를 끄덕이면서 자기 머리를 가리키며 말했다.

"하지만 센 할매는 여기가 좀 이상하거든."

"그렇구나. 어쩐지 이상해 보였는데……. 하지만 가족들이 그런 식으로 죽어버리면 정신이 이상해지는 게 당연하지 않겠어?"

"그건 그러네. 그때 이 동네의 사정을 아무것도 몰랐던 나는 이상하게 장례식이 많은 집이구나 싶어서 참 별일도 다 있다고 생각하고 말았거든."

"차례차례 죽어나갔다는 건, 어느 정도 기간에 그랬다는 거야?"

"1년 반……. 아니, 2년 정도였나?"

"그건 그렇고……."

쇼타가 머뭇거리자 코헤이는 금세 쇼타의 마음을 알아차린 듯 말했다.

"산 윗집에 대해서는 칸다 아줌마도 아무 말 안 했어. 어머니가 물어본 건 우리가 사는 연립이었으니까."

"그렇구나."

"마을의 옛날 이야기나 타츠미 가를 조사한 건 아줌마의 서비스라기보다 그냥 호기심 때문이었던 것 같아."

"……."

"다만 산 윗집도……."

코헤이가 말을 꺼내다가 입을 다물었다.

"뭔데? 괜찮으니까 얘기해봐."

쇼타가 재촉했다. 코헤이는 조금 주저하다가 슬며시 입을 열었다.

"구급차랑 경찰차가 산 위로 올라가는 것을 본 적이 있어."

"누가 죽은 거야?"

"그건 잘 모르겠어."

코헤이가 아주 난처한 표정을 지었다.

"이제까지 적어도 두세 가족이 그 집에 살았는데, 친하게 지낸 사람이 없었거든……."

"또래가 없었구나."

"아니, 있었어."

"어……."

"여기 살면 호사 초등학교에 다니게 마련이니까 같은 학년이나 같은 반이 아니더라도 등교하는 길은 똑같아."

"그럼 마음이 맞는 친구가 없었나?"

"아직 누구하고 그렇게 깊게 사귄 적이 없어……."

쇼타는 영문을 알 수 없었다. 이제까지는 말하기 힘든 이야기까지 술술 털어놓던 코헤이가 이상하게도 뭔가 숨기는 듯한 투로 말했다.

좀 더 자세히 물어볼까 하고 쇼타가 망설이고 있는데, 코헤이가 포기한 듯 한숨을 쉬었다.

"휴……. 뭐, 이번에도 곧 문제가 될 테니까."

그러고는 마음을 정한 듯 입을 열었다.

"산 윗집에 사는 아이는 이사 온 지 얼마 되지 않아 대개 부모님에게 주의를 받거든."

"무슨 주의를?"

"산 아래 연립에 사는 아이하고 너무 가까이 지내면 안 된다고."

"어째서?"

"생각할 수 있는 건, 우리 어머니가 밤일 나가는 것을 알아챘다거나 같은 반 어머니한테 전해 들은 게 아닐까 싶어. 게다가 내가 늘 지저분하게 하고 다니니까……."

"그게 무슨 소리야……?"

쇼타는 스스로도 놀랄 정도로 몹시 화가 났다.

"친구가 되는데 그 애 엄마의 직업이 대체 무슨 상관이라는 거야? 게다가……."

이어서 옷차림을 언급하려고 했던 쇼타는 '확실히 지저분한 느낌은 들지만' 하는 생각이 저도 모르게 들었다.

"쇼타, 지금 내가 지저분하다고 생각했지?"

"어…… 아니. 그, 그렇지 않아."

"거짓말. 얼굴에 다 나타나."

"너야말로 이상한 소리 하지 마. 얼굴에 뭐가 나타난다는 거야?"

두 사람은 서로 노려보았다.

그렇게 얼버무렸지만 코헤이의 지적은 옳았다. 자신의 얼굴이 붉어진 것을 쇼타도 느꼈던 것이다.

바보같이……. 어쩌다 쓸데없는 생각을 한 거야.

나카미나미 코헤이가 초라한 차림새를 하고 있는 것은 사실이었다. 하지만 쇼타는 코헤이의 그런 옷차림에 신경 쓰지 않았다. 하물며 그런 이유로 코헤이를 싫어하지도 않았다.

쇼타는 그렇게 말하고 싶었다. 자신의 마음을 설명하고 싶었다. 하지만 지금 와서 무슨 말을 한들 핑계로 들리지 않겠는가.

모처럼 친구가 되었는데…….

쇼타는 울음을 터뜨리고 싶은 표정을 참는 것만으로도 벅찼다.

"너 말이야……."

"…….."

"되게 정직하구나."

"어……?"

"하지만 말이야, 부모란 자기 자식이 어떤 애하고 노는지 신경 쓴다니까. 되도록 문제없는 좋은 집 애하고 친구가 되기를 바라는 법이야."

코헤이의 말을 절반쯤은 이해할 수 있었지만, 절반은 와 닿지 않았다. 쇼타가 그렇게 말하자 코헤이가 히죽거렸다.

"넌 머리는 좋아도 아직 인생 경험이 부족하구나."

"뭐라고? 너도 나랑 똑같이 열 살이잖아."

"그 10년이 내 경우에는 무지무지 알차거든."

"헤……."

쇼타도 조금 웃었다. 그러자 히죽거리던 코헤이가 함박웃음을 지었다. 하지만 금세 뭔가 깨달은 듯한 표정으로 말했다.

"어쨌든 무슨 소리를 듣는다고 해도 그건 그때 일이지. 미리부터 신경 써봤자 소용없어. 저 사당 앞에서 너하고 친구가 되었으니까."

"그래, 맞아."

그제야 쇼타의 얼굴에 안도의 표정이 떠올랐다.

그것을 보고 코헤이의 얼굴에 다시 함박웃음이 퍼졌다. 그러나 이번에도 웃음은 길게 이어지지 않았다. 코헤이는 곧 몹시 난처하다는 투로 말했다.

"하지만 말이야, 산 윗집 사람들에게 어떤 나쁜 일이 있는지는 잘 몰라."

"코우의 엄마는 뭐라고 하셨는데?"

쇼타가 벌써부터 이름 대신 코우라는 별명을 붙여서 불렀지만, 코헤이 본인은 아무런 감흥이 없는 듯했다.

"어머니는 산 윗집 사람들한테 관심이 없는 것 같았어. 우리하고는 다른 세계 사람들이라고 생각한 게 아닐까?"

"그러니까 과거에 어떤 가족이 살았고, 누가 죽지는 않았는지 거의 모른다는 얘기야?"

"아마도. 코즈키 씨하고는 조금이나마 접촉이 있었던 것 같지만……."

그렇게 말하던 코헤이가 문득 놀란 듯 물었다.

"쇼타, 설마 너……."

쇼타는 냉정하게 고개를 끄덕이며 대답했다.

"집 안에서 본 사람의 형체가 거기서 죽은 사람의 유령이 아닐까 싶어."

"하지만 유령 같은 건……."

"맞아. 그렇기 때문에 알고 싶은 거야. 그 사람이 어떤 상황에서, 왜 죽었는지……."

8장   검고 긴 것

사실 산 윗집에 살았던 사람들에 대해 알고 싶다면 집주인 타츠미 센에게 물어보는 것이 가장 빠른 방법일 것이다. 그러나 코헤이의 말에 따르면 정상적인 대화를 바랄 수 없어 보였다.

타츠미 빌라와 산 윗집의 관리는 역 앞에 있는 부동산 사무소가 맡고 있었다. 그곳은 자세한 상황을 알고 있겠지만, 갑자기 아이들이 찾아가서 물어보면 사실대로 대답해주지 않을 것이라는 데 두 사람의 의견이 일치했다.

그렇다면 나가하시 마을에 사는 누군가에게 물어볼 수밖에 없었다. 하지만 코헤이는 이 동네에 아는 사람이 전혀 없었고 그건 쇼타도 마찬가지였다.

"우리를 도와줄 만한 사람은 코즈키 씨밖에 없지만, 저래서야……."

코헤이의 말투는 유감스럽다기보다 원통하다는 느낌이었다.

"1층 사람들은?"

"음……. 왜 그런 걸 알고 싶어 하냐고 꼬치꼬치 캐묻지 않을까? 게다가 어머니한테 알려질 거야."

"너희 엄마가 혼내실까?"

"아마도……. 남의 집 일에 참견하지 말라고 말이야."

"그 집에 살고 있는 내가 부탁했다고 하면 어때?"

"그럼 네가 겪은 이런저런 경험을 이야기해야 되잖아. 집 안에서 본 사람 형체까지. 어머니한테 그런 소리를 했다간 완전 난리가 날걸."

"하지만 코우의 엄마도 여기가 이상하다고 느끼고 있을 테니……."

"그러니까 더더욱 괜한 일에 참견하지 말라고 분명 화를 낼 거야. 아무 일도 하지 않으면 이대로 무사히 살아갈 수 있다면서. 칸다 아줌마 말대로 저렇게 부적을 붙여두면 적어도 집 안에서는 괜찮을 테니까 말이야. 자칫하면 너하고 같이 놀지 말라고 할지도 몰라."

좋은 아이디어를 떠올리지 못하고 끙끙대는 동안 저녁때가 되었다. 쇼타는 집으로 돌아가야 했다.

"내일은 어떡할래?"

"오전에는 어머니를 거들어야 하니까 점심때 만날까?"

"알았어. 그럼 1시쯤 올게."

쇼타는 어머니를 거든다는 것이 뭔지 궁금했지만 물어보지는 않았다. 게다가 왠지 모르게 상상이 갔고, 분명 코헤이도 물어보지 않기를 바랄 거라고 생각했다.

쇼타는 201호를 나와서 복도 안쪽을 흘끗 보았다. 아무도 없었다. 역시 하루 종일 서 있지는 않는 모양이었다.

"밤새도록 복도에 있을 때도 있어."

그런 쇼타의 생각을 알아차렸는지 코헤이가 나직하게 중얼거렸다. 그 목소리에서 자기는 어떻게 할 수 없다는 분함과 쓸쓸함이 느껴졌다.

코헤이는 언덕길 아래까지 바래다주었다. 게다가 쇼타가 곁길로 접어들 때까지 계속 그 자리에서 지켜보았다. 각각 언덕 중간과 아래에서 두 사람은 손을 흔들며 헤어졌다.

나는 가족이 기다리는 집으로 돌아간다. 코헤이는 아무도 없는 집으로 돌아간다.

문득 쇼타는 두 사람의 상황을 비교해보고, 뭐라고 말할 수 없는 기분에 사로잡혔다. 코헤이를 동정하고 있는 건가 싶었지만 자신도 알 수가 없었다. 다만 그런 감정은 코헤이를 모욕하는 것이 틀림없다는 생각이 강하게 들었다.

누나 사쿠라코는 이미 집에 돌아와 있었다. 어머니는 쇼타가 누나보다 먼저 올 거라고 생각했는지, 조금 걱정하고 있었다. 쇼타가 염려하던 것과 달리 모모미의 기분은 완전히 풀려서 줄곧 새로 이사 온 마을 이야기를 했다.

저녁 식사 자리에서 사쿠라코는 즐겁게 친구들 이야기를 했다. 어머니는 쇼타에게 오늘 어디 갔다 왔냐고 물었다. 쇼타는 감출 필요도 없이 코헤이와 친구가 되었다고 전했다.

"그래, 잘됐구나. 학교에 가기 전에 이웃 친구가 생겨서."

"누군데?"

기뻐하는 어머니 옆에서 모모미가 호기심을 보이며 물었다.

"음, 말투에 간사이 억양이 좀 섞인 재미있는 아이야."

"개그맨처럼?"

"그래, 맞아. 억양이 그보단 덜하지만."

"여기는 간사이 지방이니까 당연하잖아."

둘의 대화를 듣고 있던 사쿠라코가 한마디로 정리해버렸다.

"한번 놀러 오라고 하렴."

아들에게 새 친구가 생겨서 기쁜 한편으로, 역시 어떤 아이인지 신경 쓰이는지 어머니가 그렇게 말했다.

하지만 사쿠라코가 재빨리 말했다.

"다음 주 화요일은 안 돼!"

그날 전에 말했던 문자 친구들 몇 명이 집에 놀러 온다고 했다. 여름방학 동안 각자의 집에 한 번씩 놀러 갈 예정이라는 것이었다.

"나중에 한번 데려올게요."

일단 그렇게 이야기하자 어머니는 그것으로 만족해했다. 사쿠라코는 자신의 일정하고 겹치지만 않으면 남동생이 누구를 데려오든 관심 없었고, 모모미는 개그맨 같은 간사이 사람을 볼 수 있다고 철석같이 믿고 기대에 찬 눈빛을 반짝였다.

사실 문제는 코우인데 말이지······.

시원시원한 성격으로 보이기는 하지만, 산 윗집에 사는 사람들에 대해서는 특별한 감정을 가지고 있는 것이 아닐까? 이전까지 여기 살던 사람들과의 관계와 그 어머니의 사고방식이 코헤이에게 좋지 않은 영향을 미친 것이 틀림없었다. 그런 코헤이가 순순히 초대에 응할까?

뭐, 무리해서 부를 것까지는 없지.

이 집에 놀러 오지 않는다고 해서 코헤이와의 사이가 변할 일은 없었다. 어머니는 뭐라고 할지 모르겠지만, 낯을 가린다든가 부끄럼이 많다는 식으로 얼마든지 얼버무릴 수 있을 것이다. 그게 통하지 않으면 그때는 다른 대책을 생각하면 된다.

저녁 식사를 마치고 나서 쇼타는 2층 자기 방으로 돌아가 평소처럼 창문 너머로 폐허 저택을 내려다보았다. 다만 오늘 밤은 이제까지와 조금 다른 시각으로 보았다.

이 지역이 나가하시 촌이었을 무렵부터 지주로서 마을을 다스리던…….

도도 산을 개발하기 시작하면서 가족이 차례차례 여섯 명이나 죽어나갔다…….

그래서 지금은 센이라는 머리가 이상해진 노파만이 살아남았다…….

저것이 타츠미 가의 저택이구나.

그렇게 생각하며 바라보니, 변함없이 불빛 하나 들어오지 않는 그 집이 더욱 음침하게 느껴졌다. 칠흑같이 어두운 방 안에서 꿈쩍도 하지 않고 앉아 있는 노파의 모습이 곧바로 뇌리에 떠올랐다.

정신을 차리고 보니, 어느새 쇼타의 얼굴이 식은땀으로 젖고 목도 몹시 말랐다.

쇼타는 1층으로 내려가서 부엌으로 향했다. 세면실 앞에서 화장실 쪽으로 복도를 걸어가면서 뒷문 쪽을 흘깃 엿보았다. 뒷문의 젖빛 유리가 새까맸다. 설령 사람의 형체가 비쳐 있다 해도 알아볼 수 없을 만큼 집 밖에는 어둠의 장막이 깔려 있었다.

황급히 눈을 돌린 쇼타는, 부엌에 들어가 냉장고에서 보리차가 담긴 페트병을 꺼내 유리컵에 가득 따라서 단숨에 들이켰다.

거실에서는 사쿠라코와 모모미가 어머니와 함께 텔레비전 퀴즈 프로그램을 보고 있는 듯했다. 이번에는 보리차를 컵의 절반 정도만 따르고, 잠깐 망설이다가 식당을 통해 거실로 나가려고 했다.

부엌과 식당에는 작은 불밖에 켜져 있지 않았다. 그에 비해 거실은 아주 밝게 빛나고 있었다. 그곳은 단란한 가족의 분위기에 어울리는 반짝이는 공간이었다.

그런데 묘하게도 오른편이 어둡게 느껴졌다. 2층 복도 부근이 어둠침침하게 흐려 보였다.

2층 천장까지 뚫려 있으니 그 구석까지 불빛이 닿지 않아서 그런가 싶었지만 뭔가 이상했다. 무엇보다 쇼타는 벌써 나흘 밤을 이 거실에서 보냈다. 그동안 저 부근이 특별히 어둡다고 느낀 적은 없었다. 그런데 지금은 그렇게밖에 생각되지 않았다.

참 이상하네…….

신경 쓰이는 곳을 계속 쳐다보면서 식당을 지나가고 있는데 문득 끈 같은 것이 눈에 띄었다. 2층 복도 난간에서 1층으로 축 늘어져 있었다.

뭐지, 저건?

검고 길쭉한 것은 끈이라기보다 로프에 가까웠다. 처음에는 이사 올 때 미처 못 치우고 남은 쓰레기인가 싶었지만, 곧바로 그건 아니라는 생각이 들었다. 오늘까지 어머니가 못 보았을 리 없었다. 게다가 오늘 저녁나절까지만 해도 분명 없었다.

아주 섬뜩한 기분에 사로잡힌 채 쇼타가 천천히 다가가

자……, **그것**이 흔들리기 시작했다.

덜렁…… 덜렁…….

에어컨은 켜지 않았다. 창문은 열려 있었지만 바람이 불지는 않았다.

덜렁…… 덜렁…… 덜렁…… 덜렁…….

그런데도 **그것**이 흔들렸다.

덜렁…… 덜렁…… 덜렁…… 덜렁…….

그 모습이 어쩐지 즐거워 보였다.

덜렁…… 덜렁…… 덜렁…… 덜렁…… 덜렁…….

그러다가 돌연 **그것**이 쑥 들려 올라갔다. 마치 뱀이 고개를 치켜들듯이…….

"앗……!"

쇼타는 나지막이 외치면서, 식당과 거실의 경계 앞에 멈춰 서서 코헤이에게 들은 칸다라는 점쟁이의 말을 떠올렸다.

그 산에는 옛날부터 무서운 뱀신이 산다고 전해지고 있었다.

그 순간 쇼타는 기억 속의 소름 끼치는 광경에도 마찬가지로 검고 길쭉한 것이 존재했다는 것을 깨달았다.

2층 베란다에 서 있던 사람의 형체 앞 난간에 검고 길쭉한 것이 늘어져 있었다.

뒷문에서 사라진 사람 형체 뒤에 있던 옹벽에도 검고 길쭉한 것이 뻗어 있었다.

다다미방에서 목격한 사람 형체의 목에서 일본식 장롱까지, **검고 길쭉한 것**이 뻗어 있었다…….

그때는 기분 나쁜 사람의 형체에 주의가 쏠려서 기억의 구석으로 물러나 있었던 것이다. 그러다 지금 검고 길쭉한 것만 나타나자 기억이 생생하게 되살아났다.

뱀신?

이 검고 길쭉한 것이 그것일까? 그러니까 사람 형체는 도도산에 산다는 뱀신의 앙화로 죽은 것일까?

앙화…….

쇼타는 어느새 그 이야기를 자연스럽게 받아들이고 있었다. 사람이 침범해서는 안 되는 산에 손을 댔기 때문에 타츠미 가 사람들이 차례차례 죽어나갔다면, 그 산에 지은 집에 사는 사람들에게 아무런 영향이 미치지 않을 리가 없었다.

언제까지 괜찮을까?

집을 지은 지 3년이라고 아버지가 말했다. 그동안 이 집에 몇 가족이 살았을까? 그것을 알면 대충 그 계산을 할 수 있을지도 모른다.

"뭐 하니, 거기서?"

어머니의 목소리를 듣고 소파 쪽을 보니, 사쿠라코와 모모미도 이상하다는 얼굴로 쇼타를 쳐다보고 있었다. 누나는 금방 텔레비전 쪽으로 고개를 돌렸고, 여동생은 쇼타가 들고 있는 컵을 보면서 자기도 보리차를 마시고 싶다고 했다.

"내가 가져다줄게."

그대로 있다가는 어머니에게 한마디 들을 것 같아서 쇼타는 곧장 부엌으로 돌아갔다. 그때 2층 복도를 흘끗 보았지만, 이미 어두컴컴한 분위기는 안개처럼 사라지고 없었다.

"나도 보리차!"

뒤에서 사쿠라코의 목소리가 들렸다.

"엄마는요?"

쇼타가 묻자 "그럼 나도 한잔 갖다 주렴"이라고 어머니가 대답했다.

쟁반에 컵 네 개를 놓고 냉장고에서 페트병을 꺼내 보리차를 따르면서, 쇼타는 어머니에게 어떻게 이야기할지 생각했다.

"고마워."

쇼타가 보리차를 가지고 가자 어머니가 쟁반을 받아 들면서 말했다.

"이 집, 깨끗하게 썼다고 좋아하셨죠?"

"그래. 새 집 같아서 좋지 않니?"

어머니는 조금 전부터 쇼타의 말과 행동에 조금 당혹스러워하는 것 같았다. 하지만 그래도 평소처럼 대답했다.

"우리도 깨끗하게 써야겠지."

"모모도 들었지?"

"모모는 더럽히지 않았어! 조심할 사람은 오빠잖아."

순간적인 기지로 모모를 대화에 끌어들인 것은 역시 좋은 판단이었는지, 어머니의 얼굴에 미소가 떠올랐다.

곧바로 쇼타는 자연스럽게 물었다.

"하지만 전에 몇 가족인가 살다 나갔다고 하지 않았어요?"

"부동산 사무소에서 들은 얘기로는 세 가족이 살았다더구나."

3년 동안 세 가족이라면 거의 1년마다 바뀌었다는 뜻이다. 곧바로 다음 세입자가 나타났다고 할 수는 없으니, 각 가족이 이 집에 머무른 기간은 대략 평균 열 달쯤 되지 않을까?

"너무 많이 바뀐 거 아니에요?"

"그러네. 아버지의 직장 때문에 그런 거 아니었을까? 1년 임기가 지나서 다른 지역으로 이사를 간 거지. 우리는 1년만 있을 게 아니니까 괜찮아. 누나의 고등학교 입시도 있고."

"세 가족 모두 1년씩밖에 살지 않았다는 건 좀 이상하지 않나요?"

"음……. 우연히 그렇게 된 거 아니겠니? 어떤 사정으로 이사를 왔다가 몇 달 만에 다시 이사를 간 집도 있겠지. 그건 그렇고 쇼타……."

어머니의 질문 공세를 받기 전에 쇼타는 적당한 핑계를 대고 거실을 나왔다.

3년간 세 가족이 살다 나갔다는 사실에 대해, 어머니는 이상하다고 느끼지 않는 듯했다. 그것은 아버지도 같을 것이다. 하물며 거주자의 회전율이 빠른 원인이 이 집, 이 산, 이 땅에 있다고는 전혀 생각하지 않을지도 모른다.

하긴 그러는 것도 당연하지 않을까?

부모님은 그 섬뜩한 두근거림을 전혀 느끼지 못했다. 기분 나쁜 형체와 검고 긴 것도 보지 못했다. 도도 산에 사는 뱀신의 전승도, 타츠미 가를 덮친 죽음의 앙화도, 타츠미 빌라에서 일어나고 있는 괴이한 일도 전혀 모른다.

이 집이 이상하다고는 전혀 생각하지 않겠지…….

거실을 나와 복도를 걸어가면서 쇼타는 생각했다.

평균 10개월이라고 해도, 뱀신의 앙화가 가족에게 미친 시기는 좀 더 이르지 않았을까? 그러니까 가족 중에 아버지나 어머니가 이 집이 이상하다는 것을 깨닫고 이사를 결심하고 실행할 무렵에는, 이미 누군가 죽어버린 뒤였는지도 모른다.

이거 큰일인데…….

천천히 계단을 올라가면서 쇼타는 고민에 잠겼다.

그렇다고 해서 지금 이 집의 위험을 호소해봤자 알아줄 리 없었다. 뭔가 명확한 증거가 필요했다. 혹은 누군가 어른의 증언이 필요했다.

점쟁이 칸다 씨…….

좋은 생각이기는 하지만, 부모님이 그 아줌마를 수상한 사람이라고 판단해버리면 그것으로 끝이다. 게다가 코헤이가 이야기하는 것으로 보아, 코헤이 본인은 어머니만큼 칸다라는 사람을 믿지 않는 듯했다. 그런 사람에게 이런 중요한 역할을 맡길 수 있을까?

우선 내일 코헤이에게 상담해봐야겠다.

그날 밤 쇼타는 더 이상 창문으로 타츠미 가를 바라보지 않았다. 이사 오던 날 신칸센에서 읽으려고 마음먹었던 《80일간의 세계 일주》를 들고 침대에 드러누웠다. 처음에는 산이나 집에 대한 생각이 계속 머릿속을 맴돌아 좀처럼 집중할 수 없었다. 하지만 이내 이야기에 몰입되어 어느새 쇼타도 세계를 이리저리 뛰어다니고 있었다.

잠들기 전 몇 시간, 그것은 이 집에서 쇼타가 처음으로 맛본 귀중한 휴식 시간이었다.

다음 날 쇼타는 아침나절을 모모미하고 놀아주며 보냈다. 어디에서 놀지 망설이다가 결국 자기 방에서 놀았다. 다다미방에는 사람 형체가, 거실에는 검고 길쭉한 것이 나타났다. 사쿠라코의 방은 당연히 쓸 수도 없지만, 그 전에 베란다에도 사람의 형체가 나타났다. 그렇다고 식당에서 놀 수도 없었다. 남은 것은 부모님 침실과 쇼타의 방이었다.

아니, 부모님 침실에는 히히노가 왔었지.

히히노와 사람 형체는 대체 어떤 관계일까? 게다가 검고 긴 것은 정말 뱀신일까?

툭하면 괴이한 것들이 떠올라서 건성으로 놀아주다가, 쇼타는 몇 번이나 모모미에게 혼이 나곤 했다.

"오빠, 계속 그러면 앞으로 같이 안 놀아줄 거야."

안 되겠다 싶어서 쇼타는 어떻게든 열중하려고 애썼다. 하지만 어쩔 수 없이 의식은 그쪽을 향했다. 덕분에 점심을 먹을 무렵에는 완전히 녹초가 되고 말았다.

오후 1시가 되기를 기다렸다가 쇼타가 집을 나서려고 할 때, 모모미가 현관으로 나와 떼를 썼다.

"모모도 개그맨 오빠하고 놀 거야!"

곧 집에 데리고 올 거라고 말해도 듣지 않았다. 어쩔 수 없이 마지막에는 어머니가 여동생을 달래는 동안 재빨리 뛰어나왔다.

그렇게 달려서 집 앞 언덕길을 내려와 타츠미 빌라의 계단을 뛰어올라 201호 앞에 섰다. 단숨에 땀이 배어 나왔지만 참으로 기분 좋은 땀이었다.

쇼타가 인터폰을 누르자 집 안에서 '딩동' 하고 울리는 소리가 들렸다. 들어가면 바로 보이는 방의 벽에 수신기가 붙어 있을 것이다. 코헤이는 안쪽 방에 있는지 좀처럼 나오지 않았다. 아니면 화장실에 갔는지도 모른다. 아무런 반응이 없었다.

이상하네.

의아하게 생각하고 있는데 문득 문틈에 끼워진 쪽지 같은 것이 보였다. 꺼내서 펼쳐보니 아주 서툰 글씨로 이렇게 적혀 있었다.

미안. 어머니한테 일이 있어서 외출한다. 저녁에나 올 거야.

처음 보는 글씨였지만 코헤이가 쓴 것이 틀림없었다. 분명 어머니가 갑자기 무슨 일을 시킨 것이었다. 실망한 쇼타는 그 자리에 멍하니 서 있었다.

이윽고 복도 구석 쪽에서 소리가 들리자 쇼타는 정신을 차렸다. 그쪽으로 눈길을 돌리자 206호 문이 천천히 열렸다.

쇼타는 황급히 계단을 뛰어 내려가 건물 밖으로 나왔다. 코즈키 키미라는 여자가 뒤쫓아올 거라고 생각하지는 않았지만, 최대한 건물에서 멀리 떨어지고 싶었다. 게다가 코헤이가 없으니 계속 있을 이유도 없었다.

어떡하지? 집에 돌아갈까? 아니, 그럴 기분이 아니다. 모모하고 노는 것도 지금은 사양하고 싶다. 하지만 혼자서는……

쇼타는 뭘 해야 좋을지 알 수 없었다. 코헤이와 이야기를 한다고 해서 어떤 멋진 아이디어가 나올지도 의문이었다. 하지만 지금 자신에게 코헤이는 아주 든든한 존재였다. 더구나 코헤이와 이야기하면 머릿속이 정리될 것 같았다.

주위를 둘러보던 쇼타의 눈에 언덕길 앞의 사당이 비친 순간,

우선 해야 할 일이 떠올랐다.

그래, 참배를 하자.

앞으로는 매일 이곳에 와서 참배를 해야 한다고 스스로에게 말했다. 어쨌든 이것은 도도 산의 뱀신을 진정시키기 위해 만들어진 사당이니까.

조금 망설이던 쇼타는 샌들을 신은 채로 무릎을 꿇고 열심히 기도를 올렸다. 모모미, 가족, 코헤이를 위해······.

얼마나 그러고 있었을까? 기도에 몰입하고 있던 쇼타는 문득 깨달았다.

뒤에 **뭔가** 있다.

코헤이는 아니다. 어제의 기척과는 전혀 다르다. 좀 더 흉측한 것이, 자신의 등 뒤에 도사리고 있었다. 꿈틀거리고 있는 것이었다.

보고 싶지 않아······.

그런 마음이 들었지만 이대로 언제까지나 사당 쪽만 보고 앉아 있을 수도 없었다.

천천히 조심조심, 조금씩 뒤돌아본 쇼타의 눈에 비친 것은······.

9장 　　　　　　　　　　　　　　　　　　　　　　　　**노파**

그 노파였다.

타츠미 센이 쇼타 바로 뒤에 서 있었다.

시대극에 등장하는 여자처럼 머리를 묶고 있었지만, 그 형태가 몹시 흐트러져 있어서 마치 소라고둥 괴물을 머리에 이고 있는 것처럼 보였다. 몸에 두른 기모노는 비싸 보이기는 했지만 더럽고 몹시 구겨진 상태였고, 매무새를 제대로 가다듬지도 않아 가슴 언저리며 앙상한 갈비뼈가 드러나 있었다. 그것도 모자라 맨발에 신고 있는 짚신은 짝짝이였다.

택시 안에서 봤을 때는 곧바로 지나쳐서 몰랐는데, 다시 보니 노파의 모습은 확실히 정상이 아니었다.

'센 할멈은 여기가 이상하거든.'

코헤이의 말이 떠올랐다. 아니, 코헤이가 알려주지 않았더라도 이 모습을 보면 한눈에 알 수 있었다.

"아, 안녕하세요······."

그래도 쇼타는 일어나서 인사했다.

도쿄에 살 때 어머니가 이웃 사람이라고 생각하면 낯선 사람이라도 인사를 하라고 자주 일렀다. 쇼타는 어머니 말을 나름대로 잘 지키고 있었다. 그 버릇이 이 상황에서도 곧바로 나타난 것이다.

게다가, 아무리 이상해도 이 사람은 집주인이니까.

쇼타는 그런 상식적인 생각을 가지고 있었다. 과연 상식이 통할 상대인지는 의문이었지만······.

"토코는 잘 있다냐?"

그런데 센 할멈이 갑자기 알 수 없는 소리를 했다.

"저, 저기······ 토코가 누구예요?"

"니, 저 집에 안 살고 있냐?"

저 집이란 아마도 산 윗집일 것이다. 그렇게 생각하면서도 쇼타는 무슨 말을 하는지 알 수 없었다. 쇼타가 난처해하고 있으니 노파가 다시 물었다.

"니는 토코의 오빠여, 아니면 동생이여?"

그리고 노파는 이상하다는 표정으로 가만히 바라보았다.

"아, 그게 저기······."

그때 쇼타의 머릿속에 번뜩 떠오르는 생각이 있었다. 어쩌면 저 집에 살았던 가족 중에 토코라는 이름의 소녀가 있었는지도 모른다.

"토코는 성씨가 뭔가요? 토코의 이름이 어떻게 되나요?"

"뭔 바보 같은 소릴 하고 있냐. 토코의 이름은 당연히 토코제!"

"아뇨, 이름 말고 성씨요. 무슨무슨 토코인지······."

"성씨와 이름이 무슨 상관이랑가!"

갑자기 센 할멈이 소리쳤다.

움찔하면서 몸을 떨던 쇼타는 그냥 입을 다물었다.

전에 살던 가족의 성씨를 알면 분명 여러 가지로 도움이 될 것이다. 코헤이하고 이야기했듯이 저 집에 대해 가장 자세히 아는 사람은 타츠미 센이니까, 그 사람에게 정보를 얻을 수 있다면 그보다 더 좋은 것은 없었다. 이렇게 대화해본 느낌으로는, 잘만 하면 유익한 정보를 들을 수 있을지도 모른다는 생각이 들었다.

다만 그렇다고 해도 눈앞의 노파를 자극하는 것은 좋지 않으리라는 판단이었다. 어떤 반응을 보일지 전혀 예측할 수 없었기 때문이다.

"토코하고는 사이가 좋으셨나요?"

우선 무난한 이야기부터 꺼낼 수밖에 없었다.

"토코……? 너, 토코를 아냐?"

쇼타는 저도 모르게 아뇨, 하고 부정할 뻔하다 간신히 멈췄다.

"산 윗집에 사는 여자애죠?"

"그려, 그려. 정말로 착한 아이였제……."

"언제부터 살았나요?"

"언제? 언제……? 언제부터……? 그렁께 벌써 2년은 되었 능갑다……."

2년 전에 이사 왔다면, 세 가족 중에서 두 번째로 살았던 아이일지도 모른다.

"토코가 살기 전에는 어떤 사람들이 살았나요?"

"전에 살던……? 거시기, 나가부렀든가."

"어째서요?"

"그야……."

센 할멈의 얼굴이 돌연 일그러졌다.

처음에는 강하게 내리쬐는 햇볕 아래서 걷다가 멈춰 서서 이야기하는 중에 몸이 안 좋아졌나 하는 걱정이 들었다. 하지만 곧 그게 아니라는 것을 깨달았다. 노파의 얼굴에 나타난 것은 분명 공포의 표정이었기 때문이다.

"아이고메, 토코가……."

뭔가를 기억해낸 듯 센 할멈의 얼굴에, 이번에는 생생한 고통의 표식이 나타났다.

"괘, 괜찮으세요?"

"이리 와 본나."

"네……?"

"너한테 보여줄 것이 있응께."

　센 할멈이 쓱 다가오더니, 갑자기 쇼타의 오른손을 움켜쥐고 척척 걸어가기 시작했다.

"자, 잠깐만요……."

　기다려달라고 말하고 싶었지만, 센 할멈은 노인이라고 생각되지 않을 만큼 강한 힘으로 쇼타를 끌고 갔다. 눈 깜짝할 사이에 타츠미 빌라 앞을 지나고, 서서히 타츠미 가의 폐허 저택으로 다가갔다.

　도움을 청하려고 주위를 둘러보아도 사람 하나 보이지 않았다. 아니, 타츠미 가에서 조금 떨어진 남쪽 집에, 마침 장 보러 나가려는 듯 밖으로 나오는 주부가 보였다.

"저기요……."

　크게 소리 지를 수는 없었다. 그래도 왼손을 흔들어 상대의 주의를 끌고 이쪽을 알아차리게 만드는 데 성공했다. 이웃집 사람이 말을 걸면, 센 노파에게서 벗어날 수 있을지도 모른다.

　그런데 그 주부는 두 사람을 보자마자 휙 발길을 돌려 황급히 집 안으로 들어가 버렸다.

이럴 수가…….

이 마을 사람들이 타츠미 가를 어떻게 생각하는지 새삼 느낀 쇼타는 점점 더 절망적인 기분에 사로잡혔다.

센 할멈에게 손을 잡힌 채 멍하니 끌려가던 쇼타는 정신을 차리고 보니 어느새 폐허 저택에 도착해 있었다.

눈앞에는 틈새로 잡초가 삐져나온 황폐한 돌계단이 이어졌고, 그 꼭대기에 기울어진 대문이 서 있었다. 그곳에 겨우 읽을 수 있을 정도로 흐릿하게 '타츠미(辰巳)'라고 적힌 아주 훌륭한 문패가 걸려 있었다.

나가하시 촌의 타츠미 가…….

예전에는 이 근방에서 떵떵거리던 지주의 저택이지만, 이 돌계단과 대문만 봐도 더 이상 왕년의 번영 따위는 흔적도 없이 사라졌다는 것을 여실히 알 수 있었다.

단단히 잡아당기는 센 할멈 때문에 몇 번 넘어질 뻔하면서도 쇼타는 위태로운 발걸음으로 돌계단을 올라갔다. 이미 각오는 되어 있었다. 어차피 도망칠 수 없다면, 토코라는 소녀에 관해 조금이라도 더 많이 알아내야겠다고 결심했다.

대문을 지나자 돌연 센 할멈이 멈춰 섰다. 그녀는 이곳이 진짜 자기 집인가 하고 의심하는 듯한 표정을 짓고 있었다. 두 사람 앞에 펼쳐진 황폐한 정원을 보고, 문득 의문을 느꼈는지도 모른다.

하지만 노파는 곧 힘차게 걸어가면서 말했다.

"옛날에는 저쪽에 감나무가 있었제……. 저기에는 매화가, 그러고 저기에는 복숭아나무가 있었당께. 아니여, 저기가 아니지. 저기는 철쭉이었는가. 그려그려, 텃밭도 있었제……."

현관으로 향하면서 센 할멈은 계속해서 정원 이쪽저쪽을 가리켰다. 쇼타는 아무런 맞장구를 치지 않았는데도 대화를 하고 있는 것처럼 말이다.

"토우코는 수박을 좋아했었제. 툇마루에 앙거서 같이 먹었응께."

그러니까 2년쯤 전에는 마당이 제대로 관리되고 있었고, 센 할멈도 정상적인 상태에서 산 윗집에 살던 가족과 알고 지냈다는 이야기였다.

그렇다고 해도 단 2년 만에 이렇게 되다니…….

쉽게 설명하기 힘들 정도로 황폐해진 모습에, 문득 쇼타는 자연 이외의 힘이 작용했을 것이라는 느낌을 받았다. 곧바로 몸이 떨렸지만, 센 할멈은 깨닫지 못하고 쇼타를 저택의 현관까지 데리고 가더니 말했다.

"여그가 바로 타츠미 가여."

어딘지 모르게 위엄을 과시하는 듯 아주 자랑스러운 말투였다. 어쩐지 센 할멈의 얼굴이 붉게 상기된 듯 보였다. 현관 앞에서자, 어쩌면 왕년의 타츠미 가가 누렸던 영화가 센 할멈의 머릿속에 되살아났는지도 모른다.

"우리 집은 말이여, 본가인 햐쿠미(百) 다음가는 집안이었시야. 그러고 또 타츠미라고 불리는 집안이 있기는 혀도 우리가 제일이제."

이것도 무슨 소리인지 전혀 알 수 없었다. 다만 현관의 '타츠미'라고 적힌 문패 옆에 '햐쿠미'라고 적힌 커다란 액자가 걸려 있었다.

햐쿠(百)에 타츠미의 미(巳)를 붙인 건가?

센 할멈이 말하는 본가라는 둥 다음간다는 둥 하는 이야기는 이해할 수 없었지만, 두 집안이 친척 관계라는 것은 어린 쇼타도 짐작할 수 있었다. 그 뒤로 계속해서 몇 명이나 되는 사람 이름이 튀어나온 것을 보면 아마도 몰락하기 전의 타츠미 일족에 대해—혹은 햐쿠미 일가인가—이야기하고 있는 듯했다.

센 할멈은 현관문을 열려고 하면서 이야기를 중얼중얼 늘어놓았다. 다만 문이 어찌나 뻑뻑한지 미닫이 격자문은 덜컥덜컥 흔들리기만 할 뿐 열릴 기미가 전혀 없었다. 문 위쪽 절반은 보통 유리, 아래쪽 절반은 젖빛 유리가 끼워져 있었다. 하지만 위아래를 분간할 수 없을 정도로 지저분했고, 게다가 무수한 금까지 나 있었다.

그런 문을 센 할멈이 힘주어 흔들 때마다 모든 격자의 유리가 산산이 깨져버릴 것 같아서 쇼타는 지켜보는 내내 가슴이 조마조마했다. 물론 현관문 유리가 깨져봤자, 집 전체의 쇠락한 모습을 보면 아무 일도 일어나지 않은 것이나 다름없다고 할 수 있었다.

덜걱덜걱하며 한참을 저항하던 격자문은 굶주린 아귀의 배에서 울리는 듯한 소리를 내면서 조금씩 움직이기 시작했다. 그러자 아무리 실내라 해도 도저히 한낮이라고 생각되지 않을 만큼 어두운 광경이 눈에 들어왔다.

여기에 들어갈 수 없다…….

절대 들어가고 싶지 않다…….

아니, 들어가서는 안 된다…….

어느새 쇼타는 고개를 젓고 있었다. 문과 씨름하느라 센 할멈은 이미 쇼타의 손을 놓고 있었다. 지금이라면 벗어날 수 있다.

얼른 뛰어서 도망쳐!

쇼타는 속으로 그렇게 외쳤다. 하지만 움직일 수 없었다. 마치 집 안의 어둠에 매료된 것처럼, 점차 열리는 문 사이로 보이는 어둠을 빤히 바라볼 뿐이었다.

"자, 어서 들어와분나."

센 할멈이 주름투성이 얼굴에 함박웃음을 지으며 돌아보았다.

"들어오랑께. 니는 손님잉께 먼저 들어가그라이."

센 할멈은 그렇게 말하고 뒤로 돌아가더니 쇼타를 앞세우려고 했다.

도망치기에는 지금이 마지막 기회인지도 모른다. 바로 등 뒤에 센 할멈이 있다고 해도 좌우로는 텅 비어 있었다. 앞으로 가는 척하다가 잽싸게 옆으로 빠져나와 대문까지 뛰어가면 절대 붙잡히지 않을 것이다.

―보여줄 것이 있음께.

하지만 쇼타는 센 할멈이 했던 말이 신경 쓰였다. 그때 이야기 나눴던 내용으로 보아 토코에 관한 뭔가일 것이라고 짐작되었다. 자신을 구해줄 단서가 되는 뭔가가 아닐까?

여기까지 억지로 끌려왔지만 쇼타는 한 줄기 희망을 가지고 있었다.

"사양하지 말더라고. 어린애는 말이여, 아무것도 신경 쓸 거 없음께."

센 할멈은 꼼짝 못하고 굳어 있는 쇼타가 부담스러워서 그러는 거라고 생각했는지 계속 집 안으로 들어가라고 권했다.

하지만 쇼타는 이 집에 들어가고 싶지 않았다. 그 섬뜩한 느낌이 들지는 않았지만 계속해서 본능이 속삭이고 있었다. 들어가서는 안 된다고 말하고 있었다.

이를 어쩌지……

망연자실하려는 순간 한 가지 타개책이 떠올랐다. 여전히 센 할멈의 얼굴에는 미소가 떠올라 있었다. 어쩌면 먹힐지도 모를 일이었다.

이런 경우 어른이 할 만한 말을 쇼타는 필사적으로 생각했다.

"아, 아뇨……. 갑자기 찾아와서 집 안까지 들어가는 것도 뭣하니 혀, 현관 앞이면 충분해요. 저는 여, 여기서 기다릴게요."

부담스러워서 집에 들어가기를 주저하는 것이라고 착각하고 있다면, 이런 거절의 말이 통할지도 모른다.

"그리고 토코의…… 그걸…… 보여주셨으면……."

요컨대 센 할멈 혼자 집 안에 들어가서 토코라는 소녀에 관한 뭔가를 가지고 나오면 아무 문제 없는 것이다.

그런데 어느새 센 할멈의 얼굴에서 웃음기가 싹 사라졌다. 원래 주름살 많은 미간에 더욱 무시무시한 골이 패어 있었다. 웃고 있을 때는 얼굴 전체에 퍼져 있는 느낌이었는데, 화가 나면 모든 주름이 미간에 모여든 것처럼 보였다. 게다가 미소는 어디까지나 얼굴에만 나타난 것에 비해, 지금은 센 할멈의 온몸에서 불쾌감이 사방으로 내뻗치는 것이 따끔따끔하게 느껴졌다.

"들어가랑께."

억양이 전혀 없는 목소리였다. 그래서인지 반사적으로 쇼타의 몸이 움직였다. 곧바로 센 할멈이 등 뒤에서 다그쳤고, 쇼타는 그대로 떠밀리듯 순식간에 집 안으로 들어갔다.

바로 뒤에서 착 하고 미닫이문 닫히는 소리가 울렸다. 그렇게 열리지 않던 문이 믿기지 않을 만큼 빠른 속도로 닫혔다.

갑자기 주위가 새까맣게 변했다. 등 뒤에서 비쳐 드는 햇살이 거의 차단되었다. 현관 유리 격자문은 제 역할을 전혀 하지 못하고 있었다.

"자아, 어서 들어가불자고."

다시 센 할멈의 목소리가 나긋해졌지만, 어떤 표정을 짓고 있는지는 전혀 알 수 없었다. 어쩐지 말과 표정이 전혀 맞지 않을 것 같았다. 가령 웃음을 짓고 있더라도 환영하는 기색 없이 사악함만 배어 있는 것은 아닐까?

어쩌자고 이 노파와 함께 이 집에 들어와 버린 걸까……?

쇼타는 뒤늦게 엄청난 후회에 사로잡혔다. 하지만 이제는 도망칠 수 없었다.

등 뒤에는 광녀라고도 할 수 있는 센 할멈이, 앞에는 타츠미가의 압도적인 어둠이 쇼타를 붙잡으려 하고 있었다.

10장 페허 저택

"어여, 들어와부러."

센 할멈의 목소리에 또다시 억양이 사라졌다.

쇼타는 마음을 굳게 먹고 어둠 속으로 조심조심 걸음을 내딛었다. 그런데 얼마 걷지 않아 발끝에 뭔가 딱딱한 것이 닿았다. 내려다보니 커다란 섬돌이 놓여 있었다.

가만히 살펴보니 섬돌 위에는 발 디딜 곳이 없을 정도로 빼곡하게 신발들이 놓여 있었다. 아무리 대가족이라도 도저히 한 가족의 신발이라고는 생각되지 않을 정도로 많은 양이었다. 게다가 보통은 섬돌 위에 이렇게 신발을 많이 놔두지 않는다.

양옆을 쳐다보니 왼편에 신발장인 듯한 큼직한 선반이 있었다. 거기서 한 짝씩 꺼내 섬돌 위가 가득 찰 때까지 어둠 속에서 신발을 늘어놓는 노파의 모습이 떠올라 쇼타는 팔뚝에 소름이 돋았다.

"뭣 하고 있으까이? 얼른 올라가랑께."

갑자기 엉뚱한 방향에서 목소리가 들려와 쇼타는 움찔했다.

그쪽으로 고개를 돌리자 언제 올라갔는지, 센 할멈이 마루 위에 정좌하고 앉아 이쪽을 보고 있었다. 조금 전까지 쇼타 뒤에 있었는데 말이다.

"어서야, 얼릉얼릉."

손짓하며 부르는 목소리에 초조한 기색이 배어 있었다.

당황하며 섬돌에 발을 딛으려던 쇼타는 신발을 밟지 않고서는 올라갈 수 없다는 것을 깨달았다. 아니, 그건 그렇고 이 집에 샌들을 벗고 들어가야 한단 말인가?

"여그로 올라와바라이."

쇼타가 망설이는 것을 알아차린 듯, 센 할멈이 섬돌 가장자리를 가리켰다. 거기에는 분명 조금 전까지는 없었던, 신발 한 켤레를 놓을 공간이 비어 있었다. 쇼타가 신발장에 정신이 팔린 사이 신발 한 켤레를 치운 것일까? 노파의 행동은 전혀 예측할 수 없었다.

어쩔 수 없네…….

절반은 체념, 절반은 각오를 단단히 다지고, 쇼타는 샌들을 벗고 마룻바닥 위로 발을 옮겼다. 그러자 곧바로 발바닥에 오싹한 냉기가 전해졌다. 부르르 떨리는 느낌이 발밑에서부터 상반신까지 순식간에 타고 올라왔다.

"이쪽이여. 이쪽으로 오그라이."

그 자리에 굳어 있는 쇼타를 재촉하면서 센 할멈이 먼저 걷기 시작했다.

이때 쇼타는 문득 발바닥이 더러워졌다고 어머니에게 혼나지 않을까 하는 걱정이 들었다. 하지만 그런 느긋한 생각은 금세 사라졌다. 노파 뒤를 따라 현관에서 복도로 나아가는 데는 새로운 용기와 결단이 필요했기 때문이다.

차라리 칠흑같이 어두운 동굴 속에 발을 들이는 것이 나을지도 모른다. 왜냐하면 아무리 어두워도 그것은 자연스러운 어둠이기 때문이다. 그러나 눈앞에 펼쳐진…… 아니, 뻗어 있는 어둠은 한낮의 집 안에 가득 들어찬 칠흑이었다. 극히 부자연스러운 암흑이었던 것이다.

현관에서 토방으로 들어왔을 때에 비해 눈은 어둠에 꽤 익숙해져 있었다. 그래도 집 안은 여전히 암흑이었다. 전기가 끊어진 것일까? 밖에서 봤을 때 덧창이 모두 닫혀 있었는데, 그래서 햇빛이 전혀 비쳐 들지 않았다.

그래서인가?

왜 밤이 되어도 폐허 저택에 불이 켜지지 않는지, 그 수수께

끼가 이것으로 풀렸다. 덧창을 닫아두었다면 전등이든 촛불이든, 어떠한 불빛도 밖으로 새어 나올 리 없었다.

하지만 어째서 열지 않는 거지?

매일 혼자 저택의 모든 덧창들을 여닫기는 몹시 힘든 일인지도 모른다. 그렇다면 자기가 생활하는 방 몇 개만 창을 열어두면 된다. 아무리 생각해도 모두 닫아둘 이유는 없었다.

그런 생각을 하는 동안, 쇼타는 복도를 꺾었다가 나아가기를 반복하며 어느새 저택 깊숙이 끌려와 있었다. 이제는 도저히 혼자 현관까지 돌아갈 수 없을 것 같았다.

발밑에서 기어 올라와 상반신까지 떨게 만들었던 한기가, 지금은 몸 구석구석까지 퍼져 있었다. 바깥에는 여름의 태양이 눈부시게 빛나고 있는데, 마치 피부 안쪽에서 차가운 기운이 돌고 있는 것처럼 온몸에 냉기가 감돌았다. 그런 데다 저택 깊숙이 들어갈수록 어쩐지 축축한 공기가 온몸에 끈적끈적 달라붙는 것 같아 불쾌했다.

몸은 차갑게 식어 있는데 주위는 습기에 차 있는 상황이 견딜 수 없이 기분 나빴다.

이제까지 센 할멈은 어떤 문도 열지 않았다. 그래서 집 안이, 이 기묘한 세상이 어떤 구조로 되어 있는지 알 수 없었다. 다만 복도를 걸어가면서 어렴풋이 보기에는, 폐허 같은 외관이나 분위기에 비해 적어도 집 내부는 의외로 멀쩡한 것 같았다.

처음에는 복도 바닥이 꺼질 것만 같아 조심조심 발걸음을 옮겼다. 하지만 삐걱삐걱 울리는 곳은 많아도 바닥 자체가 꺼진 곳은 없었다. 어둠 속에서도 장지문이나 미닫이문이 더러워 보이기는 했지만 찢어지거나 구멍 난 부위는 눈에 띄지 않았다. 그런 점에서는 적당히 손질하면 당장이라도 대가족이 살 수 있을 것 같았다.

하지만 묘하게 폐가답지 않은 그 분위기가 되레 무서웠다.

이 집의 마룻바닥이 갈라지거나 장지문에도 커다란 구멍이 뚫리고, 가구도 부서지고 다다미에도 거스러미가 일어나서 누가 봐도 명백히 폐가라고 할 수 있는 모습이 보였다면 이런 공포는 느끼지 않았을지도 모른다.

물론 폐가 특유의 분위기에서 느껴지는 두려움은 있었을 것이다. 하지만 그것은 장소나 물건에 상관없이, 폐가라는 자리가 공통적으로 빚어내는 냄새 같은 것이다. 그곳에서 볼 수 있는 것은 영고성쇠라는 인생이자 시간의 흐름이자 사람의 운명이 아닐까? 반대로 말하면 그런 다양한 것들의 무수한 잔재들로 구성되어 있는 것이 폐가다.

그런데 이 집의 내부는 달랐다. 깨끗하다거나 정리 정돈이 되어 있다고 할 수는 없었지만 뭔가 이상했다. 어딘지 모르게 기묘했다.

센 할멈이 살고 있으니, 즉 사람이 한 명이라도 살고 있으니

여느 폐가와는 다를 것이다. 하지만 그것만은 아니라는 기분이 들었다.

그런 게 아니라 마치······.

그렇다, 마치······.

마치, 노파 말고 여기 살고 있는 **뭔가**의 기척이 느껴지는 듯한······.

게다가 노파가 주인이고 그 **뭔가**가 시종이 아니라, 완전히 반대 입장인 것 같은······.

그런 존재가 느껴지는 것이었다.

뭔가란 누구? 무엇? 대체 그것이 무엇일까?

지금 막 지나쳐 온 복도의 어둠 속에서, 그것이 자신의 등을 빤히 지켜보고 있는 듯한 기분이 들어 쇼타의 목덜미에 소름이 쫙 돋았다.

그런데 갑자기 눈앞에서 걷고 있던 센 할멈이 옆에 보이는 미닫이문을 열더니 그 안으로 들어갔다. 당황한 쇼타도 그 뒤를 따라 들어갔는데, 그곳은 가구도 아무것도 없는 텅 빈 방이었다.

이런 곳으로 안내하려고 길고 긴 복도를 더듬어 왔던가 하는 생각을 할 겨를도 없이, 노파가 다시 미닫이문을 열고 옆방으로 들어갔다. 쇼타 역시 뒤따라갔지만, 그곳 또한 아무것도 없이 텅 빈 다다미방이었다. 노파는 거기서 멈추지 않고 더 안쪽으로 들어가려 했다.

어디까지 가려는 거지?

그렇게 미닫이문을 열고 방에서 방으로 이동하는 동안, 쇼타는 일부러 자기를 저택 안으로 끌어들이고 있는 것이 아닐까 하는 생각이 들었다. 아무리 큰 저택이라고는 해도, 복도를 그만큼 걷고 또 몇 개나 되는 방을 지났다. 저택 안쪽으로 가려고 이렇게 걸어왔다면 이미 밖으로 나가고도 남았을 것이다.

아니야……. 분명 같은 방향으로 나아가지는 않았어.

센 할멈의 기묘한 행동에 저도 모르게 걸음이 느려졌을 때, 마침 안내인의 발이 뚝 멈췄다. 그때까지 전혀 망설이는 기색 없이, 게다가 새까만 어둠 속을 줄곧 자신 있는 발걸음으로 나아가던 노파의 발이 이윽고 어느 미닫이문 앞에서 멈췄다.

"여그…….'

가만히 중얼거린 말은 '여기다'라고 말한 것 같기도 했고, '여기인가'라고 묻는 것처럼 들리기도 했다.

무슨 말이라도 거는 편이 나으려나?

쇼타가 고심하고 있으려니, 잠깐 주저하는 기색을 보이던 노파가 그 미닫이문을 활짝 열었다.

"욱…….'

문이 열리자마자 지독한 악취가 코를 찔렀다. 이 방에 올 때까지 집 안에서는 먼지나 눅눅한 냄새가 났을 뿐이었는데, 미닫이문 안에서 흘러나온 것은 뭔가 썩은 듯한, 곰팡이가 슨 듯한,

뭔가 좋아서 나는 듯한, 일부러 여러 가지 생활의 냄새들을 섞어서 채워둔 것 같은 악취였다.

저도 모르게 구역질이 나오려는 것을 견디지 못하고 쇼타는 오른손으로 코와 입을 막았다.

정신이 아득해지리만큼 지독한 냄새에 움츠러들면서도 방 안을 들여다본 쇼타의 눈에 터무니없는 광경이 비쳤다.

이제까지 본 모습, 즉 아무것도 없는 복도와 아무것도 없는 다다미방과는 너무나도 다른 광경이 펼쳐져 있었다. 독신 남성의 가장 더러운 방도 이렇게 난잡하지는 않을 터였다. 그만큼 지저분한 방이었다. 아니, 그런 정도를 넘어서서 눈앞에 펼쳐진 것은 그야말로 쓰레기장, 아니, 그런 표현도 약할 정도였다. 완전히 쓰레기 산이었다.

게다가 여기가 센 할멈이 생활하는 방인 듯, 그 생생한 흔적이 방의 분위기를 더욱 이상하게 일그러뜨리고 있었다.

"워메······. 여그네, 여그."

쇼타가 경악하는 것 따위는 개의치 않고, 발 디딜 틈도 없는 방 안으로 즐겁게 들어가는 노파의 모습을 보고 쇼타는 겁에 질렸다.

이 방의 모습 자체가 현재 센 할멈의 머릿속을, 정신세계를 드러내고 있는 것 같아 그야말로 오싹했다. 눈앞에 펼쳐진 황폐와 무질서와 광기로 채색된 광경이, 노파의 뇌 내 세계가 아닐까 하는 생각에 떨림이 가라앉지 않았다.

"뭐 하고 있냐. 여그로, 얼릉 이쪽으로, 안으로 들어오그라."

방 안으로 들어간 센 할멈은 미닫이문 밖에 멍하니 서 있는 쇼타를 이상하다는 듯 바라보면서 손짓했다.

여기까지 왔으니 어쩔 수 없어…….

쇼타는 그렇게 속으로 중얼거렸다. 그리고 한 발짝, 또 한 발짝, 발밑을 확인하면서 혼돈의 방으로 들어갔다. 단순히 '들어간다'고 표현할 수 있는 감각이 아니었다.

다만 다행스러운 점도 있었다. 그 방에 접한 툇마루의 덧창이 열려 있었던 것이다. 어쩌면 햇살이 제대로 비쳐 드는 곳은 저택 안에서 여기뿐인지도 모른다. 역시 자신이 생활하는 공간에서는 제아무리 센 할멈이라도 햇빛이 필요할 것이다. 다만 그 때문에 실내의 무시무시한 광경이 적나라하게 드러났다. 그렇다고 해도 누가 그것을 신경 쓰겠는가. 센 할멈 본인만 살기 편하면 아무 문제 없었다.

하지만 이 방에 안내받은 손님에게는 민폐가 아닐 수 없었다.

"거시기, 편하게 쉬고 있어라이."

쇼타의 마음속 불평과는 반대로, 센 할멈의 입에서는 환대의 말이 나왔다. 그러나 그것뿐이었다면 그나마 나았을 것이다.

"거그 주변의 적당한 곳에 앙거서 쬐끔 기다리고 있어라이."

그렇게 말하더니 센 할멈이 부스럭부스럭 뭔가를 찾기 시작했다. 쇼타가 수상한 눈길로 바라보고 있는데, 노파가 말도 안 되는 소리를 했다.

"시방 차를 끓일 탱께. 그려, 맞어. 어딩가에 양갱도 있었는 것 같은디."

그때까지 느꼈던 공포와는 다른, 완전히 새로운 종류의 두려움이 쇼타를 엄습했다.

"아, 아뇨……. 괜찮아요……. 저, 정말로…… 괘, 괜찮아요."

그러자 낡은 옷가지의 산 너머에서 센 할멈의 얼굴이 불쑥 나타났다.

"……."

그것을 본 순간 쇼타는 아무 말도 할 수 없었다.

센 할멈은 무표정한 얼굴에 말 한마디 없이, 마치 죽은 물고기 같은 눈으로 쇼타를 빤히 쳐다보았다. 쇼타가 사양해서 화가 난 것 같지는 않았지만, 그런 시선으로 볼 바에야 차라리 불쾌감을 드러내는 것이 훨씬 마음 편할 것이다.

"그, 그다지 목이 마르지도 않고요……."

실제로는 목이 몹시 칼칼했다. 목소리도 갈라지려고 했다.

"배, 배도…… 지금 뭘 먹으면 저녁을 못 먹게 되어서, 어, 엄마한테 야단맞아요. 저, 정말로, 괜찮아요……. 아, 그, 그보다…… 할머니께서 말씀하셨던…… 토, 토코의 뭔가를……."

그래도 쇼타는 눈길을 피하지 않고 계속 말했다. 어떻게든 센 할멈의 정신을 정상으로 돌려놓기 위해서였다. 그리고 여기까지 온 목적을 위해. 그러니까 토코에 관한 뭔가를 입수하기 위해서였다. 물론 차를 끓여서 양갱과 함께 내놓고 먹으라고 강요하면 큰일이겠다는 걱정도 컸다.

그런데 소녀의 이름을 듣자마자 센 할멈의 눈빛이 달라졌다.

"오메, 토코였제."

그렇게 중얼거리더니 조금 전보다 열정적으로, 아주 격렬히 방 안을 뒤지기 시작했다. 쇼타는 센 할멈의 그 기세에 질린 나머지 저도 모르게 미닫이문 근처까지 물러났다.

이윽고 센 할멈이 외쳤다.

"아따, 찾아부렀네!"

그리고 쓰레기 산 속에서 노파가 일어섰다.

자랑스럽게 치켜든 오른손에는 손으로 만든 듯 보이는, 천으로 된 손가방이 들려 있었다. 여자아이의 것인지 귀여운 하얀 토끼 장식이 달려 있었는데, 몹시 더러운 것은 세월 탓일까 이 방 탓일까?

쇼타는 기쁜 듯이 가방을 내밀고 있는 센 할멈 가까이 쓰레기를 헤치며 서둘러 걸어갔다. 언제 센 할멈의 기분이 바뀔지 모를 일이었다.

"가, 감사합니다."

인사를 하면서 받아 들었지만, 물컹한 감촉에 쇼타는 저도 모르게 가방을 내던질 뻔했다. 가만히 보니 전체의 3분의 2 정도 변색되어 있었다. 한동안 빗물 같은 것에 젖어 있었는지도 모른다.

조심조심 안을 들여다보면서 살며시 손을 넣었다.

가방에서 나온 것은 노트 한 권이었다. 물기를 머금었는지 변색된 표지는 우그러지고 책장도 달라붙어 있었다.

찢어지지 않도록 조심조심 표지를 넘긴 쇼타는 "앗!" 하고 작은 탄성을 질렀다.

그것은 이케우치 토코라는 소녀가 쓴 일기였다.

11장   일기 1

- 7월 30일, 일요일 -

앞으로 일기를 쓰려고 한다. 매일매일 쓰지는 못하더라도 되도록이면 쓸 생각이다.

3학년이던 작년 여름방학에도 일기를 쓰려고 했는데, 그때는 처음이라 실패했다. 그날의 날씨라든가 온도라든가 아침에 일어난 시간 같은 것을 매일 빼먹지 않고 적으려다 질려서 그만두고 말았다.

이번에는 그런 것에 신경 쓰지 않고 그날 있었던 일을 마음 내키는 대로 적으려고 한다. 그것이 일기를 쓰는 요령이라고 엄마가 알려주셔서 이번에는 계속해볼 생각이다.

게다가 이번에는 뭐니 뭐니 해도 일기를 쓰기에 좋은 계기가 생겼다.

우리 가족은 어제 이사를 했다. 아주 예쁜 집이라서 깜짝 놀랐다. 오사카에서 살았던 연립주택하고는 완전히 딴판이다.

예전부터 이런 집에 살고 싶었다. 여기가 우리 집이야, 하고 친구들에게 말할 수 있는 그런 집을 바랐다. 그러니까 원래대로라면 아주 기뻐해야 했다.

하지만 집을 보고 있는 동안 이상한 기분이 들었다. 어떤 기분인지는 설명하기 어렵다. 하지만 학교에서 예방주사 맞을 순서를 기다릴 때처럼 불안한 기분하고 조금 비슷한지도 모른다. 아니면 달리다가 넘어지기 직전에 '아, 넘어진다!' 싶은 순간의 기분 나쁜 감각 같기도 하다. 어쨌든 별로 좋지 않은 기분이다.

물론 그런 말은 누구에게도 하지 못했다.

아빠는 이사하기 전까지 "출근 시간이 더 많이 걸리게 생겼다"고 불평했다. 하지만 이사한 날 저녁을 먹을 때는 싱글벙글했다. 역시 기쁜 모양이었다.

엄마도 하루 종일 "할 일이 너무 많아서 힘들구나." "방해하지 말고 제대로 거들렴"이라고 우리에게 잔소리를 했지만, 평소 화낼 때의 얼굴이 아니라 반쯤 웃고 있었다.

유치원에 다니는 리코는 아직 어리광쟁이라서 돌보는 손도 많아 이사하느라 힘든 기색을 조금도 보이지 않았다.

하지만 가장 기쁜 사람은 오빠인지도 모른다. 이제까지 나하고 같은 방을 썼는데 새집에서는 자기 방이 생겼으니 기쁘지 않을 리가 없다.

아빠는 오빠한테만 방이 생기는 것을 두고 "내년에는 수험생이 되니까"라고 말했다. 하지만 오빠가 자기 방을 가져봤자 이제까지 하던 것보다 공부를 더 많이 할 리 없다는 데 나하고 리코의 의견이 같았다.

아무래도 이삼 년쯤 전부터 우리를 대하는 오빠의 태도가 이상하다.

엄마는 '사춘기'라며 그 의미를 알려주었지만 그냥 제멋대로 행동하는 것 같기도 했다. 그런 오빠가 '수험생'이 되고 나서 더욱 제멋대로 행동하게 될 거라면, 차라리 방을 따로 쓰게 되어서 잘된 일인지도 모른다.

나는 리코하고 같은 방을 쓰지만 여자끼리 지내는 것에 만족한다. 사실은 오빠가 조금 부럽지만 리코하고 함께 쓰는 데 불만은 없다.

다만 리코는 아직 어리광쟁이라 방에 2층 침대를 놓아두고서도 한동안 아빠와 엄마 방에서 잘 것 같다.

그래도 둘이 함께 예쁜 방을 만들자고 말했다. 예쁜 물건과 귀여운 물건을 이것저것 장식하고 싶다. 리코하고는 마음이 맞으니까 분명 아주 멋진 방이 될 것이다. 기대된다.

그러고 보니 엄마가 십자가라든가 하느님에 관한 그림을 집 여기저기에 장식했다.

아빠 말고는 모두 기독교인이어서(오빠는 몇 년 전부터 교회에 가지 않지만) 전에 살던 연립주택에서도 봤던 익숙한 물건들뿐이었지만, 이 집에 장식하는 것은 찬성이다.

엄마가 집 안을 장식하기 시작하자, 처음 이 집을 봤을 때 느꼈던 그 불안감이 왠지 조금씩 없어지는 듯한 기분이 들었기 때문이다.

하지만 저녁을 먹은 뒤 거실에서 다 같이 텔레비전을 보던 중 아빠가 "이제 그만 자라"고 말했을 때, 갑자기 십자가가 큰 소리를 내며 떨어져서 깜짝 놀랐다.

앵무새 쿠리코(아빠가 붙인 이름인데, 정말 센스가 없다)의 새장이 바로 옆에 있었기 때문에 쿠리코가 엄청 놀란 것 같았다. 쿠리코는 좀처럼 진정하지 못하고 새장 속에서 날뛰었고, 리코도 쿠리코처럼 놀랐는지 엉엉 울었다.

하지만 십자가가 떨어졌을 때 또다시 그 오싹한 기분이 든 것은, 또 불안해진 것은 왜일까?

이사 온 지 둘째 날이라 피곤해서 그런 걸까? 어쩐지 아주 이상한 기분이 든다.

- 7월 31일, 월요일 -

엄마는 "좀처럼 짐 정리가 끝나지 않는다"며 아침부터 바삐 움직였다. 아빠는 회사에 출근했기 때문에 하루 종일 오빠하고 내가 거들었다.

리코는 거실에서 쿠리코랑 놀아주며 얌전히 있었다. 리코는 쿠리코가 말하는 것을 좋아한다. 그래서 새장 옆에 있었는데 무엇 때문인지 쿠리코는 '온다'는 말밖에 하지 않았다. 전에는 '잘 잤니', '안녕하세요'는 물론 우리 이름을 말하기도 했는데, 오늘은 아무리 말을 걸어도 '온다, 온다, 온다'는 말만 되풀이했다.

'온다'는 게 뭔가가 온다는 뜻일까? 그런데 누가 그런 말을 가르쳤을까?

오빠는 짐을 다 정리하기 전에 엄마가 그림이나 장식품을 집 안에 장식해놓은 바람에 '정리하기 더 힘들다'면서 불평했다. "원래 그런 건 맨 마지막에 하는 법"이라면서 투덜거렸다.

오빠의 말이 맞기는 하지만, 방해가 된다고 생각한 그림이나 장식품은 대부분 교회에 관한 것들이어서 말이 좀 심하다는 생각이 들었다.

나는 우리 방을 빨리 장식하고 싶었지만, 저녁이 되자 몹시 지쳤다. 짐 정리를 하면서 오빠와 엄마 사이를 중재하느라 더 지친 것 같다. 오빠는 정말 사람을 힘들게 한다.

저녁을 먹기 전에 대강 정리된 집을 리코와 함께 돌아보았다.

어제도 봤지만, 역시 1층 다다미방이 아주 재미있다. 오봉 연휴에 할아버지가 오시면 이 방에서 주무실 모양이다.

엄마는 "정리가 끝났다"고 했지만 그 다다미방에는 아직 열지 않은 이삿짐 상자가 가득 놓여 있었다.

엄마는 나중에 풀 짐들을 일단 다다미방에 넣어두었다고 했다. "책상 위를 깨끗이 치우렴" 하고 엄마가 꾸짖을 때, 내가 서둘러 서랍 속에 이것저것 욱여넣고 엄마의 눈을 속이는 것과 비슷해서 우스웠다.

저녁을 먹고 나서 오빠는 여름방학 숙제를 할 거라며 2층으로 올라가 버렸다. 거실에는 나하고 엄마만 남았다(물론 리코도 있었지만).

그때 엄마가 나에게 "이 집 어떠니?"라고 물어봤다. "집이 예뻐요"라고 대답하자, 또다시 "좋아?"라고 물어봤다. 어제의 이상한 기분을 떠올리고 내가 어떻게 대답할지 생각하는데, 엄마가 "분명 하느님이 지켜주실 거야"라고 마치 혼잣말처럼 중얼거렸다. 그리고 더 이상 그 이야기는 하지 않았다.

아빠가 돌아올 때까지 기다리고 싶었지만 졸려서 포기했다.

계단을 올라가면서 보니 벽에 예수님의 제자들 그림이 한 장씩 걸려 있었다. 베드로라든가 바울이라는 제자들의 이름은 오사카에서 교회의 주일학교에 다닐 때 모두 외웠다.

그래서 나는 한 명씩 이름을 부르면서 계단을 올라갔다. 마지막 한 명의 이름을 부르면서 2층에 도착한 순간, 1층부터 순서대로 그림이 한 장씩 떨어지기 시작했다. 쿵, 쿵, 쿵, 쿵……. 그것도 마치 아래층에서 뭔가 올라오고 있는 것 같아 너무너무 무서웠다.

나도 모르게 비명을 지르자 오빠가 방에서 뛰어나왔다. 그리고 계단을 살펴보더니 "거봐, 내가 그랬잖아"라며 의기양양한 표정을 지었다.

그림을 장식한 뒤에 짐을 들고 몇 번이나 계단을 오르내렸기 때문에 그림이 떨어지기 쉬워졌고, 그곳을 마침 내가 지나가자 "그 진동으로 떨어진 거야"라고 오빠가 말했다.

나는 오빠의 설명에 고개를 끄덕였다. 하지만 나는 이 집을 싫어하게 될 것 같은 기분이 들었다.

- 8월 1일, 화요일 -

낮에 엄마가 장 보러 나간다고 하자 리코가 따라나섰다. 오빠는 혼자 마을에 가본다고 했다.

나는 집에 혼자 남아 방을 장식했다. 하지만 지금 있는 것만 가지고는 썩 멋지게 장식할 수 없었다. 엄마하고 같이 가서 재료를 사올걸 하는 후회가 들었다.

목이 말라서 부엌에 가려고 하는데, 뒷문으로 이어지는 복도로 누군가 들어가는 것이 보였다.

오빠가 돌아왔나 싶어서 "난 이제 밖에 나갈 거야"라며 뒷문을 열었는데 아무도 없었다. 확실히 사람의 형체가 이쪽으로 가는 것을 보았는데…….

갑자기 무서워서 집 밖으로 나왔다.

대문에는 이사 오자마자 아버지가 내건 문패가 있었다. 이케우치 케이지, 마사코, 케이이치, 토코, 리코, 쿠리코라는 가족의 이름과 발음까지 적혀 있다. 물론 마지막의 쿠리코는 앵무새지만, 가족이나 마찬가지다.

밖은 몹시 더웠다. 옆집은 짓고 있는 중이었고, 그 옆집도 아랫부분밖에 세워지지 않았다. 게다가 그 옆집은 빈터였다. 분명 이곳에는 앞으로 집 세 채가 더 세워질 것이다.

언덕길을 내려가는데 등이 묘하게 간질간질했다. 감기에 걸리기 전에 느끼는, 뭐라고 말할 수 없는 오한과 비슷했다.

뒤돌아보니 방금 전까지 산 위에 있던 누군가가 이쪽을 빤히 내려다보고 있는 느낌이 들었다. 내가 돌아봤을 때는 더 이상 아무도 없었다.

오빠 같기도 했지만 오빠는 마을에 갔을 것이고, 누가 있었는가 하기 이전에 정말 누군가 있기는 했는지도 알 수 없었다.

언덕길을 내려오자 길 양쪽으로 묘비 같은 돌이 있었다. 가만히 보니 곁에 요괴 같은 이상한 형태가 조각되어 있었다. 이게 뭘까 생각하고 있는데, 모르는 할머니가 말을 걸었다. 산에서 나쁜 것이 이 언덕을 타고 내려오지 않도록 그 두 개의 돌이 망을 보고 있는 거라고 했다.

그런 말을 듣고, 그 산을 깎아 만든 곳에 우리 집이 있다는 생각을 하니 또 그 이상한 기분이 들었다.

내가 말없이 가만히 있자, 할머니가 저 집에 이사 왔느냐고 물었다. 거짓말을 해봤자 소용없어서 그렇다고 대답하자, 자기 집에 놀러 오라고 했다.

모르는 사람의 집에 가면 엄마한테 혼난다. 그래서 막 뛰어 도망쳤다.

- 8월 2일, 수요일 -

엄마하고 리코하고 셋이 밖에서 돌아왔을 때, 2층 베란다에 누군가가 나와 있었다.

오빠인 줄 알았는데 오빠는 아직 돌아오지 않았다. 물론 아빠는 회사에 가고 없었다.

대체 누구였을까?

- 8월 3일, 목요일 -

오늘은 아빠의 생신이다.

그래서 평소보다 조금 늦게 저녁을 먹었다. 아빠가 돌아올 때까지 기다렸다가 생일 파티를 했다. 엄마가 만든 음식은 너무 맛있었다. 오빠도 웬일로 기분이 좋았다.

밥을 먹고 나서 엄마가 커다란 케이크를 테이블에 놓았다. 엄마가 촛불에 불을 붙이고 오빠가 전깃불을 껐다. 그리고 드디어 아빠가 촛불을 후 불어 끄려고 할 때였다.

슈르슈르슈르 하고 뭔가 다가오는 듯한 소리가 들렸다. 그러더니 순식간에 촛불이 꺼져버렸다. 아빠가 불지도 않았는데 한 번에 훅 꺼졌다. 새까만 어둠 속에서 쿠리코가 날뛰기 시작했고 리코도 울음을 터뜨렸다.

엄마가 당황하며 재빨리 불을 켜기 직전에 어둠 속에서 누군가 웃는 소리가 들렸다.

아주 기분 나쁜 웃음이었다.

- 8월 4일, 금요일 -

언덕길 아래서 그 할머니를 또 만났다. 이번에도 자기 집에 놀러 오라고 했다.

모르는 사람의 집을 방문할 때는 엄마한테 말해야 한다고 하니, 할머니가 웃으며 자기는 이웃 사람이라고 했다.

신경이 쓰여서 할머니네 집이 어디냐고 묻자 산 밑에 있는 크고 오래된 집을 가리켰다. 이웃집이라고는 할 수 없지만, 이웃에 가까울지도 모른다.

나쁜 사람 같지는 않았고 집도 가까워서 나는 할머니 집에 가기로 했다. 큰 집이기는 했지만 아주 낡고 텅 비어서 어쩐지 쓸쓸한 분위기였다.

할머니는 마당을 돌아서 우리 할아버지의 집에 있는 것과 같은(하지만 더 긴) 툇마루까지 가더니, 거기 앉으라고 했다.

마당에는 열매가 열리는 다양한 나무가 있었다. 그리고 작은 밭과 연못도 있었다. 하지만 손질하지 않아서 왠지 모르게 어질러져 있는 듯 보였다.

툇마루에 앉아 있는데 할머니가 수박을 가져왔다. 모르는 사람에게 물건을 받아서는 안 되었지만, 이웃이나 마찬가지다 싶어서 할머니가 준 수박을 먹었다. 아주 시원하고 달았다.

할머니는 웃으면서 내 옆에 앉더니 이 주변에 얽힌 옛날이야기를 들려주었다.

할머니는 '무슨무슨 가'에 대한 이야기를 억양이 심한 사투리로 말했기 때문에 잘 기억나지 않아서 일기에 쓸 수 없다. 게다가 절반 정도는 무슨 말인지 제대로 알아듣지 못했다. 하지만 할머니의 집이 어느 깊은 산속에 있는 '본가' 다음으로 크다는 것, 옛날에는 이 근처의 땅이 모두 할머니네 소유였다는 것, 저런 식으로 산을 깎지 말았어야 했다는 얘기는 대충 알아들었다.

수박을 잘 먹었다고 공손하게 감사의 인사를 하고 돌아갈 때, 할머니가 진지한 얼굴로 지금 사는 집에서 뭔가 이상한 일이 생기면 언제든 좋으니 자기한테 알리라고 몇 번이나 나에게 다짐을 받았다.

그때는 이상한 소리를 하는 조금 별난 할머니라고 생각했다.

하지만 집에 돌아가서 깨달았다. 십자가나 교회에 관한 그림이 떨어지거나, 누군가의 형체가 보이거나, 촛불이 멋대로 꺼지거나, 이상한 웃음소리가 들리거나 하는 일들이 그런 것이 아닐까 하고…….

- 8월 6일, 일요일 -

어제는 일기를 쓰지 않았다. 매일같이 쓰지 않아도 좋다고 생각하지만, 되도록 매일 쓰고 싶다.

리코가 이상한 소리를 했다.

어젯밤 자기 전에 도도츠기가 놀러 왔다고.

누구냐고 물으니까 이 집에 살고 있다고 했다. 아무래도 요괴나 요정 같은 것인 듯하다. 내가 읽는 책을 보고 상상한 거겠지. 나도 어릴 때는 공상을 많이 했으니까. 아니, 지금도 하고 있다.

그렇다고 해도 도도츠기라는 이름은 어디서 생각한 것일까? 어쩌면 리코도 아빠처럼 센스가 없는지도 모른다.

리코는 언니하고 단둘만의 비밀이라고 말했다. 도도츠기가 아무한테도 이야기해서는 안 된다고 했다는 것이다.

나한테 말해줘서 기쁘기는 하지만 어쩐지 이상하다. 정말로 그런 이름의 뭔가가 있는 것 같아서 조금 기분 나쁘다.

- 8월 7일, 월요일 -

오늘 낮에 할머니 집에 갔다. 리코가 따라오려고 해서 난처했는데, 엄마가 리코를 말려주었다.

어디 가느냐고 물어볼 줄 알았는데, 엄마는 "너무 늦지 말렴"이라고 주의를 줄 뿐이었다.

할머니 집에 가니 이번에도 툇마루에서 수박을 내주었다. 나는 수박을 먹으면서 이사 온 뒤로 지금까지 있었던 이상한 일들을 모두 이야기했다. 나도 모르는 사이에 십자가나 그림들이 떨어진 것뿐만 아니라, 그 집에서 보고 느낀 이상한 기분까지 전부 털어놓았다.

할머니는 자상한 얼굴로 그래그래 하면서 내 이야기를 모두 들어주었다. 그러고 나서 여기 이사 오기 전에도 그런 이상한 느낌을 받은 적이 있느냐고 조금 걱정스러운 얼굴로 물었다.

내가 "몇 번 있어요"라고 대답하자 그 장소를 자세히 알려달라고 했다. 열심히 생각해내서 대답했더니 모두 좋지 않은 곳이라고, 옛날에 나쁜 일이 일어났던 곳이라며 슬픈 표정을 지었다.

하지만 그 집을 보고 느낀 것은, 지금까지의 기분과는 조금 달랐다. 그것을 할머니에게는 제대로 전할 수 없었다.

그래서 나는 "저 집도 좋지 않은 곳인가요?"라고 물었다. 그러자 할머니는 산에 대해 이야기하기 시작했다. 하지만 지난번처럼 절반도 알아들을 수 없었다.

알아들은 것은 지난번에도 이야기한 '본가'라는 집이 있는 어느 깊은 산도 비슷하다는 것, 마을 사람들은 결코 그 산 가까이 가지 않는다는 것, 할머니의 집이 이 산과 이 부근의 땅을 계속 관리했다면 이런 일은 없었을 것이라는 이야기뿐이었다. 마지막 이야기는 누군가에 대해 불평하는 것처럼 내뱉어서 더욱 알아듣기 힘들었다.

어느새 저녁때가 되어서 집에 돌아가려고 하자, 할머니가 작은 주머니를 주었다. 받아보니 속에 뭔가 들어 있었다. 뭐가 들어 있느냐고 묻자, 부적이니까 속을 들여다봐서는 안 된다고 했다. 할머니는 그 주머니를 항상 몸에 지니고 있으라고 했다.

그 주머니는 마치 뱀 껍질로 만들어진 것 같아서 사실은 아주 기분 나빴지만, 부적이니까 소중히 다뤄야 할 것 같아 고맙다는 인사를 하고 집으로 돌아왔다.

거실에 들어가니 이사 온 날 엄마가 맨 처음 벽에 걸었던 십자가가 거꾸로 걸려 있었다. 게다가 어쩐지 비릿한 냄새가 집 안에 감돌았다.

- 8월 8일, 화요일 -
오늘은 아침부터 식당에서 여름방학 숙제를 했다. 이사 온 뒤로 숙제를 전혀 하지 않은 것을 엄마한테 들켰기 때문이다.

나는 숙제를 하면서 할머니 이야기를 할 뻔했지만 역시 말하지 않았다. 지금까지 뭐든 엄마에게 다 이야기했는데 숨기려니 조금 가슴이 두근두근했지만 나만의 비밀을 가지게 되었다는 생각에 조금 으쓱한 기분이었다.

낮에는 다시 할머니 집에 갈 생각이었다. 엄마가 "어디 가니?"라고 물어보는 바람에 얼버무리느라 힘들었다. 엄마, 미안해요.

바깥은 몹시 더웠다. 언덕길을 내려가기만 해도 땀이 줄줄 흘렀다.

언덕 아래에 어떤 여자가 있었다. 머리카락이 긴 예쁜 여자였다. "안녕." 하고 인사하길래 나도 "안녕하세요"라고 인사했.

"저 윗집에 사니?"라고 묻길래 "네"라고 대답했다. 그러자 "땀이 엄청 많이 났구나"라며 손수건으로 내 얼굴을 닦아주었다. 그리고 "언니네 집에 가서 주스라도 마시지 않을래?"라고 해서 깜짝 놀랐다.

할머니뿐만 아니라 이런 예쁜 언니까지 집에 놀러 오라고 하다니 나는 조금 믿기지 않는 기분이었다.

하지만 처음 보는 사람이라서 어찌해야 할지 망설이자, 언니가 앞에 보이는 연립주택에 산다고 알려주었다. 그렇다면 할머니 집보다 훨씬 이웃집이다. 왠지 모르게 안심이 되었다.

언니의 뒤를 따라 연립주택 2층으로 올라갔다. 복도는 산 쪽으로 나 있었지만, 내 키로는 우리 집이 보이지 않고 그 너머의 형체만 보였다.

하지만 언니에게는 분명히 보일 것이다. 왜냐하면 언니의 집은 2층 맨 안쪽에 있는데, 집에 들어가기 전에 언니가 우리 집 쪽을 빤히 바라보았기 때문이다. 왜 그랬는지는 모르겠지만……

집 안은 여자답게 깔끔하게 정리되어 있었다. 코즈키 키미라고 하는 그 언니는 안라 여자대학교 1학년으로, 아르바이트 때문에 고향에 돌아가지 않고 남아 있다고 했다.

키미 언니는 주스와 쿠키를 내왔다. 그리고 안라 시에 대해 이것저것 알려주었다.

이야기하던 중 우리 집 이야기가 나왔다. 우리 집에 관심이 많은지, 언니는 이것저것 자세히 물어보았다. 오빠가 있다고 하자 "뒷산에 자주 가지?"라고 물었다. 한번은 언덕길 위쪽에 있는 것을 본 것 같기도 하지만, 오빠가 뭘 하는지는 잘 모른다고 대답했다. 언니가 왠지 아쉬운 표정을 짓길래 "왜 그러세요?"라고 물었다.

그러자 언니는 조금 망설이더니 저녁에 학교에서 돌아왔을 때나 친구들과 놀다가 밤늦게 돌아왔을 때, 2층 복도에서 보면 우리 집 지붕이나 그 너머에 누군가 서서 가만히 언니를 쳐다보고 있다고 했다.

"언제부터요?"라고 묻자, 대학에 입학하고 이 집에 산 지 얼마 되지 않았을 무렵부터 그랬다는 것이었다. 우리가 이곳에 이사 온 것은 지난 7월 30일이니까 오빠일 리가 없다.

그렇게 말했더니 언니가 갑자기 입을 다물고 나를 가만히 쳐다보았다.

그 순간 왠지 그 언니가 무서웠다. 예쁜 언니였지만 그 예쁜 얼굴이 거의 무표정했다. 그 얼굴로 나를 빤히 바라보자 등골이 떨렸다.

언니는 더 놀다 가라고 했지만 나는 또 놀러 오겠다고 약속하고 간신히 그곳을 나왔다. 할머니 집에 가고 싶었지만, 지금 가면 돌아오는 시간이 너무 늦어서 포기했다. 조금 이르지만 집에 돌아가려고 언덕을 올라가다가 웬일인지 그대로 산 위까지 가 버렸다.

산 위는 풀이 무성한 광장 같은 곳으로 길이 나 있었다. 길은 엄청나게 우거진 수풀 사이를 따라 저 멀리 깊고 검은 숲 속으로 녹아들어 가듯이 사라졌다.

산 위는 아래하고는 딴 세상 같았다. 한가운데 나 있는 길이 다른 곳으로, 보통 사람들이 모르는 세계로 통해 있는 것 같았다.

지금 사는 집을 보았을 때 느꼈던 그 불안한 기분보다 몇 배 더 이상한 기분이 들었다. 그런데도 나도 모르게 슬금슬금 발이 앞으로 나아갔다. 어느새 저 길 너머로 가보고 싶다는 생각이 들었다. 하지만 그렇게 생각하는 것이 진짜 내가 아니라는 것도 알았다. 마치 두 사람이 내 한 몸에 있는 듯 기분 나쁜 느낌이었다.

그때 할머니의 얼굴이 떠올랐다. 곧바로 주머니에 넣어두었던 부적을 꽉 쥐었다. 그리고 언덕 쪽으로 몸을 획 돌렸다. 눈앞에 멋진 경치가 펼쳐졌다. 눈을 반대 방향으로 돌리기만 했는데 이렇게 다르구나 하고 놀랄 정도로 정말 좋은 경치였다.

오싹하던 기분이 훨씬 좋아져서 그대로 집에 돌아가려고 했다. 그때 뒤에서 누군가 불렀다.

곧바로 고개를 돌리려다가 멈췄다. 저 산 위에 누가 있을 리 없다고 생각했다. 누군가 있다고 해도 그걸 봐서는 안 된다는 것을 깨달았다. 물론 대답도 해서는 안 된다고…….

집까지 단숨에 뛰어 내려갔다. 가파른 길이어서 그만 넘어져 언덕을 구를 뻔하기도 했다. 하지만 속도를 늦추지 않고 집까지 내달렸다.

집에 돌아오니 쿠리코가 죽어 있었다.

12장 　　　　　　　　　　　　　　　　　　　　　　　　암흑

　쓰레기 방 툇마루 가까이에서 소녀의 일기를 정신없이 읽던 쇼타는, 자기 바로 옆에 아무렇게나 쌓여 있는 이런저런 상자나 깡통들이 달각달각 떨리고 있음을 깨달았다.

　지진인가……?

　그렇게 생각한 것도 잠깐, 곧 자기 몸이 부들부들 떨리고 있음을 알아차렸다. 옆에 놓여 있던 상자나 깡통에 그 떨림이 전해진 것이다.

　하지만 몸의 떨림이 멈추지 않았다. 멈추려고 해도 자기 의지로 어떻게 할 수 없었다. 감기에 걸리기 전 그 불쾌한 느낌이 몇 배 더 커진 듯한 나른함이 목덜미부터 어깨로, 그리고 등을 타고 옆구리로 점점 퍼져 나갔다. 하지만 감기라면 차라리 나을 것이다. 언젠가는 나을 테니까.

하지만 이것은······.

쇼타는 마치 치사율 백 퍼센트의 전염병에 걸린 듯한 기분이었다. 물론 감염 경로는 지금 자신이 손에 들고 있는 한 권의 낡아빠진 노트였다.

물기에 젖은 노트는 전체적으로 우그러져 있었다. 책장을 넘길 때마다 빠직빠직, 투둑투둑 소리가 났다. 게다가 연필로 적은 글자가 물에 번지고 흐려져 읽기 힘들었다.

다행인 것은 토코라는 소녀가 쇼타와 비슷한 학년인 듯하다는 점이었다. 게다가 쇼타하고는—쇼타가 아는 또래의 누구와도—비교할 수 없을 정도로 자주 일기를 썼다. 잘 모르는 단어도 몇 개 있었지만 이해할 수 없는 문장은 하나도 없었다.

계속 읽어보자.

마음을 다잡고 다시 노트로 눈길을 떨어뜨리는데 갑자기 쓱 그늘이 드리웠다. 곧바로 고개를 들어 햇살이 비쳐 드는 툇마루 쪽을 보니, 장지문에 사람 그림자가 비쳤다. 햇살을 등지고—하지만 벌써 저녁놀에 가까운 밝기였다—시커먼 그림자가 떠올라 있었다.

"앗!"

집에 나타났던 사람의 형체가 여기까지 쫓아왔나 싶어 겁에 질린 쇼타는 바닥에 주저앉은 채 저도 모르게 뒤로 물러났다.

곧바로 뭔가 무너져 내리는 듯한 무시무시한 소리가 방 안에 울려 퍼졌다. 쇼타의 갑작스러운 움직임으로 주변에 쌓여 있던 잡동사니들이 눈사태처럼 무너져 내린 것이다.

하지만 그런 것에 개의치 않고 쇼타가 도망치려고 할 때였다.

"누구여, 누구 있는가?"

툇마루 쪽에서 낯익은 목소리가 들리더니, 소리도 없이 쏙 장지문이 열렸다. 갑자기 해 질 녘의 싸늘한 바깥 공기가 방 안으로 흘러들었다.

쇼타는 손을 눈꺼풀에 대고 역광을 받은 그림자로 눈길을 돌렸다. 그곳에 있던 사람은 센 할멈이었다. 쇼타가 정신없이 일기를 읽는 동안 밖에 나갔던 모양이었다. 그리고 지금 툇마루를 통해 돌아온 것이겠지.

뭐야, 사람 놀라게…….

단숨에 온몸의 힘이 빠진 쇼타는, 그래도 실례가 되지 않도록 신경 쓰며 말했다.

"아, 저예요. 죄송해요. 오래 폐를 끼쳤네요. 이제 슬슬 돌아갈까 하는데요……."

그리고 소녀의 일기를 빌려 가도 되겠느냐고 부탁하려는데 처음 듣는 어둠에 찬 목소리가 가만히 들려왔다.

"니는 누구라냐……?"

"네……? 그, 그러니까…… 저, 저는……."

계속 설명하려고 하던 쇼타는 간신히 보이기 시작한 센 할멈의 표정이 심상치 않음을 깨달았다.

저물어가는 햇살을 등지고 있어서 시커먼 그림자처럼 보였지만, 언덕 아래서 만났을 때보다 10여 년은 더 늙은 얼굴이었다. 얼굴 전체의 근육이 이완된 듯 생기 없고, 입도 반쯤 벌어져 침이 바닥까지 죽 흘러내린 것이 지금이라도 그 자리에 쓰러져버릴 것 같은 모습이었다.

하지만 두 눈동자만큼은 번쩍번쩍 빛나며 빤히 쇼타를 응시하고 있었다. 마치 모든 생명 활동이 두 눈에만 집중되어 있는 것처럼 노파의 눈만 비정상적으로 생기를 띠었다.

"……."

쇼타는 말없이 인사하고 돌아가면 될 거라고 생각했다. 하지만 도저히 그럴 수 없으리라는 사실을 곧바로 깨달았다.

"니는 누구라냐……?"

같은 말을 되풀이하면서 센 할멈은 툇마루를 넘어 방 안으로 들어왔다. 말 그대로 발 디딜 곳 하나 없는 공간 한가운데를, 신기하게도 노파는 비틀거리지도 않고 쓱 다가왔다.

"저, 저는……."

쇼타는 무슨 말을 한들 소용없을 거라고 느끼면서도 계속 설명하려고 했다. 이 할머니가 자신에 대해 기억나게 만들 방법이 없을까 생각하면서. 그러면서도 무의식중에 슬금슬금 뒤로 물러서고 있었다.

"……."

센 할멈의 움직임이 뚝 멈췄다. 쇼타도 발을 멈췄다.

혹시 내가 누군지 기억해냈나 싶어서 보니, 크게 벌어진 두 눈동자가 두 사람 중간에 있는 다다미 위를 향해 있었다. 그곳에는 소녀의 손가방이 떨어져 있었다.

"그, 그거요……. 할머니가 말했던 여, 여자애, 토코의 가방이에요. 그, 그 안에 그 애의 일기가 있었고, 저, 저는 그걸 읽으려고…… 아니, 할머니가 그걸 저에게 보여주려고, 부, 불렀잖아요. 그, 그래서 저는…….”

쇼타는 손에 들고 있던 노트를 흔들어 보이면서 설명했다. 그러자 그 물건들이 무엇인지 상대가 조금이나마 인식하기 시작한 것 같았다.

"아이고메…….”

눈앞에 보이는 물건이 무엇인지 겨우 알아챈 듯 센 할멈의 입에서 한숨이 흘러나왔다. 비정상적인 광채를 띤 눈동자 속에 조금이나마 이성의 빛이 엿보였다.

"그, 그래요. 토코의…….”

곧 제정신이 돌아오게 하려고 계속 설명하려는데 센 할멈의 목소리가 가로막았다.

"도둑놈이구먼······."

표독스러운 목소리였다.

"에······."

쇼타는 믿기지 않는 말에 말문이 막혔다. 센 할멈의 두 눈동자에 서렸던 이성의 빛이 점차 사라지더니 지금은 증오와 혐오로 어둡게 빛나는 살기등등한 두 눈이 쇼타를 노려보았다.

"아, 아니에요······. 저, 저는······ 훔치지······ 않았······."

희미하게 고개를 저으며 쇼타는 더욱 뒤로 물러났다.

그 동작이 노파의 눈에는 소녀의 노트를 가지고 지금 당장 달아나려는 모습으로 비칠 거라는 생각을 쇼타는 하지 못했다.

"키이이이이이이이!"

갑자기 센 할멈이 기이한 소리를 질렀다. 그와 동시에 근처에 놓여 있던 부젓가락을 집어 들고 치켜드는가 싶더니, 그대로 쇼타를 향해 다가왔다.

"앗!"

쇼타는 비명을 지르며 뒤돌아 곧장 달리기 시작했다. 아니, 달리려고 했다. 그러나 발밑에 잔뜩 굴러다니는 쓰레기 때문에 좀처럼 앞으로 나아갈 수 없었다. 게다가 그 앞에는 쓰레기 산이 버티고 있었다. 과장된 표현일지 모르지만, 실제로 이때 쇼타에게 그것은 앞길을 가로막는 산처럼 보였다.

그 쓰레기 산을 타고 넘어야 할까, 아니면 옆으로 돌아가야 할까 잠시 망설였다. 그 너머에 있는 미닫이문까지 도달하는 지름길은 대체 어느 쪽일까?

하지만 망설인 시간은 1초도 되지 않았다. 왜냐하면 돌아가고 싶어도 길이 없었기 때문이다. 미닫이문에서 지금 서 있는 툇마루까지 이르는 길은 이미 흔적도 없이 사라졌다.

꾸물거리는 사이 센 할멈의 기척이 바로 뒤까지 바싹 다가왔다. 쇼타는 정신없이 쓰레기 산을 오르기 시작했다.

그런데 발을 내딛을수록 마치 산사태가 일어난 것처럼 쓰레기 산이 계속 발밑으로 무너져 내렸다. 마치 기울어진 러닝머신 위를 걸어가는 듯 조금도 나아갈 수 없었다.

대체 이게 뭐지…….

쇼타는 발을 움직이면서 재빨리 주위를 둘러보았다. 그러자 비스듬히 왼쪽 앞의 쓰레기 산 기슭에 길 비슷한 것이 있었다. 쓰레기의 양도 적어 보였다.

쳇바퀴 속을 달리는 생쥐처럼, 필사적으로 발을 앞으로 내밀어 착지점을 찾아야 했다. 가능한 다치지 않을 만한 쓰레기 더미를 골라서 뛰어내려야 했다. 다행히 낡아빠진 소파가 눈에 들어왔다. 주위에 위험한 물건도 없었다.

어떻게든 목표 지점에 이를 수 있는 위치까지 쓰레기 산을 올라가서 막 뛰어내리려고 할 때였다.

"악!"

갑자기 오른쪽 넓적다리에 심한 통증이 느껴졌다. 무슨 일이 일어났는지 몰라 비명조차 제대로 지르지 못했다.

다만 그 갑작스러운 놀라움과 아픔의 충격으로 인해, 정신을 차리고 보니 쇼타는 단숨에 쓰레기 산을 올라와 있었다. 마치 만화 같은 광경이었지만 쇼타로서는 결코 웃을 일이 아니었다.

쓰레기 산 꼭대기에서 돌아보니 센 할멈이 부젓가락을 휘두르면서 뭐라고 알 수 없는 소리를 중얼거리고 있었다.

저걸로 내 다리를 찔렀구나!

도무지 믿기지 않았다. 아무리 정상이 아니라고 해도, 흉기가 될 수 있는 부젓가락을 들고 다가와도, 마음속 어딘가에서는 진심이 아닐 거라고 방심하고 있었다. 하지만 아무래도 너무 우습게 본 것 같았다.

말도 안 돼……. 이, 이러다가는 죽고 말 거야…….

어이없는 상황에 쇼타가 아무 말도 하지 못하고 있을 때 부스럭부스럭, 버석버석 무시무시한 소리를 내며 센 할멈이 순식간에 쓰레기 산을 기어 올라왔다. 쇼타가 힘들게 올라온 것이 마치 거짓말인 듯, 순식간에 센 할멈의 얼굴이 눈앞에 다가와 있었다.

"히익!"

노파의 얼굴이 다가온 것에 대한 반동으로 쇼타의 몸이 뒤쪽으로 기울어지면서 그대로 쓰레기 산을 굴러떨어졌다. 곧바로 자욱한 먼지와 함께 악취가 피어올랐고, 쇼타 위로 쓰레기가 우르르 쏟아져 내렸다.

쓰레기 산사태에 뒤덮이면서도 쇼타는 어떻게든 헤치고 일어나 쏜살같이 안쪽 미닫이문으로 향했다. 일어선 순간 오른쪽 넓적다리가 지끈 아팠지만, 개의치 않고 미닫이문을 향해 내달렸다. 머리로 들이받듯이 문으로 돌진해서 열자마자 다음 칸으로 도망쳤다.

한순간에 눈앞이 시커멓게 변했다. 툇마루에서 들어오는 햇살뿐이었지만, 그래도 밝은 곳에 익숙해 있다가 아무런 빛도 없는 방에 들어가자마자 쇼타는 완전히 시야를 잃어버렸다.

쇼타는 등 뒤로 손을 뻗어서 미닫이문을 닫았다. 그런데 그 문이 쿵쿵 흔들리기 시작했다. 센 할멈도 쓰레기 산을 넘어서 쫓아온 것이었다.

쇼타는 될 대로 되라는 심정으로 어둠 속에서 발을 내딛었다. 그런데 서너 걸음 나아가도 아무것도 발에 닿지 않았다. 두 손을 앞으로 뻗어보아도 아무것도 닿지 않았다. 다만 발바닥의 감촉으로 다다미방이라는 것을 알 수 있었다. 아마도 센 할멈의 방에 도착할 때까지 지나쳐 왔던 아무것도 없는 텅 빈 방들과 같은 상태인 듯했다.

그때 등 뒤에서 미닫이문이 스르륵 열리는 소리가 나면서 흐릿한 불빛이 비쳐 들었다.

방의 절반쯤 와 있던 쇼타가 홱 돌아보니, 길쭉하게 열린 미닫이문 틈새로 서 있는 노파의 검은 그림자가 보였다. 노파의 등 뒤로 쓰레기 산이 있다고 해도, 저 방에 비치는 햇빛의 밝기로 보아 이미 해가 많이 기울었음을 알 수 있었다.

　이러다간 금세 밤이 되고 말 거야…….

　설령 저택 안이 아무리 어둡다 해도 바깥으로 한 걸음만 나가면 햇살이 눈부시게 비치는 세계다. 그런 생각으로 어떻게든 정신을 차리고 있었는데, 이 집 안팎이 모두 암흑천지가 되어버린다면, 분명 평생 이곳에서 도망칠 수 없을 거라는 생각이 쇼타는 강하게 들었다.

　노파를 밀어내고 미닫이문 너머의 방만 가로지르면 바로 집 밖이다. 그러면 아직 해가 떠 있는 동안 집에 돌아갈 수 있다.

　척척척 노파가 다가왔다.

　쇼타는 황급히 뒤돌아 도망치면서, 이 저택 안에서 자신이 지금 어디쯤에 있는 걸까 생각했다.

　노파에게 끌려왔던—즉 현관이 있는—곳은, 쓰레기 방을 등진 지금의 위치에서는 왼편이라고 생각했다. 하지만 도중에 저택 안을 이리저리 돌아다녔기 때문에 확신할 수는 없었다. 어쨌든 조금이라도 가능성 있는 쪽으로 도망쳐야 할 것이다.

　그렇게 판단하고 방향을 전환하려던 쇼타는 어떤 사실을 깨달았다.

아니, 잠깐. 이 저택은 도도 산 동남동 기슭에 동서로 길쭉하게 세워져 있다. 나는 그 서쪽 가장자리에 있는 현관으로 들어왔다. 집 안을 돌아다니느라 정확한 위치는 알 수 없지만 상당히 깊숙이, 즉 동쪽 가장자리 근처까지 와 있는 것은 확실하다. 게다가 남쪽 툇마루에 접한 방에 있었으니, 내가 지금 집의 중심에서 동남쪽에 있는 것이 틀림없다. 그렇다면 여기서 가장 먼 서쪽 현관으로 향할 것이 아니라 남쪽 툇마루의 반대쪽, 즉 북쪽 복도로 나가서 그 툇마루를 통해 마당으로 도망치면 되지 않을까?

달리기 시작할 때까지 몇 초 사이에 쇼타의 머리가 정신없이 돌아갔다.

등 뒤에서 센 할멈이 다가오는 기척을 느끼면서 쇼타는 똑바로 달리기 시작했다. 남쪽 방에서 북쪽 툇마루까지 세로 방향으로, 저택을 최단 거리로 가로지를 생각이었다.

전속력으로 달릴 수는 없었지만, 어물어물하며 손으로 앞을 더듬어야 하는 상황도 아니었다. 그 쓰레기 방 외에는 거의 텅 빈 것이나 다름없다고 가정하고, 어쨌든 다음 미닫이문에 부딪힐 때까지 나아가려고 했다. 다만 시커먼 어둠 속을 달리는 것은 역시 무서운 일이었다. 그래서 발을 내딛을 때마다 번번이 제동이 걸렸다. 마음만 앞서고 몸이 따라가지 못했던 것이다. 쇼타는 그런 뒤죽박죽된 기분에 빠져 점차 초조해지기 시작했다.

그래도 노인과 어린애는 속도에서 상대가 되지 않는지, 더 이상 등 뒤에서 기척이 들리지 않았다.

쇼타는 일단 복도로 나왔다. 저택의 중심에 뻗어 있는 통로인 것 같았다. 빨리 도망쳐야 한다는 생각에 마음이 급했지만, 다다미방에서 마룻바닥으로 발의 감촉이 바뀌자 쇼타는 저도 모르게 멈춰 서고 말았다. 다다미방들을 지나오는 동안 발바닥이 차갑지 않았던 것은 아니지만, 복도 바닥을 밟자마자 너무 차가워서 저도 모르게 몸이 떨렸다.

거기서 문득 복도 왼편을 쳐다보았다.

이대로 가면 현관으로 나갈 수 있을까……?

포기한 경로에 미련이 남았다. 하지만 간신히 어둠에 익숙해지기 시작한 눈에도, 단 1미터 앞의 복도가 어떻게 뻗어 있는지 또렷하게 보이지 않았다. 어둠 너머를 응시할수록, 터무니없는 곳으로 연결되어 있는 것 같다는 생각이 들었다. 반대 방향으로 시선을 돌려도 그런 불안감은 전혀 사라지지 않았다.

이런 곳에서 꾸물거리고 있다가는…….

쇼타는 스스로를 질타하면서 곧바로 복도를 가로질러 갔다. 다시 다다미방들이 이어졌다. 조금 전의 복도가 정말로 집의 중심에 뻗어 있다면 이미 절반은 왔다는 이야기가 된다.

그런데 어느 다다미방에 들어간 뒤로는 도무지 다음 미닫이문이 열리지 않았다. 서쪽 문을 열어봐도 역시나 꿈쩍도 하지 않았다. 뒤로 돌아갈 수도 없어서 어쩔 수 없이 동쪽 미닫이문을 옆으로 밀어보니 그 문은 열렸다. 그 뒤로는 악몽을 꾸는 것 같았다. 아니, 이 집에 발을 들인 순간부터―아니면 그 집에 이사 왔을 때부터―계속 악몽을 꾸고 있는 것인지도 모르지만, 이때만큼 그것을 실감한 적이 없다.

동쪽 옆방, 다시 동쪽 옆의 다다미방으로 계속 나아갔지만 어찌 된 영문인지 북쪽 미닫이문이 열리지 않았다. 그 결과 점점 저택 깊숙이 들어가기 시작했다. 그런 나쁜 상황에 박차를 가하듯, 그때까지 잊고 있었던 오른쪽 넓적다리의 통증이 심하게 느껴졌다. 쇼타는 점차 오른쪽 다리를 질질 끌면서 달려갔다.

북쪽이 아니라면 거기서부터 남쪽으로 방향을 전환하면 된다. 하지만 이미 그 무렵에는 북쪽 마당으로 도망쳐야 한다는 생각만이 쇼타의 머릿속에 가득했다. 게다가 눈앞의 미닫이문만 열면 틀림없이 북쪽 복도가 나올 거라고 확신했다. 나머지 문 하나만 지나면 살 수 있다는 생각이 강하게 들었다.

하지만 다음 방도, 그다음 방도 북쪽 미닫이문은 열리지 않았다. 그렇게 방 몇 개를 지났을 때 뒤늦게나마 쇼타는 깨달았다.

각 방을 나누는 일본식 미닫이문은 종이나 천으로 만들지 않았던가? 그렇다면 뜯고 지나갈 수 있을지 모른다.

그렇게 생각한 쇼타는 청바지 허리춤에 매달아 뒷주머니에 넣고 다니던 작은 칼을 꺼내서 미닫이문을 찔러보았다.

걸리는 것 없이 칼날이 푹 박히는 것을 보고, 아래쪽으로 쭉 내리그었다. 도중에 뭔가 닿은 듯해 손으로 더듬어보니 나무살 같은 것이었다. 하지만 만져봤을 때 그렇게 굵지는 않았다.

우선 표면에 바른 천이나 종이를 찢어서 전부 뜯어내기로 했다. 남은 나무살을 처리할 때는 칼이 별 도움이 되지 않겠지만, 그렇게 굵지 않으니 부러뜨릴 수 있을 거라고 생각했다. 그러나 실제로 해보니, 나무살을 부러뜨리기가 상당히 힘들었다. 불가능한 것은 아니었지만 그렇다고 간단하지도 않았다.

그때 무슨 소리가 들렸다. 쇼타는 미닫이문을 부수던 손을 멈추고 가만히 귀를 기울였다.

뭔가 다가오는 기척이었다. 멀리서 미닫이문을 여닫는 소리가 점차 다가오는 것 같았다.

센 할멈이다!

눈앞의 미닫이문에는 나무살이 네 개 정도 남아 있었다. 그것을 부러뜨리지 않으면 도저히 지나갈 수 없었다.

쇼타는 필사적으로 힘을 가했다.

뚝 하나가 부러지고…….

뚜둑뚜둑 두 개가 부러지고…….

마지막으로 세 번째 나무살에 손을 대려던 찰나였다…….

"거기 있구먼."

비명을 삼키고 돌아보니 남쪽 미닫이문이 얼굴 절반 정도 열려 있었고, 그 틈새로 센 할멈으로 보이는 형체가 이쪽을 들여다보고 있는 것이었다.

"······."

쇼타는 목소리조차 제대로 나오지 않았다. 어서 빨리 남은 나무살을 부수고 도망쳐야 한다는 생각에 안절부절못하면서도, 어째서인지 미닫이문 틈새에서 눈을 뗄 수 없었다.

그러자 조금씩 미닫이문이 열리기 시작하더니, 이윽고 암흑 속에 노파의 전신이 쓱 하고 흐릿하게 떠올랐다.

"여그서 같이 사는 것이여······."

그렇게 말하면서 센 할멈이 다다미방으로 들어왔다.

"워떠······. 쩌그, 산 윗집보다도 좋을 것이여······."

센 할멈이 자상한 목소리로 말했다.

슥슥슥, 센 할멈이 다다미 위를 발바닥으로 훑듯이 걸어왔다.

"여그라면 안전하겄다······."

거의 방의 절반을 넘어오고 있었다.

"산에서 **그것**이 내려오더라도······."

암흑 속에서도 노파의 얼굴이 흐릿하게 보였다.

"여그 있으믄······."

점점 표정까지 보이기 시작했다.

"아무 걱정도 필요 없시야······."

입에서 나오는 말과는 반대로, 얼굴은 분노에 찬 표정임을 알 수 있었다.

"놓칠까 보냐아아아!"

갑작스러운 절규와 함께 노파가 다가왔다.

쇼타는 울음을 터뜨리며 온몸으로 미닫이문을 들이받았다. 이마와 뺨과 팔뚝이 나무살에 쓸려 상처가 나는 것도 아랑곳하지 않고, 어쨌든 억지로 미닫이문을 깨부수려 했다.

그런데 몸의 오른쪽 절반은 어떻게든 문 너머로 빠져나왔지만, 왼쪽 절반은 다다미방 쪽에 남았다. 뭔가—옷인지도 모른다—걸린 모양인데 차분히 확인할 새가 없었다. 어떻게든 앞으로, 꾸물꾸물 문을 넘어가는 동작을 반복할 뿐이었다.

그런데 왼쪽 팔꿈치를 붙들렸다.

붙잡혔다!

그렇게 생각할 틈도 없이, 곧바로 몸의 왼쪽 절반이 무거워졌다. 노파가 끌어안은 것이다.

"싫어……!"

몸의 왼쪽 절반에서 느껴지는 뭐라고 말할 수 없는 감촉이, 그 혐오감이 약한 비명이 되어 저도 모르게 입에서 흘러나왔다. 쇼타는 미닫이문을 경계로 자기 몸이 둘로 나뉜 듯한 기분이었다. 게다가 점차 왼쪽 절반이 조금씩 뒤로 끌려가고 있었다. 이대로 가다가는 애써 미닫이문을 깨고 나간 오른쪽 절반도 곧 원래대로 돌아가 버릴 터였다.

"싫어!"

그렇게 외치며 젖 먹던 힘까지 쥐어 짜낸 쇼타는, 정신을 차리고 보니 단숨에 미닫이문을 뚫고 나와 있었다. 다시 발바닥에 마룻바닥의 차가움이 느껴졌다.

북쪽 복도다!

센 할멈을 뿌리치고 똑바로 나아가던 쇼타는 유리문에 부딪혔다. 그 문을 열려고 두 손을 이리저리 뻗다 보니 묘한 것이 만져졌다. 차갑고 단단한 금속 같은 것으로, 유리문 틀에 닿아 달각거렸다.

알 수 없는 물건에 짜증을 내며 왼편으로 이동해서 유리문을 열려고 하는데, 역시 이상한 것이 방해했다.

어둠 속에서 눈을 크게 뜨고 손에 들어보니, 낫이었다. 칼날이 아래로 향한 낫이 유리문에 매달려 있었던 것이다.

뭐지, 이건?

그러나 생각할 틈이 없었다.

"우윽…… 우으윽……."

기분 나쁜 신음 소리를 내면서 센 할멈이 미닫이문을 넘어오려 하고 있었다.

다행스러운 것은 아무래도 기모노가 거치적거리는 듯했다. 이쪽 편으로 나오는 것은 조금 전의 쇼타가 그랬던 것처럼 아직 오른쪽 절반뿐이었다. 암흑 속에서 그 기묘한 광경을 보고 있자니, 마치 미닫이문에서 노파가 자라 나오는 것 같았다.

매달려 있는 낫은 내버려두고, 쇼타는 유리문에 손을 댔다. 꿈쩍도 하지 않았다. 힘껏 밀어봤지만 전혀 움직이지 않았다.

잠겨 있나?

쇼타가 다급하게 더듬어보니 오래전에 쓰이던 나사식 자물쇠가 만져졌다. 오카야마의 할머니 집에 있던 것이었다.

진정하자. 돌리면 열릴 거야.

자물쇠의 머리 부분을 엄지와 검지로 잡고 필사적으로 돌렸다. 덜그럭덜그럭 유리문이 흔들리더니 곧 자물쇠가 풀렸다. 서둘러 문을 드르륵 열었더니…….

나무 벽이 나타났다. 어찌 된 영문인지 유리문 너머를 나무 벽이 막고 있었다.

말도 안 돼. 어째서……?

하지만 생각해보면 유리문에 도착했을 때부터 이상했다. 아무리 북쪽이라지만 왜 저녁놀이 비치지 않는 걸까? 가령 해가 졌다고 해도 유리문 밖이 완전한 암흑인 것은 이상했다. 적어도 히비노 집의 불빛이 보여야 했다.

우리 집 불빛……?

그때 쇼타는 2층 자기 방에서 타츠미 가의 불빛이 일절 보이지 않았던 사실을 떠올렸다.

이 나무판은 덧창이구나! 저택 북쪽은 어느 문이나 전부 덧창으로 막혀 있었던 거야!

사당과 도조신이 모셔진 이유는 도도 산에서 뭔가가 내려오는 것을 막기 위해서였다. 그런데도 타츠미 가는 산 자체에 손을 대고 말았다. 타츠미 빌라의 현관문은 산 쪽을 향하고 있다. 그래서 거기 사는 사람에게 문제가 생기는 게 아닐까? 이 집의 북쪽도 산에 접해 있다. 따라서 노파는 뭔가의 침입을 막기 위해 덧창과 유리문까지 단단히 잠근 것이다.

유리문에 매달려 있던 낫은 일종의 주술인지도 모른다. 어쩌면 북쪽의 모든 유리문에 낫이 매달려 있을지도 모른다.

나는 지금 그런 곳을 통해 도망치려고 하는 건가?

쇼타는 잠시 머뭇거렸다. 하지만 자기 가족이 저 산 윗집에 살고 있다는 생각이 들자 망설이고 있을 겨를이 없었다.

그런데 덧창이 열리지 않았다. 쇼타는 오카야마의 할머니 집에 있던 덧창을 떠올렸다. 할머니 집 덧창에는 창문마다 자물쇠가 있는 것이 아니라, 덧창 가장자리 위쪽과 아래쪽에 자물쇠 역할을 하는 사각형 막대가 끼워져 있었다.

어느 쪽이지? 왼쪽일까, 오른쪽일까? 자물쇠가 있는 덧창은?

어디로 가야 할지 방향을 정하지 못하고 쇼타가 발을 동동 구르고 있는데 뒤에서 웃음소리가 들려왔다.

"큭큭큭……."

미닫이문을 넘어왔다! 이젠 도망칠 데도 없는데…….

그 목소리는 천천히 다가오나 싶더니, 쇼타의 등 뒤에서 뚝 멈췄다.

13장 제물

"저 집에 사람이 들어가 있으믄······."

뒤에서 센 할멈의 목소리가 들렸는데, 그 위치가 어쩐지 묘하게 느껴졌다.

"거시기, 왠간한 일로는······. 여그 집까지 산의 **그것**은 오지 않을 것이여."

쇼타가 조심조심 뒤돌아보니 노파가 복도에 정좌한 채 이쪽을 올려다보고 있었다.

"글고 말이여, 이 땅은 평안하고 사람들도 안심하고 살아갈 수 있당께."

센 할멈의 어조는 처음 만났을 때로 돌아간 듯했다.

"하지만 주의해서 나쁠 것 없제."

하지만 목소리가 그렇게 느껴질 뿐, 암흑 속에서 표정까지 엿볼 수는 없었다.

"그려서 산 쪽에는 **그것**이 와도 들어올 수 없도록 말이제, 요로코롬 낫을 매달아놓는 것이여. 멍충이들이 산을 저렇게 만들어 놓은 뒤로는 쭈욱 그랬제."

"**그것**이란 게 뭐예요?"

센 할멈에 대한 공포심과 경계심이 사라진 것은 아니지만 그 이상으로 호기심이…… 아니, 그런 느긋한 것은 아니다, 좀 더 절박한 위기감에서 쇼타는 저도 모르게 물었다.

"**그것**……이라고야?"

다시 확인하듯이 노파가 고개를 갸웃하며 되물었다.

"네……."

쇼타도 또렷하게 고개를 끄덕였다.

"**그것**은 말이여, 산 자체랑께."

영문을 알 수 없는 말과는 달리 지금 이 순간 노파는 거의 정상으로 돌아온 듯했다.

"하지만 저 산에는 뱀신이 있잖아요? 신이잖아요?"

쇼타는 코헤이에게 들은 점쟁이 칸다의 이야기를 떠올렸다.

"아암, 그렇제."

"신인데 어째서……."

"산에 계시는 것은, 신하고는 달라붕께."

"네……?"

"쪼금 더 무서운 것이 있제."

"……."

"거그다가 아무리 신이라 혀도, 거시기, 신이라이 저런 식으로 험한 짓을 해놓아불면 곱게 넘어가지 않제."

"……."

"저렇코롬 영산은 말이여, 아주 조심스럽게 모셔야 한당께."

센 할멈이 언제까지 제정신을 유지할지 전혀 알 수 없었다. 이 기회를 놓쳐서는 안 된다고 생각한 쇼타는 마음을 굳게 먹고 물었다.

"저, 예전에 저 집에서…… 사, 사람이 죽었나요?"

그것은 쇼타네 가족에게 가장 중요한 질문이었다.

"오메오메……."

그러자 노파는 크게 숨을 토한 뒤 가만히 중얼거렸다.

"살해당해부렸제."

충격적인 말이었다.

살해당했다…….

센 할멈은 확실히 그렇게 말했다. 저 집에 살던 사람은 그냥 '죽었다'는 것이 아니라 '살해당했다'고…….

쇼타와 토코가 본 사람의 형체는 과거 산 윗집에서 뱀신에게—혹은 **그것**에게—살해당한 사람이 아닐까?

"앗……."

그때 쇼타의 뇌리에 말도 안 되는 생각이 떠올랐다. 그 가능성을 생각하자마자, **장소에 따라 목격한 형체가 달랐다**는 사실을 깨달은 것이다.

2층 베란다, 1층 복도 구석 뒷문, 1층 다다미방까지 세 곳에서 사람의 형체를 보았는데, 어쩌면 전부 다른 인물인지도 모른다. 그러고 보니 베란다와 다다미방은 어린아이, 뒷문 쪽은 어른 같기도 했다. 아니, 다다미방은 노인이라고 해야 할까? 게다가 거실에도 있다. 사람의 형체는 없었지만 쇼타는 물론 토코도 괴이한 체험을 했다. 그곳에도 뭔가 있었던 것이다.

그렇다면…… 저 집에서 살해된 것은 한 사람이 아니다……. 더구나 형체들의 숫자로 봐서는 산 윗집에 살았던 가족 대부분이 죽은 것 아닐까?

이케우치 토코가 이사 오기 전, 맨 처음 그 집에 살았던 가족이다!

이제까지 3년간 세 가족이 살았다고 하면 첫 번째 가족, 이케우치 가족, 세 번째 가족, 그리고 히비노 가족의 순서로 산 윗집의 거주자가 바뀌었다는 이야기다.

아마도 이 중 첫 번째 일가족이 전멸했을 것이다. 그래서 토코와 쇼타는 처음에 들어와 살았던 사람들의 형체를 본 것이다.

세 번째 가족 중 누군가도 같은 체험을 했을 것이다. 분명 그 형체들은 지금도 여전히 저 집에 살고 있다고 생각하는 것이겠지.

토코의 가족은 괜찮았을까……?

쇼타는 일기의 소녀와 그 가족의 안부가 몹시 걱정되었다. 하지만 남 걱정하고 있을 상황이 아니었다. 히비노 가족은 어떻게 되는 걸까?

"토코네 가족은 모두 무사했나요? 그 애 가족은 왜 산 윗집에서 나갔나요? 그 뒤에 살았던 사람들은요? 저 집에서 죽은…… 살해된 것은 맨 처음 살았던 가족뿐인가요? 그 사람들에게 무슨 일이 일어난 거죠? 몇 명이나 죽었죠?"

쇼타는 저도 모르게 마구 질문을 쏟아냈다.

"……."

그런데 한꺼번에 너무 많이 물어본 것이 좋지 않았는지, 센 할멈은 입을 다물고 마치 먼 옛날을 추억하듯 북쪽 유리문 위쪽을 바라본 채로 굳어 있었다. 하지만 낫을 바라보고 있는 것은 아니었다. 낫과 유리문과 덧창 너머에 있는 산을 응시하고 있는 듯 했다.

"저기요……."

"보인다고 할랑가 알 수 있다고 할랑가……. 그런 사람이 있었제."

엉뚱한 곳을 바라본 채로 노파가 입을 열었다.

"저그 집에 이사 온 사람 중에는 말이여, 어째서인지 그런 사람이 있었당께."

토코나 쇼타 같은 사람이 있다는 말일까?

"그려도 말이지, 자기한테 뭐시 보이능가, 뭣을 알 수 있능가. 사실은 본인에게 아무것도 전해지지 않어."

무엇이 보이는가? 무엇을 알고 있는가?

"그니까 마찬가지여."

무슨 뜻이지?

갑자기 무슨 소리를 하는 거지, 하고 쇼타가 생각하고 있을 때였다.

"만약, 누군가 찾아와……."

갑자기 센 할멈의 어조가 바뀌었다.

"만약 누군가 찾아와 내일 내 명이 다한다 말하면 오늘이 끝날 때까지 무엇을 의지하고 무엇을 할 것인가. 우리가 사는 '오늘'이란 무엇인가, 죽음을 선고받은 그 귀중한 시간에 다름 아닌 것이다." (일본의 승려이자 문학가 요시다 겐코의 수필집 《츠레즈레구사(徒然草)》의 한 구절―옮긴이)

마치 교사에게 호명되어 교과서를 소리 내어 읽는 것처럼, 센 할멈은 어딘가에서 인용한 듯한 고풍스런 문장을 갑자기 말하기 시작했다.

뭐, 뭐지, 이번에는?

너무나 뜻밖의 변화에 쇼타는 깜짝 놀랐다. 그러나 하고 싶은 말을 다 했는지 갑자기 낭독 같은 목소리가 멈췄다.

그러고 보니…… 노파의 방에 있던 쓰레기 산 여기저기 상당한 양의 책이 쌓여 있었다. 정신이 멀쩡했을 때 센 할멈은 책을 많이 읽었던 모양이다. 옛날 애독하던 책의 문장이 문득 입에서 나온 것인지도 모른다.

하지만 어째서?

게다가 의미를 전혀 알 수 없었다. 평소에 쇼타가 쓰는 말이 아니었다. 어딘가 이상했다.

옛날 사람의 글인가……?

그렇다면 어떤 고전에서 인용했다는 이야기다.

하지만 어째서?

결국 아무것도 알 수 없었다.

"후……."

그때 센 할멈이 갑자기 고개를 들고 쇼타를 빤히 바라보는가 싶더니, 흐릿하게 미소 지으며 가만히 중얼거렸다.

"무진장 죽을 것이구먼……."

목덜미에 냉수를 끼얹은 것처럼 오싹하는 떨림이 쇼타의 등골을 타고 흘러내렸다. 그 순간 쇼타는 다리에 힘이 풀리는 것 같았다.

무진장? 많다는 뜻이다. 많은 사람이 죽는다…….

그 집에 처음 들어가 살았던 가족을 말하는 것일까? 아니면 앞으로 많은 사람들이 죽는다는 뜻일까? 현재 그 집에 살고 있는 히비노 가족을 두고 하는 말일까?

누구를 말하는 거지?

하지만 이미 쇼타에게는 그것을 물어볼 기력이 없었다. 지금 막, 이제까지 팽팽히 잡아당긴 긴장의 끈이 뚝 끊어져버린 것처럼 그 자리에 흐늘흐늘 주저앉았다.

암흑 속에서 먼지투성이의 차가운 복도에 앉은 채, 두 사람은 시선을 마주하지 않고 대치하고 있었다. 둘 다 아무 말이 없었다. 아무런 소리도 나지 않았다. 몸조차 움직이지 않았다. 그저 조용히, 가만히 앉아 있었다.

얼마나 그러고 있었을까…….

문득 정신이 든 쇼타가 황급히 센 할멈 쪽을 보니, 어쩐지 고개가 살짝 기울어져 있는 듯했다. 쇼타는 가만히 살펴보았다. 마치 졸고 있는 듯한 자세였다. 설마 이런 상황에서 그러나 싶어 놀랐지만 아무래도 제대로 본 것인지, 이윽고 꾸벅꾸벅 고개를 숙이기 시작했다. 평소와 달리 격렬하게 움직인 데다 말을 많이 해서 지쳐버린 것이겠지.

살았다…….

쇼타는 소리 나지 않게 살며시 일어섰다. 하지만 어느 방향으로 가야 좋을지 알 수 없었다.

북쪽으로 나갈 수 없는 한, 남쪽으로 향하는 것이 집 밖으로 나가는 최단 경로였다. 그러나 이 복도에 접한 미닫이문은 전부 닫혀 있을 것이다. 쇼타가 부숴버린 미닫이문은 지나갈 수 있겠지만, 그 앞에는 센 할멈이 앉아 있다. 섣불리 지나갈 수는 없었다. 미닫이문이 열리는지 하나씩 시험하면서 나가는 것도 좋겠지만, 그러느라 시간을 허비하느니 이대로 현관을 향해 복도를 나아가야 하지 않을까? 어쨌든 지금은 조금이라도 노파에게서 멀어지는 것과 조금이라도 출구 가까이 가는 것, 이 두 가지를 동시에 할 필요가 있었다.

 거기까지 생각한 쇼타는 센 할멈을 주시하면서 천천히 뒷걸음질치기 시작했다. 당장 등을 돌리기가 두렵기도 했고 혹시나 노파가 눈을 뜨지 않을까 걱정되기도 했던 것이다. 호러 영화를 보면 등장인물이 방심하고 괴물이나 살인귀에게 등을 보이는 순간 습격당해 죽곤 한다. 그런 꼴을 당하고 싶지는 않았다.

 하지만 그렇게 걱정하는 한편으로, 쇼타는 묘한 기분에 사로잡히기도 했다.

 왠지 이 노파를 볼 일이 더 이상 없을 듯한, 마치 자신이 이 노인을 돌보는 사람이라도 되는 듯한, 그런 기분을 느끼면서 센 할멈의 모습이 완전히 어둠 속에 잠길 때까지 눈으로 지켜보며 배웅했던 것이다.

 이윽고 센 할멈의 모습이 시야에서 완전히 사라지자, 쇼타는

180도로 몸을 돌리고 조금 빠른 걸음으로 복도를 나아갔다.

적어도 복도를 똑바로 나아가는 동안에는 오른쪽, 즉 북쪽에는 거의 동일한 간격으로 낫이 걸려 있었다. 개중에는 끈이 끊어졌는지 바닥에 떨어진 것도 있었다. 그것을 보고 난 뒤로는 발밑을 주의했다. 맨발로 낫을 밟았다가는 크게 다칠 수 있었다.

복도는 영원히 계속될 것처럼 똑바로 뻗어 있었지만, 곧 모퉁이에 이르렀다. 세 번 정도 모퉁이를 돌아 쭉 나가다 보니 어느새 현관에 도착했다.

안도한 것도 잠시, 곧바로 등 뒤의 어둠이, 저택 내부 자체가 무서웠다.

다급히 샌들을 신으려던 쇼타는 섬돌 위에 빼곡히 들어찬 신발들이 눈에 들어온 순간 지금도 여전히 많은 사람들이 이 저택에 모여 살고 있는 듯한 착각에 사로잡혔다.

아니, 분명히 아직도 **있다**…….

육신은 집에서 나갔지만 그 마음은, 생각은, 일념은 이곳에 머물러 있는 것이 아닐까? 분명 센 할멈은 그런 것들과 함께 살고 있는 것이다.

좀처럼 움직이지 않는 격자문을 힘들게 열고 겨우 밖으로 나오니 날은 이미 저물어 있었다.

엄마한테 혼나겠다…….

그런 생각이 들었지만, 지금은 그것이 되레 기뻤다. 어머니에게 혼나거나, 누나 사쿠라코하고 싸우거나, 모모미를 웃기거나 하는 평소와 같은 일들을 하고 싶어 견딜 수 없었다.

그런데 마당을 지나 대문을 나간 직후 쇼타는 "앗!" 하고 외쳤다.

이케우치 토코의 일기가 없다…….

어디에 떨어뜨린 것일까? 쓰레기 산을 오를 때는 가지고 있었던 것 같았다. 암흑 속 텅 빈 방에서 방으로 도망 다니다 잃어버렸는지도 모른다. 그렇다면…… 센 할멈에게 부젓가락으로 다리를 찔렸을 때다!

너무나 큰 충격에 저도 모르게 일기를 손에서 놓아버린 것이 틀림없었다. 평범한 방에서 그랬다면 쇼타도 금방 깨달았을 것이다. 하지만 주위는 온통 쓰레기 더미였다. 노트 한 권쯤이야 순식간에 쓰레기 속에 묻혀버리고 만다.

다시 가지러 갈까?

뒤를 돌아본 쇼타의 눈동자에, 묵직하게 웅크리고 있는 타츠미 가의 흉흉한 폐허 저택이 비쳤다.

싫어…… 절대 안 가…….

쾅 하고 무시무시한 소리를 내며 갑자기 현관문이 열리더니 '키이이이' 하고 기이한 소리를 내지르는 센 할멈이 부젓가락을 휘두르며 쫓아온다……. 그런 모습이 떠오르자 쇼타는 황급히 뒤돌아 쏜살같이 뛰기 시작했다.

집으로 돌아가니 아니나 다를까, 어머니의 불벼락이 떨어졌다. 늦게 돌아왔기 때문만은 아니었다. 쇼타는 발바닥만 더러워졌다고 생각했는데, 밝은 집 안에 들어와서 보니 머리끝부터 발끝까지 자신의 몰골이 말이 아니었다.

"지금까지 어디서 뭘 하다 온 거니?"

현관에서 복도로 올라온 쇼타는 무릎을 꿇은 채 어머니의 엄한 추궁을 들었다. 센 할멈에 대한 것부터 시작해서 괴이한 이야기를 해야 하나 망설였지만, 지금은 최악의 타이밍임을 깨달았다.

뱀신의 이야기를 했다간 허튼소리로 얼버무리려 한다면서 더욱 혼이 날 것이다.

그렇다면 뭐라고 핑계를 대야 할까? 일단 거짓말을 할 수밖에 없었다. 하지만 이런 경우 어머니에게는 거짓말이 통하지 않는다. 어지간히 그럴듯한 이야기를 지어내지 못하는 한, 어머니를 납득시킬 수는 없을 것이다.

사실을 말해서도 안 된다……. 어설픈 거짓말도 할 수 없다…….

이젠 두 손 들었다. 내일부터 당분간 마음대로 외출할 수 없게 될지도 모른다. 그러면 코헤이를 만나기도 힘들다.

이거 큰일 났네…….

무엇보다 앞으로 가족을 위해 이리저리 돌아다니며 알아보아야 하는데, 잘못하면 돌이킬 수 없는 상황에 빠지게 된다.

이를 어쩌지…….

쇼타는 머리를 감싸 쥐고 싶었다.

그때 아버지가 돌아왔다. 웬일로 일찍 퇴근한 것이다. 게다가 아버지는 머리끝까지 화가 난 어머니에게 이야기를 듣고 난 뒤, 쇼타의 모습을 보고 나서 어머니를 달래며 그 상황을 수습해주었다.

"남자애가 놀다 보면 다 그런 거 아니겠어?"

어머니도 아버지의 이른 귀가에 기분이 좋았고 또 저녁을 마저 차려야 했는지, 계속 야단치지 않고 쇼타를 세면실에 들여보낸 다음 부엌으로 돌아갔다.

그날 밤 즐거운 분위기에서 저녁을 먹었다. 어머니도 요리에 신경을 썼는지, 특별한 날도 아닌데 식탁이 푸짐했다. 아버지는 말이 많아졌고 사쿠라코와 모모미도 계속 재잘거렸다. 단란한 가정이란 말이 어울리는 분위기가 거실에 감돌았다. 쇼타도 요 며칠간의 두려움과 불안과 피로가 풀리는 기분이었다.

저녁을 먹고 난 뒤 거실에서 2층 복도에 나타난 오싹한 사람 형체를 보기 전까지는…….

14장 　　　　　　　　　　　　　　　　　　　　　*과거*

"세상에! 너 용케 빠져나왔구나."

타츠미 가의 폐허 저택에서 벌어졌던 쇼타의 대모험 이야기를 듣고 나서, 나카미나미 코헤이는 일단 감탄의 한숨을 크게 내쉬고는 감정이 잔뜩 실린 투로 그렇게 말했다.

"이젠 끝장이라는 생각을 몇 번이나 했는지 몰라."

"그랬겠지. 다른 사람 같으면 다리가 풀려서 꼼짝도 못했을 거야."

"나도 그랬어. 하지만 너무 무서워서 오히려 필사적으로 도망친 거야."

"아니, 넌 진짜 용기가 대단한 친구야. 나 같으면 다리가 풀린 것도 모자라 오줌까지 지린 채로 센 할멈한테 붙잡혔을 거야."

"그렇지 않아."

코헤이라면 잽싸게 피해 다니면서 이케우치 토코의 일기까지 제대로 챙겨 왔을 거라고 쇼타는 생각했다. 그렇게 말하자 코헤이는 잠깐 생각하고는 대답했다.

"하지만 그건 말이지……. 그 왜, 격언 있잖아?"

"살아 있는 개가 죽은 정승보다 낫다?"

"그래, 그거. 일기를 손에 넣은들 네가 센 할멈한테 잡혀 그 집에서 나올 수 없다면 무슨 소용이겠어."

"그래……. 그건 그렇지."

쇼타와 코헤이가 있는 곳은 안라 시 문화회관이었다. 두 사람은 되도록 눈에 띄지 않게 1층 현관홀에 비치된 소파 가장자리에 앉아 있었다.

어젯밤 거실에서 2층 복도에 나타난 사람의 형체를 본 순간 쇼타는 뭐가 됐든 손을 써야 한다는 생각이 간절했다.

저녁을 먹고 난 뒤 쇼타가 거실에서 텔레비전을 보려고 할 때 그 사람의 형체를 목격했다. 백열등만 켜진 2층 복도 난간의 어두운 공간 속에서, 그 형체가 쇼타를 빤히 내려다보고 있는 것 같았다.

쇼타가 저도 모르게 나지막이 비명을 지르자 아버지가 "왜 그러냐?"고 물었다. 곧바로 "이상한 벌레가 있어서요"라고 얼버무리고는 텔레비전도 보지 않고 자기 방으로 가버렸다. 그 뒤로 잠들 때까지, 쇼타는 필사적으로 계속 생각했다.

그 결과 이케우치 토코가 이사 오기 전에 살았던 가족, 즉 맨 처음 입주한 가족에게 무슨 일이 있었는지 조사해봐야겠다는 결론에 도달했다. 의문스러운 죽음이었다면 신문에 났을 것이다. 하물며 일가가 전멸한 끔찍한 사건이 발생했다면 분명 신문에서 그에 관한 기사를 찾을 수 있을 것이다.

조사해본 결과 그 사건과 사람 형체의 관계에서 일치점을 찾아낼 수 있다면—쇼타는 그것을 확신했다—부모님에게 이야기할 것이다. 그때 신문 기사는 분명 쇼타가 하는 이야기의 신빙성을 높여줄 증거가 될 것이다.

무슨 일을 할지 정하고 나니 어젯밤에는 푹 잠들 수 있었다. 오늘 아침 눈을 떴을 때 기분이 나쁘지도 않았고, 이 기괴한 상황을 어떻게든 해결하고 말겠다는 기개가 가슴속에서 부글부글 끓어올랐다.

아침을 먹고 나서 쇼타는 어머니에게 도서관에 가고 싶다고 말했다. 어제 일 때문에 어머니는 조금 의심스러운 눈으로 쳐다보았다. 하지만 시청에 전화를 걸어 문화회관 내에 도서관이 있다는 것을 알아봐 주었다. 주소지만 제시하면 책을 빌릴 수도 있는 모양이었다.

저녁 5시까지는 반드시 돌아오기로 약속하고, 쇼타는 자전거를 타고 집을 나섰다.

물론 코헤이한테 같이 가자고 할 생각이었지만, 오전에는 어머니를 거들어야 한다고 했기 때문에 조금 망설였다. 그래도 인터폰을 눌러보았고, 코헤이가 나오자 쇼타는 간단히 사정을 설명했다. 코헤이가 잠시 기다리라며 다시 들어가기에 역시나 같이 가기 어려운가 싶었다. 그런데 조용히 문이 열리더니 코헤이가 밖으로 나와 나지막이 속삭였다.

"어머니는 주무시고 계시니까, 그 사이……."

두 사람은 발소리를 죽이며 계단을 내려가 자전거에 올라타고 문화회관으로 향했다.

도서관에서는 이야기를 나눌 수 없었으므로, 일단 현관홀에 앉아 어제 있었던 일을 이야기했다.

"너의 대활약에 비하면 보잘것없지만 나는 부동산 사무소에 가봤어."

쇼타가 폐허 저택에 대한 설명을 마치자, 코헤이가 이야기를 시작했다.

"여름방학 숙제로 자기가 사는 집에 대해 조사해야 한다고 거짓말했지. 어머니의 볼일도 있어서 겸사겸사 찾아가 본 거야. 역시나 우리 빌라를 관리하는 부동산 사무소가 너희 집도 관리하는 것 같더라."

"그래서 뭐, 뭘 알아냈어?"

쇼타가 긴장한 태도로 물어보자 코헤이가 머리를 긁적이며 대답했다.

"나를 상대해준 사람은 신입으로 보이는 누나였어. 그래서인지 내가 사는 연립 말고 근처의 집들에 대해서도 알고 싶다고 했더니 간단히 알려주기는 했는데……. 하지만 역시 사람이 죽었는지는 물어볼 수 없더라고."

"그래, 그건 어렵겠지."

"그러고 있는데 그 누나의 윗사람인 듯한 아저씨가 나와 뭐라고 잔소리를 해서, 그걸로 끝이었어. 알아낸 것은 내가 사는 타츠미 빌라가 5년 전 4월, 산 윗집이 3년 전 7월에 완성되었다는 거야. 너희 집이 이사 올 때까지 그 집에는 세 가족이 살았대. 첫 번째 가족이 그 집에 들어온 건 3년 전 8월이었대. 이 정도야. 미안해."

코헤이가 고개를 숙이자 쇼타가 웃으면서 말했다.

"아니야! 많은 도움이 됐어."

"그래? 진짜?"

"처음 들어온 가족에게 무슨 일이 있었는지, 어떤 사건이 일어났는지, 그걸 조사하고 싶다고 내가 말했잖아? 하지만 입주 날짜를 모르면 언제부터 조사해야 할지 모르거든. 물론 3년 전부터 찾으면 되겠지만, 처음 살았던 가족이 이사 온 게 8월이라면, 1월부터 7월까지는 보지 않아도 돼. 큰 수고를 덜었어."

"아, 그렇구나. 하지만 8월부터 시작한다고 해도 언제까지……."

"이케우치 토코네 가족이 이사 오는 7월 30일 전날까지? 실제로는 조금 더 전이겠지만."

"토코……."

문득 중얼거리는 코헤이의 어조에서 쇼타는 뭔가 있다는 느낌이 들었다.

"아는 사이였어?"

"음, 그래……. 아니, 몇 번 이야기 나눠본 게 전부야. 친하게 지냈던 건 아니고……."

"얼굴만 아는 정도였구나."

코헤이가 시선을 돌리자 쇼타는 너무 깊이 물어보지 않는 편이 좋겠다고 생각했다. 어쩌면 코헤이는 토코라는 소녀에게 조금 호감을 품었는지도 모른다.

"그래서 어떻게 신문을 조사할 거야?"

코헤이는 원래의 화제로 금세 돌아갔다.

쇼타는 자신의 생각을 이야기했다. 도서관 사서한테 옛날 나가하시 마을에 대해 조사하고 싶다고 상담한다. 어떻게 하면 과거의 신문 기사를 볼 수 있는지 알아내기 위해서다. 이유를 물어보면, 자신이 사는 지역에 대해 조사하는 것이 여름방학 숙제라고 대답한다.

"빈틈없는걸."

자신과 같은 핑곗거리를 생각했다는 얘기를 듣고 히죽거리는 코헤이와 함께, 쇼타는 문화회관 내의 도서관으로 향했다.

50대 후반으로 보이는 여성 사서는 쇼타의 이야기를 듣고 《나가하시 정촌사(町村史)》라는 책이 있다고 알려주었다. 어떤 내용이냐고 물어보니, 나가하시 촌의 기원부터 시작해서 지금의 나가하시 마을에 이르기까지 변천사가 적혀 있다고 했다.

도도 산의 뱀신에 대해서도 언급되어 있을지⋯⋯.

그런 생각이 쇼타의 머리를 스쳤지만 도저히 두 사람으로는 감당할 수 없었다. 그래서 마을에 관한 신문 기사를 보고 싶다고 말했더니 사서는 조금 수상쩍은 표정을 지으면서도 지방신문이 좋을 거라고 조언해주었다.

지난 신문은 소형 전화번호부 같은 형식으로 한 달 분량씩 한 권으로 엮어 두꺼운 책자로 만들어져 있는 듯했다. 조사하고 싶은 연도와 달을 용지에 기입해서 담당자에게 주면, 해당하는 축쇄판을 서고에서 가져다준다고 했다.

쇼타는 정중하게 감사의 인사를 하고, 우선 3년 전 8월부터 12월까지 다섯 권을 빌리기로 했다.

한 사람당 한 권씩—쇼타가 8월, 코헤이가 9월 식으로—맡았는데, 처음에는 익숙하지 않아서 힘들었다. 생각해보면 평소에 신문은 텔레비전 프로그램 편성표나 4컷짜리 만화 정도밖에 보지 않았다. 책을 좋아하는 쇼타는 그나마 신간 광고에 눈길을 주기도 했다. 하지만 코헤이의 집은 신문을 구독하지도 않는다고 했다.

그래도 며칠 분량을 읽어나가는 동안, 자신들이 찾고 싶은 사건이 어느 면에 실리는지 자연스럽게 알게 되면서 모든 면을 훑어볼 필요가 없음을 깨달았다. 한 달 분량을 다 읽었을 무렵에는 두 사람 다 비슷한 요령을 익히고 있었다.

그런데 쇼타가 10월, 코헤이가 11월분을 다 훑어봐도 그럴듯한 사건이 보이지 않았다. 나머지 12월분을 같이 보았지만 역시 산 윗집에 관한 기사는 없었다.

마침 점심시간이 되자 두 사람은 문화회관을 나와 역까지 자전거를 타고 가서 재빨리 햄버거 가게에 들어갔다. 거들어줘서 고맙다며 돈은 쇼타가 냈다.

"다음 해에 일어난 걸까?"

주문한 햄버거가 놓인 쟁반을 테이블에 놓고 자리에 앉자마자 코헤이가 말했다.

코헤이 맞은편에 앉아 있던 쇼타는 계속 고개를 끄덕이며 말했다.

"그해라고 생각했는데……."

"어째서?"

곧바로 햄버거를 베어 물면서 코헤이가 물었다.

"그 여자애의 일기를 읽어봐도, 무서운 일은 곧바로 나타났잖아? 나도 이사 온 지 며칠 되지 않아서 그걸 느꼈어. 그러니까 몇 달이나 지나서 나쁜 일이 일어나지는 않았을 거라는 생각이 들어……."

"그것도 그렇겠네……."

"그 집에 이사 온 지 오늘로 딱 일주일 지났어. 당분간은 괜찮을 거라고 생각하지만……."

"뭐, 얼른 조사해서 나쁠 건 없지. 그런데 너보다 그 여자애 쪽이 뭔가 큰일을 당한 것 같다는 생각이 들지만 말이야. 아니, 센 할멈의 일은 별개로 하고."

"그렇지."

"어째서일까?"

"어쩌면 그 여자애 가족이 기독교인이었기 때문인지도 몰라."

수상쩍은 표정을 짓는 코헤이에게 그냥 자신의 억측이라고 하면서 쇼타는 이렇게 말했다.

"십자가나 성인의 그림은 신과 관련된 물건이잖아? 특히 기독교를 믿는 사람들에게는 아주 소중한, 이른바 성스러운 물건이겠지?"

"도도 산의 뱀신이 그걸 싫어했다는 거야?"

"그대로 놔뒀다간 저 집을 완전히 지켜내게 될까 봐 이사를 오자마자 물리쳤다……. 뭐, 그런 게 아닐까 싶은데."

"역시 너는 머리가 좋구나."

"딱히 그렇지는……."

코헤이는 겸연쩍어하는 쇼타에게 얼른 먹으라며 햄버거를 가리키고 나서 말했다.

"그렇게 방해되는 것들을 얼른 치워버려야 했는데도 12월까지 아무 일도 일어나지 않은 것이 이상하다는 얘기야?"

"신문에 실리지 않은 건가?"

"그렇지 않아. 이렇게 신문을 진지하게 보기도 처음인데, 별 중요하지 않은 일들까지 실려 있어."

"지방신문이니까 특히 그렇겠지."

"그렇지? 그렇다면 사람이 죽은 사건은 반드시 기사가 될 거야. 그것도 같은 집에서 몇 사람이나 죽었다면 말할 것도 없고……."

한동안 생각에 잠겨 있던 쇼타는 갑자기 떠올랐다는 듯이 입을 열었다.

"병으로 죽어서 기사가 되지 않은 거야."

"어……?"

"센 할멈은 살해당했다고 말했는데, 우리가 생각하는 그런 살인 사건이 아닌지도 몰라."

"뱀신의 앙화로 병에 걸려 죽었다?"

"그래. 그런 식으로 가족이 한 명씩 죽어나갔다면…… 신문 기사로 실리지는 않겠지."

"그럴 경우 죽은 사람들은 자기들이 뱀신의 앙화로 죽게 되었다는 것을 알았을까?"

"아니, 그건 아니라고 봐. 두 명째, 세 명째가 되면 남은 가족들도 이상하다고 느끼겠지만……. 하지만 그 산에 대해 모르고 있는 한 보통은 갑자기 뱀신이라든가 앙화라든가 하는 생각은 못할 거야."

"그렇다면 살해당한 사람이 유령이 되어서 나타나는 건 이상하지 않아?"

"……."

코헤이의 지적은 날카로웠다. 아무것도 모르고 죽었다면 그런 형체가 되어 나타나지는 않을 것이다.

"그것뿐만은 아닐 테니 말이야."

"어……?"

"모모가 있는 방에 나타난 히히노라는 기분 나쁜 놈도 있잖아. 게다가 토코의 여동생은 도도츠기라는 것을 봤잖아."

"아, 그랬지. 사람의 형체뿐만 아니라 여동생들이 똑같이 이상한 것을 만났다는 얘기에 나도 깜짝 놀랐어."

"우연일까?"

"글쎄……. 다만 우리 모모나 토코의 여동생 리코는 아직 어려서 그런 것이 보였는지도 몰라."

"그렇지. 그럼 히히노와 도도츠기는 같은 녀석일까?"

쇼타는 어른처럼 팔짱을 끼고 말했다.

"음, 글쎄……. 왠지 모르게 같은 냄새라고 할까, 같은 분위기가 느껴지는데……."

"나도 그래."

"같은 A라는 존재에 대해 모모는 히히노, 리코는 도도츠기라고 이름 붙인 것일 수도 있으니까."

"그렇구나. 그럼 사람의 형체와 히히노 혹은 도도츠기는 어떤 관계일까?"

"사람의 형체가 그 집에서 과거에 죽은 사람의 영혼이라면, 히히노는 옛날 그 산에 살았던 요괴가 아닐까 싶어."

"그럼 히히노 쪽은 괜찮은 걸까?"

"모르겠어……."

"요괴란 건 착한 녀석이잖아."

"아니, 나쁜 요괴도 있어. 말 그대로 사람을 잡아먹는다든가 하는……."

"그쪽은 어때?"

사람의 형체만 온통 머릿속에 가득 차서, 히히노에 대해서는 전혀 생각해보지 않았다는 것을 쇼타는 새삼 깨달았다.

"모모가 이야기한 느낌으로는 나쁜 녀석은 아닌 것 같은데……."

"그래……. 하지만 상대가 요괴라면…….."

"간단히 믿을 수는 없지……."

"아직 한 번밖에 나타나지 않았으니까, 이쪽은 좀더 살펴볼게."

"그래. 그 왜, 먼저 유령 쪽을 정리해버릴까?"

코헤이는 남은 햄버거를 한입에 다 넣고 주스를 단숨에 들이켜더니, 입을 우물거리며 말했다.

"그건 그렇고 토코와 리코, 사쿠라코와 모모미는 어쩐지 닮았네."

"토코와 리코는 한자로 보면 복숭아(桃)와 배(梨)이고, 사쿠라코의 사쿠라는 벚꽃(桜), 모모미의 모모(李)는 자두란 뜻이지."

"너희 누나 이름 빼고는 전부 먹는 과일이구나."

"이케우치 가족이 기르던 앵무새 이름은 쿠리코인데, 한자로 밤(栗)이란 뜻이야. 이상하지?"

"하지만 그저 우연일 뿐이지?"

"그렇지……."

그것이 틀림없다고 생각했지만 쇼타는 이 기묘한 우연의 일치에 뭐라고 말할 수 없는 오싹함을 느꼈다. 그런 마음이 얼굴에 드러난 것일까?

"큰일을 겪은 너하고 토코의 이름은 비슷하지 않으니 딱히 신경 쓸 거 없어. 이케우치하고 히비노도 전혀 다른 한자잖아."

아무 일도 아니라는 식으로 코헤이가 간단히 정리했다.

햄버거를 다 먹은 두 사람은, 잠시 후 가게를 나와 문화회관으로 다시 돌아갔다.

"네 자전거, 정말 멋지다."

나란히 달리고 있는데, 그날 벌써 몇 번째가 될지 모르는 찬사를 코헤이가 또다시 했다.

"반짝반짝하네."

쇼타가 타고 있는 자전거는 작년 생일에 선물받은 산악자전거로, 거의 매일같이 천으로 닦았다. 코헤이가 타고 있는 자전거는 꽤 오래되어 보였는데 왠지 코헤이에게는 조금 컸다.

"이거, 너하고 마찬가지로 어머니가 생일에 사준 거야. 돈을 주고 산 게 아니라 가게의 손님에게 받은 거지만. 그 손님, 어딘가에서 쌔빈 거 아닐까?"

'쌔비다'는 말은 훔쳤다는 뜻인 것 같았다. 그것으로 사이즈가 맞지 않는 것은 납득했지만, 쇼타는 어떻게 반응해야 할지 몰라 난감했다.

"그래서 이렇게 마을을 달리고 있으면 언제 짭새가 말을 걸지 몰라서 늘 가슴이 조마조마해. 까딱 잘못했다간 내가 훔쳤다고 의심받을 테니까."

짭새라는 건 물론 '경찰'을 말하는 것이다.

"혹시 그렇게 되면 내가 말해줄게. 그 자전거는 너희 어머니가 손님한테 받은 거라고."

"그래. 꼭 좀 부탁한다."

도서관에 돌아가자, 이번에는 다음 해 1월부터 7월까지의 축쇄판을 한꺼번에 달라고 담당자에게 부탁했다. 그러고는 각자 묵묵히 기사를 확인했다.

1월부터 2월이 끝나고, 3월과 4월이 지나고, 5월과 6월을 마치고 두 사람이 같이 보기 시작한 7월의 축쇄판도 드디어 30일이 되었다. 이케우치 토코의 가족이 그 산 윗집에 이사 온 날이었다.

"없네."

"그래, 없어. 못 보고 넘어갔을까?"

곧바로 쇼타는 고개를 저었다.

"어떡할래? 다른 방법을 찾아볼까?"

"그 전에 1년 더 확인해보고 싶어."

"이케우치 토코 가족에 대한 기사가 났을지도 모르니까?"

"네 개의 형체들이 전부 다 첫 번째 가족이라고 할 수만은 없잖아. 이케우치 가족이나 세 번째로 들어와 살았던 사람이 섞여 있을지도 몰라."

"뭐! 그럼 올해 7월까지, 그러니까 너희가 이사 올 때까지 전부 확인해야 하잖아?"

코헤이의 목소리가 커지자 쇼타는 "쉿!" 하고 검지를 입술에 갖다 댔다.

"우선 1년치만 더 살펴보면 충분할 거야. 그래도 뭔가 발견하지 못하면 그 뒤로도 마찬가지 아닐까?"

"그러네. 자, 얼른 해치워버리자."

하지만 벌써 저물녘이었다. 여름이라 아직 밖이 훤했지만 오늘은 5시까지 돌아가기로 어머니와 약속했다. 그렇게 이야기하자 코헤이가 흔쾌히 말했다.

"그래. 그런 경우는 아슬아슬하게 5시쯤 돌아가지 말고 30분 정도 일찍 돌아가는 편이 좋을 거야. 그러면 너희 어머니도 좋게 여기실 테니까."

두 사람은 내일 아침 8시에 타츠미 빌라 앞에서 만나기로 했다. 코헤이는 날이 밝아서 퇴근하는 어머니가 깨지 않도록 살며시 빠져나오겠다고 했다. 쇼타는 오늘 약속을 제대로 지키면 내일 외출도 문제없을 것이라고 했다.

다음 날, 이케우치 가족이 이사 왔던 재작년 7월부터 작년 6월까지, 두 사람은 똑같이 지방신문 축쇄판을 나눠서 살펴보았다. 그러나 산 윗집에 관한 기사는 하나도 찾아볼 수 없었다. 혹시나 하고 올해 6월까지 확인해보았지만 역시 아무것도 나오지 않았다.

그렇다면 도도 산의 단독주택에서는 신문 기사가 될 만한 죽음에 관한 사건이, 집을 세운 이래로 오늘까지 단 한 번도 없었다는 이야기다.

그렇다면 왜 유령 같은 형체가 나타나는 것일까?

대체 **그것들**은 무엇일까?

자신이 목격한 사람의 형체가 전에 살았던 사람의 유령이 아닐까 하는 생각이 들었을 때 물론 쇼타는 무서웠다. 하지만 그 해석이 부정되어버리자 더욱 무서웠다.

그날 저녁, 쇼타는 자기 집에 돌아가기가 무서워서 견딜 수가 없었다.

15장   고백

7월 마지막 토요일, 아버지는 휴일인데도 아침에 출근을 했다. 회의가 있다고 하면서 저녁에 돌아올 거라고 했다.

어머니는 오후에 마을 반상회에 나갔다. 어제 '토쿠이치'라는 슈퍼마켓에서 장을 보다가 아기를 데리고 나온 젊은 주부를 알게 되었는데, 우연히 그 사람도 나가하시 마을 주민이어서 오늘 반상회가 있다고 알려준 것이었다. 멀리 떨어진 우리 집만 마을 소식을 알리는 회람판이 전해지지 않은 듯했다.

사쿠라코는 여전히 문자 친구와 놀러 다녔다. 그렇다고 해도 누나보다 집에 오래 있는 쇼타에 비해 여름방학 숙제는 훨씬 잘 진척되었다. 중학생과 초등학생은 분량이나 내용이 완전히 다르므로 비교하는 것 자체가 말도 안 되지만, 누나의 실력을 인정하지 않을 수 없었다.

쇼타는 전학 가면 방학 숙제만큼은 하지 않아도 되겠다 싶어 기뻐했지만, 현실은 그렇지 않았다.

모모미는 그제부터 기분이 조금 나빠 있었다. 그것도 쇼타 때문이었다. 쇼타가 이틀 연달아 코헤이와 도서관에 간 것이 문제였다. 언니의 외출은 아무렇지 않게 여기면서 오빠가 그러면 반응이 달라졌다. 특히 이사 온 뒤로 그런 경향이 더욱 뚜렷해졌다.

하지만 아침부터 쇼타가 놀아주자 이내 기분이 좋아졌다. 사실 쇼타는 낮에 코헤이 집에 가고 싶었지만 어머니가 외출하는 바람에 그럴 수 없었다. 마을 모임이 끝나고 돌아올 때까지 여동생을 돌봐야 했다.

뭐, 괜찮아. 요 며칠 모모하고 별로 놀아주지 못했으니까.

생각은 그렇게 하면서도 좀처럼 집중되지 않았다. 물론 신문조사 결과에 불만…… 아니, 불안했기 때문이다. 자기가 사는 집에서 과거에 많은 사람이 죽었다는 것을 알고 전율하는 것이 아니라, 아무 일도 일어나지 않았다는 것을 알고 공포에 떨다니 기묘한 일이었다. 하지만 쇼타는 정말 무서워서 견딜 수가 없었다.

2층 베란다와 그 앞의 2층 복도, 1층 다다미방, 뒷문과 그쪽 복도 가까이 가지는 않았지만 거실만은 피할 수 없었다. 지금도 거실에서 모모미와 놀고 있었다. 오전에는 쇼타의 방에서 놀앉지만, 역시 하루 종일 거기서 놀 수는 없었다. 되도록 서쪽—머리 위로 2층 복도가 있는 부근—에는 다가가지 말라고 주의를 주었지만, 여동생을 납득시킬 이유가 생각나지 않아서 거의 소용없었다.

게다가 밖에서 돌아왔을 때, 현관에서 복도로 올라온 가족 모두 일단 거실에 얼굴을 비춘다. 그때 문제의 2층 복도가 머리 바로 위에 오게 된다. 즉 내려다보는 사람의 형체 바로 아래에 위치하게 될지도 모르는 것이다.

여기만큼은 어떻게든 해야겠어.

쇼타가 할 수 있는 일은 이 집에 숨겨진 비밀을 찾아내는 것. 그것도 하루라도 빨리. 그것뿐이었다.

이틀에 걸쳐 도서관에서 조사한 일들이 헛수고로 끝난 뒤, 코헤이는 헤어질 때 뭔가 다른 방법을 찾아보겠다고 말했다. 보통 3년 넘게 살았다면 이 지역 사람과 안면을 텄을 것이다. 다만 그것을 코헤이네 가족에게 요구해도 되는 걸까? 솔직히 쇼타는 의문이었다. 물론 코헤이가 자기를 생각해주는 마음 자체는 아주 기뻤다. 하지만 그 때문에 코헤이가 뭔가 무리한 짓을 하지는 않을까, 터무니없는 행동에 나서는 것은 아닐까, 코헤이네 가족을 곤란하게 만들지는 않을까 걱정되었다.

뭔가 생각이 있는 것 같은데 이야기해주지 않은 점이 정말 신경 쓰인다…….

쇼타가 막연하게 친구를 걱정하고 있을 때였다.

"엄마 왔다."

어머니가 의외로 일찍 돌아왔다.

"어서 오세요!"

현관으로 달려가는 모모미의 뒤를 쇼타도 천천히 따라갔다.

"벌써 끝났어요?"

"그래……."

어머니는 묘한 표정을 짓고 있었다. '여우에 홀린 듯하다'는 말이 있는데, 그야말로 딱 그런 얼굴이었다.

"홍차라도 끓일까……? 따뜻한 차이긴 한데, 마실래?"

어머니는 부엌에 들어가 자신과 쇼타가 마실 레몬티와 모모미가 마실 밀크티를 만들어 와서 거실에 앉아 한동안 묵묵히 홍차를 마셨다.

"왜 그러세요? 무슨 일이라도 있었어요……?"

어머니의 기색이 확실히 이상해서 쇼타가 가만히 물어보았다.

"그게 말이지, 착각이었어."

"네? 마을 모임이 아니었어요?"

어머니는 힘없이 고개를 끄덕이면서 말했다.

"언덕길 왼편으로, 보통 집치고는 투박해 보이는 건물이 있는 거 아니? 그게 마을회관인데……."

언덕길 아래에 있는 사당을 등지고 봤을 때 서북서 방향의 산

기슭에 세워진 건물이었다.

"오후 1시 30분에 거기서 모임이 있다길래 5분 전에 도착했단다. 그랬더니 벌써 여남은 명이 모여 밖까지 들릴 만큼 큰 소리로 수다를 떨고 있더구나. 오타 씨도 있었어."

오타 씨는 어제 토쿠이치 슈퍼마켓에서 알게 된 비교적 젊은 주부였다.

"그런데 말이야, 엄마가 마을회관에 들어서자마자 소리가 뚝 멈추지 않겠니……. 누군지 몰라서 그러나 보다 싶어 얼마 전에 이사 온 사람인데 인사가 늦었습니다, 하고 말했지……."

"무시당했어요?"

"아니……. 그런 사람도 있었지만, 인사하는 사람도 있었어. 하지만 어쩐지 서먹서먹하다고 할까, 거리를 두고 있는 느낌이었어."

쇼타는 움찔했다. 마을 사람들은 산 윗집에 사는 사람에 대해 뭔가 생각하는 바가 있는 것이 아닐까? 하지만 쇼타는 어머니에게 이렇게 말했다.

"외지 사람을 받아들이기까지 시간이 걸리나 보죠."

"그러게 말이야……. 역시 그런 걸까?"

그렇게 말하면서도 어머니는 고개를 갸웃하며 썩 납득이 가지 않는 듯했다.

"1시 30분이 되니까 마을 회장이 나타나더구나. 시키시마 씨라고 하는데 일흔 살 후반쯤 되는 할아버지였지. 그 왜, 서쪽 맨 끝에 있는 큰 집 있잖니? 거기가 마을 회장님 집이야."

언덕길에서 남남서 방향이었다. 마을 중심에 펼쳐진 논밭을 사이에 두고, 타츠미 가와 거의 마주 보고 있는 집이었다.

"엄마는 곧바로 시키시마 씨에게 인사를 했단다. 그랬더니 아주 놀란 얼굴을 하는 눈치가…… 마치 그곳에 엄마가 있는 것이 의외라는 표정이었어."

"……."

"그러고 있는데 어떤 사람이 회장님 옆에 가서 뭐라고 귓속말을 하더라. 그랬더니 시키시마 씨가 '오늘은 마을 모임이 있는 날이 아닙니다'라는 거야."

"엄마한테요?"

"그래."

"하지만 오타 씨한테는 그렇게 들었잖아요."

"그렇지. 그래서 그 사람에게 확인하려고 했는데…… 오타 씨는 엄마가 마을회관에 들어간 뒤로 한 번도 이쪽을 보려고 하지 않지 뭐니, 글쎄."

"……."

"엄마뿐만 아니라 누구하고도 얘기하지 않은 것을 보면 몸이 안 좋아서 그랬는지도 모르지만……. 다만 옆에 있던 사람하고는 얘기를 조금……. 아, 그러고 보니 그 사람이 회장님에게 귓속말을 했지."

몹시 좋지 않은 예감이 들었다. '오타—이웃 사람—시키시마 씨'라는 흐름으로 뭔가 사악한 것이 전해지는 듯한 기분이 머릿속에서 떠나지 않았다.

"그러고 보니 회장인 시키시마 씨하고 오타 씨 옆에 있던 사람, 그리고 나머지 네 명 정도가 주요 멤버라는 느낌이 들었어. 딱 남자 여자 반반 비율로……."

"그 여섯 명이 마을 모임의 임원일까요?"

"그런 게 아닐까? 아, 맞다. 그중 한 사람은 타츠미 가 저택의……. 혹시 쇼타 너는 아니? 산 아래 있는 그 큰 집 말이야."

단순히 아는 정도가 아니지만, 쇼타는 묵묵히 고개를 끄덕이기만 했다.

"그 저택 이웃집에 사는 부인이었어. 장 보러 갈 때 가끔 본 적이 있지."

쇼타가 폐허 저택으로 끌려 들어가는 것을 보고도 못 본 체했던 그 주부인지도 모른다.

"그, 그래서요?"

"한동안 그 여섯 명이 무슨 이야기를 하더니, 결국 '마을 모임은 나중에 다시 연락드리겠습니다'라더구나."

"회장인 시키시마 씨가요?"

"그래. 그 여섯 명의 대표로 말한 것 같았어. '그렇다면 오늘은 대체 무슨 모임인가요?'라고 물어볼까 생각하고 있는데…….”

"안 물어봤어요?"

"정신을 차리고 보니, 어느새 모두 엄마를 빤히 쳐다보고 있지 뭐니."

"오타 씨도요?"

"아, 그러고 보니 그 사람만 고개를 숙이고 있었어. 모두 엄마를 쳐다본 것은 당연하다고 할까, 그렇게 이상한 일은 아니지만…… 어쩐지 분위기가 안 좋아진 것 같아서…….”

"무슨 모임이었을까요?"

"글쎄다……. 어제 오타 씨는 매월 첫째 토요일에 마을 모임이 있는데, 내일은 웬일로 임시 모임이 있다고 얘기했거든.”

오타 씨가 어머니에게 거짓말을 한 것은 아니었다. 다만 그 모임에 어머니를 부르지는 않았다. 좀더 정확하게 표현하면, 히비노 가 사람이 참석하기를 바라지 않았다. 오타 씨는 그 사실을 몰랐다. 어린애가 있는 젊은 부인이라고 하니, 어쩌면 나가하시 마을의 오타 집안에 시집와서 여기 살게 된 지 얼마 되지 않았는지도 모른다.

우리 가족은 참석자가 아니라 분명 임시 모임의 **의제 그 자체**인 것이다.

그런 생각이 쇼타의 뇌리를 번뜩 스쳤다. 이 집에 이사 온 것은 지난주 토요일이다. 그다음 토요일인 오늘, 예정에 없던 임시 모임이 열리기로 했다는 것은 너무나 절묘한 타이밍이었다.

"이런 분위기에서는 다음 달 첫째 토요일에 마을 모임이 있다는 회람판이 온다고 해도 엄마가 가야 할지 잘 모르겠구나."

어머니의 걱정을 흘려들으면서 쇼타는 생각했다. 그런 회람판은 오지 않거나 오더라도 그 모임은 눈속임일 뿐이며, 진짜 모임은 어머니를 빼고 따로 열릴 거라고.

"하지만 마음이 약해지면 안 되겠지. 그렇지 않아도 이 집은 마을에서 멀리 떨어져 있으니, 그런 모임은 잘 챙기는 것이 좋은데 말이다."

이 마을 사람들은 산 윗집이 마을에서 떨어져 있다는 점을 구실 삼아 이 집에 사는 사람들하고는 교류하고 싶지 않은 것이다.

"초조해할 필요까지는 없지만, 역시 가능한 빨리 이 지역에 녹아드는 것이 좋겠지."

그들은 결코 받아들일 생각이 없을 것이다.

"아빠의 일 여하에 따라서는 오래 살게 될 수도 있으니까 말이야."

얼른 이사 가는 편이 좋지 않을까?

"그러려면 마을 사람들하고도 친하게 지내야 할 테고."

다른 것이 가까이 오고 있는지도 모른다…….

"저기, 쇼타!"

그것도 정체불명의 그림자와······.

"얘, 쇼타!"

마찬가지로 정체불명의 히히노라는······.

"쇼타! 무슨 일이니?"

"네······? 왜, 왜요?"

어머니는 아주 걱정스러운 얼굴로 쇼타를 쳐다보았다. 불안과 두려움이 고스란히 드러난, 아주 복잡한 표정이었다.

"이 집에 온 뒤로 오빠가 좀 이상해."

그때까지 옆에서 묵묵히 있던 모모미가 갑자기 비밀 이야기를 하듯이 낮은 목소리로 말했지만, 쇼타의 귀에는 똑똑히 들렸다.

"그래, 어떻게 이상한데?"

"음, 자주 집 안을 이렇게 보고 있어."

어머니의 물음에 모모미는 이쪽저쪽 고개를 두리번거리면서 말했다.

"하지만 오빠가 보고 있는 곳에는 아무것도 없어."

"······."

"그리고 다다미방에서 놀면 안 된다, 2층 베란다로 나가면 안 된다, 거실에서도 구석 쪽에 있어라, 이상한 소리만 해."

모모미는 비밀 이야기를 계속하려고 했다. 그러나 어머니는 쇼타에게도 들린다는 것을 알고 있었다.

"쇼타······."

"잠깐만요."

쇼타는 이 몇 초 동안 고민하고 나서 마음을 정했다. 모든 것을 어머니에게 털어놓자고.

쇼타의 태도가 심상치 않음을 깨달았는지, 어머니는 식당으로 장소를 옮겼다. 다행히 모모미는 거실에 남아 혼자 놀았다. 어머니와 오빠의 대화에 흥미가 없다기보다, 자기가 끼어들면 안 된다는 것을 어린 마음으로도 느끼고 있는 듯 보였다.

"저기 말이에요."

무엇부터 이야기해야 좋을까? 아니, 어디서부터 이야기해야 할까? 쇼타는 막상 이야기하려니 머리가 혼란스러웠다.

"뭐라도 한잔 더 마시자꾸나."

그렇게 말하더니 어머니는 부엌으로 갔다. 처음에 타 온 홍차를 쇼타가 거의 마시지 않았기 때문에 새로 타 오려고 했는지도 모른다. 아니면 입을 떼지 못하고 있는 쇼타를 보고, 마음을 가라앉히게 하려고 그런 것일까?

이윽고 잔 두 개를 쟁반에 받치고 어머니가 식당으로 돌아왔다. 쇼타 앞에 하나, 자기 앞에 하나 놓고 의자에 앉은 어머니는 이내 홍차를 마시기 시작했다. 쇼타도 잔에 손을 갖다 댔다.

이 더운 여름에 따뜻한 홍차라니……, 처음부터 그런 생각이 들었는데, 뜨거워서 단숨에 마실 수 없었다. 후후 불어가면서 조금씩 마시는 동안, 저도 모르게 잔뜩 힘이 들어가 있던 양어

깨가 서서히 풀렸다.

더운 날 뜨거운 음료를 마시는 것도 나쁘지 않네.

그런 생각이 들었을 즈음 쇼타는, 어릴 적 집 부근 빈터에서 그 섬뜩한 두근거림을 처음 느낀 이야기부터 시작했다.

"……그래서 어제하고 오늘, 코우하고 도서관에 갔어요."

결국 모든 것을 어머니에게 털어놓았다. 아직 밖이 훤하기는 했지만, 저녁 시간이 가까워져 있었다.

테이블 앞으로 몸을 내밀고 힘주어 이야기하는 동안 어떻게든 믿게 만들어야 한다는 마음에 다시 몸에 힘이 들어가 있었다. 그러나 이야기를 마친 지금은 의자에 힘없이 기댄 채로 묘한 허탈감에 휩싸였다.

다 말해버렸어…….

해방감과 함께 어머니가 어떻게 받아들일지 모르겠다는 불안감도 들었다. 두 감정이 엇갈리는 아주 묘한 기분이었다.

"엄마는 우리 쇼타가 거짓말하고 있다고 생각하지 않아."

쇼타가 이야기하는 내내 거의 입을 열지 않던 어머니는, 우선 진지한 눈빛으로 바라보며 말했다.

"그날 사쿠라코하고 둘이 돌아왔을 때 엄마도 뭔가 좀 이상하다고 생각했어. 그 상점가도 그랬고. 나중에 무차별 살인 사건이 일어났다는 것을 알고 네가 나를 살렸구나 생각했지."

"……."

"물론 그런 두근거림을 느낀 줄은 몰랐어. 그런 쪽으로 감각이 좀 예민한가 보다 하는 정도였지."

"저도 그렇게 생각했어요."

"그래……. 다만, 지금 한 이야기가 진짜인지 어떤지는 엄마도 잘 모르겠다."

"하지만……."

"아니야. 네가 꾸며낸 이야기라는 게 아니라……, 예를 들어 이 집에 나타난 사람의 형체 말인데, 과거에 여기서 죽은 사람의 유령이 아닐까 하는 얘기잖아?"

"네……."

"그런데 도서관에서 조사한 신문 기사에는 그런 내용이 하나도 없었어."

"네……."

"그러니까 사람의 형체는 유령이고, 그 히히노나 도도츠기는 요괴라는 것이 사실인지 아닌지 알 수 없다는 얘기야. 무슨 말인지 이해하겠니?"

"대충은요……."

말하자면 현상은 인정한다 해도 그 해석까지 받아들이기는 힘들다는 것이었다. 다른 이유를 생각할 수 있지 않을까, 지나치게 나쁜 쪽으로 상상한 것은 아닐까 하는 것이 아들의 이야기를 들은 어머니의 솔직한 감상이었다.

역시 소용없었나······.

완전히 부정되지 않은 것은 다행이지만, 어쨌든 일부러 이야기한 보람이 없었다. 부모님에게 밝히는 것이 유일한 기회라고 생각했던 쇼타는 어머니의 반응이 실망스러웠다.

"하지만 말이야, 이대로 아무것도 하지 않고 여기 계속 사는 건 조금 그렇다고 엄마도 생각해."

어머니는 가만히 쇼타를 바라보면서 말했다.

"네······?"

"가족이 안심하고 살 수 있는 집이어야 하지 않겠니. 이대로는 싫잖아?"

"그럼 알아봐 주실 거예요?"

고개를 끄덕이는 어머니를 보고, 다행히 타이밍이 좋았다는 것을 쇼타는 뒤늦게 깨달았다.

분명 마을 모임에서 있었던 일이 마음에 걸렸던 거겠지.

어머니 자신도 기묘한 체험을 했고 그것이 아들의 이야기와 관계없지 않다고 느꼈기 때문에 그렇게 판단한 것이다.

"아빠하고도 의논하겠지만, 지금은 회사 일이 많이 바쁘니까······."

"하지만 어떤 방법으로요? 신문은 도움이 안 되고 마을 사람들한테 물어보는 것도 어렵지 않을까요?"

"그건 그렇지. 하지만 오타 씨도 둘만 만나면 도와줄지 몰라.

그리고 부동산 중개인도 있지."

"하지만……."

"물론 네가 말한 이야기를 그대로 할 수는 없어. 하지만 적당한 이유를 대면 우리가 알고 싶은 정보를 들을 수는 있을 거야."

"정말요?"

"해보지 않고는 모르는 일이지만……, 우리 쇼타하고 나카미나미 군이 그렇게까지 노력하는데 엄마도 질 수 없지 않겠니?"

그렇게 말하며 미소 짓는 어머니를 본 순간, 쇼타는 진심으로 안도했다. 역시 우리 같은 아이들과는 달리 어른들은 과연 대단하다고 감탄했다.

그날 밤, 쇼타는 자기 전에 모모미에게 혹시 히히노를 만나면 자기도 불러달라고 말했다. 상대에게 들키지 않는 편이 좋지만, 그건 어려울지도 모른다. 어쨌든 화장실에 가는 척하면서 아직 히히노가 부모님 방에 있을 때 쇼타에게 알려주겠다는 약속을 받아냈다.

하지만 아무 일 없이 다음 날 아침이 되었다.

모모미는 쇼타보다 일찍 잠자리에 든다. 그래서 늦게까지 깨어 있는 것은 아무 의미 없다. 가령 밤중에 히히노가 온다고 해도 모모미가 푹 잠들어 있으면 소용없다. 그래도 쇼타는 잠을 자지 않고 계속 기다렸다. 만에 하나 여동생이 알려주러 올지도 모를 일이었다.

하지만 모모미의 목소리에 일어나 보니 어느새 아침이 되어 있었다.

"오빠! 벌써 아침이야."

"모, 모모미! 히히노는?"

"나타났어."

"뭐? 그런데 왜……."

"하지만 히미코도 나타났는걸."

16장　　　　　　　　　　206호

　모모미의 말에 따르면, 어젯밤에는 히히노뿐만 아니라 히미코라는 새로운 존재가 나타났다고 한다.
　"히미코는 여자야?"
　"응."
　"히히노하고는 어떤 관계야?"
　"모모는 서로 결혼한 사이라고 생각하는데……. 아닌 것 같기도 하고……."
　"뭣 때문에?"
　"몰라……. 하지만 사이는 나쁘지 않은 것 같아."
　같은 동료, 종족이라는 얘기일까?

"히미코도 이 산에 살고 있어?"

"맞아."

쇼타가 히미코라는 이름을 듣고 가장 먼저 떠오른 것은, 옛 일본에 있었던 '야마타이쿠니'라는 나라의 여왕 '히미코'였다. 야마타이쿠니가 지배했던 곳이 긴키인가 규슈인가로 의견이 갈린다는 사실도 알고 있었다.

설마 이 산이 야마타이쿠니의 일부였다든가……?

말도 안 되는 발상이 떠올랐다. 하지만 역시나 있을 수 없는 일이었다. 도도 산이 그런 곳이었다면 이 지역은 고분이라는 얘기가 된다. 그런 중요한 장소를 전문 학자들이 놓칠 리 없었다. 또한 고대 왕국의 여왕이 모모미 앞에 모습을 드러냈다고 생각하기도 어려웠다. 무엇보다 히히노는 뭐란 말인가? 여왕을 모시는 종이라도 된다는 말인가?

쇼타가 고개를 갸웃거리고 있는데 모모미가 또다시 깜짝 놀랄 만한 이야기를 했다.

"그리고 또 있대. 곧 모모한테 인사하러 올 거래."

"히히노나 히미코 말고 또 있다고?"

"올 때까지 조금 더 시간이 걸릴 거고, 마지막에는 전부 모일 거래."

전부 모인다?

이제까지 봤던 사람의 형체들이 쇼타의 뇌리에 스쳤다.

그 형체 중에 히히노와 히미코가 있다?

역시 **그것들**은 한가족이며 이 집에서 불운한 죽음을 맞이했던 것이 아닐까? 그것이 쇼타에게는 그림자처럼 보이고 여동생에게는 히히노와 히미코가 되어서 비친 것인지도 모른다.

"모모, 솔직히 대답해주면 좋겠는데."

"뭘?"

"히히노와 히미코는 자기들이 그렇게 부른 거지? 모모가 그렇게 생각한 건 아니지?"

"그럼. 모모라면 좀 더 좋은 이름을 지어줄 거다, 뭐."

모모의 말은 사실일 것이다. 그렇다면 토코의 여동생 리코가 만난 도도츠기도 그 녀석이 스스로를 부른 이름인 셈이다. 그 밖에 다른 동료 중에 도도츠기가 있을지도 모른다.

사람의 형체는 네 개였다. 히히노, 히미코, 도도츠기, 그리고 나머지 하나가 더 있다는 건가?

쇼타는 곧바로 모모미에게 물었다.

"전부 몇 명이라는 말은 안 했어?"

"그게, 뭐랬더라, 여섯 명이랬어."

"뭐……?"

이상하다. 숫자가 맞지 않다. 아니면 형체 둘을 미처 못 보고 놓친 것일까?

쇼타는 머릿속이 혼란스러웠다. 자신들이 처한 불가해한 상황에 대해 나름대로 납득할 만한 해석을 찾아냈다고 생각했는데 말이다.

좋지 않은 이 느낌은 대체 뭘까……?

물론 사람의 형체든 히히노든 기분 나쁘기는 마찬가지지만, 그 둘이 같은 존재이며 예전에 살았던 사람의 유령이라고 한다면 공포감은 상당히 완화된다. 유령 그 자체는 무섭지만 정체가 확실하게 밝혀지면 대처할 방법을 생각할 수 있기 때문이다.

하지만 알 것 같으면서도 알 수 없는, 합치되는 듯하면서도 되지 않는 몹시 어중간한 이 상태에서는 마치 높은 탑 꼭대기에 홀로 남겨진 듯한, 발밑에서 기어 올라오는 듯한 그런 전율을 느끼지 않을 수 없었다.

모모미는 쇼타 옆에서 얼른 일어나라고 떠들어댔다. 쇼타는 잠옷을 평상복으로 갈아입으면서 등골에 서늘한 기운이 퍼지는 느낌이었다. 7월 하순의 맑은 날 일요일 아침인데도 말이다.

"잘 잤니?"

거실로 나가니 아버지와 사쿠라코가 식당 테이블에 앉아 있었고 어머니가 밥과 된장국을 덜고 있었다. 예전부터 히비노 가족의 주말 아침 식탁에는 쌀밥을 위주로 한 식단이 차려졌다. 평소에는 주로 빵을 먹다가 쌀밥을 먹으면 기분이 새로웠다.

"잘 먹겠습니다."

일요일 아침 식사는 대개 그 주의 보고회가 되었다. 주로 사쿠라코와 쇼타가 학교에서, 모모미가 유치원에서 무슨 일이 있었는지 아버지에게 이야기했다. 하지만 지금은 여름방학이다. 사쿠라코가 새 친구들 이야기를 한 것이 다였고, 쇼타와 모모미는 별다른 이야깃거리가 없었다. 그래도 여동생은 언니에게 지지 않겠다는 듯 열심히 이야기했다.

물론 쇼타도 터무니없는 체험을 여러 번 했지만 그것을 이야기할 수는 없었다. 어머니를 흘끗 보았지만 이미 아버지에게 상담했는지는 표정으로 알 수 없었다. 나중에 물어봐야겠다고 생각하고 있는데, 갑자기 아버지가 말을 걸었다.

"쇼타는 어떻게 지냈니?"

"그, 그냥……, 보통이에요."

"친구가 생겼다면서?"

"네, 나카미나미 코헤이라는 친구인데 산 아래 빌라에 살아요."

"같은 학교 동급생이지? 잘됐구나. 집 근처에 친구가 있어서."

"모모의 친구는?"

옆에서 모모미가 끼어들었다. 언니와 오빠한테는 벌써 친구가 생겼는데 자기는 아직 한 명도 없다며 토라진 듯했다.

"유치원에 다니면 금방 생길 거야."

아버지가 달래듯이 대답하고는 어머니를 보면서 물었다.

"요 근방에 어린아이들이 없던가?"

"글쎄……. 애들은 고사하고 어른도 잘 안 보이니……."

쇼타는 움찔했다. 그러고 보니 확실히 거의 사람을 보지 못했다. 이제까지 쇼타가 만난 사람은 나카미나미 코헤이, 코즈키 키미, 타츠미 센, 그리고 타츠미 가의 이웃집 사람 정도였다. 그중 코헤이와 코즈키는 타츠미 빌라에 살고, 코즈키를 본 것은 빌라 2층 복도였다. 그러니까 센 할멈 외에 본 사람은 그 주부인 듯한 여성뿐이었다.

"그러고 보니 아침에도 별로 못 만났네."

아버지는 자가용으로 통근한다. 그래서 마을 사람과 함께 역까지 갈 일이 없었다. 그러고 보니 자동차를 타고 가면 마을 중심의 논밭을 가로지르게 된다. 일하러 나가는 어른의 모습이 드문드문 보여도 이상하지 않을 것이다.

이때 쇼타는 문득 센 할멈의 이야기가 떠올랐다.

—저 집에 사람이 들어가 사는 한…… 뭐, 웬만해서는……, 이 집까지 산의 **그것**이 오지 않아.

—그리고 말이지, 이 땅은 평안하고 사람들도 마음 편히 살아갈 수 있어.

쇼타는 지금도 그 말의 의미를 알 수 없었다. 다만 어머니나 아버지의 이야기와 뭔가 관련이 있는 듯한 기분이 들었다. 아주 기분 나쁜 관련이…….

아침을 먹고 나서 해 질 녘까지 거의 아버지와 함께 시간을 보냈다. 사쿠라코는 떨떠름하게 여기더니 결국은 모모미만큼

신이 나서 떠들었다. 쇼타는 처음에는 조금 무리를 했지만, 그 이야기가 이미 아버지에게 전해졌다는 것을 어머니한테 확인한 뒤로는 나름대로 즐겁게 놀았다.

코헤이에게는 토요일과 일요일에 같이 놀 수 없을 것 같다고 미리 말해두었다. 다만 가족과 어울리며 웃고 떠들 때 문득 코헤이는 지금 혼자 있지 않을까 생각하니 어쩐지 미안한 기분이, 양심의 가책 같은 것이 느껴져 마음이 무거웠다.

밤에 오카야마에 살고 있는 친할머니로부터 전화가 왔다. 이번 주 금요일 여기 와서 다음 주 초까지 머무르겠다고 했다.

모모미는 좋아하는 할머니 중 한 명을 만날 수 있게 되어서 몹시 기뻐했다. 사쿠라코가 기뻐한 것은 용돈을 받을 수 있기 때문일 것이다. 반면 쇼타는 이런 생각을 했다.

할머니는 **이곳**을 어떻게 생각할까?

사실 그 섬뜩한 두근거림에 대해 두 할머니에게 각각 한 번씩 이야기했다. 두 분 다 자연스럽게 받아들였지만 반응은 각각 달랐다.

오카야마의 친할머니 타에는 그럴 경우 주위를 잘 살펴보고 앞으로 일어날 일에 대비하라고 주의를 주었다.

후쿠오카의 외할머니 키와코는 한시라도 빨리 그 자리를 벗어나서 두 번 다시 관여하지 말라고 훈계했다.

지금 생각하면 양쪽 다 옳은 판단이다.

다음 날 월요일, 쇼타는 아침을 먹고 나서 곧바로 타츠미 빌라로 향했다. 그런데 코헤이가 문을 조금 열고는 넌지시 거절했다.

"미안. 어머니가 눈 뜨고 못 볼 상태라서 말이야."

코헤이의 말로는, 보통 토요일과 일요일 밤에는 가게가 쉬기 때문에 주말이 지난 다음 날 아침은 늘 괜찮았던 듯했다. 다만 봄이나 가을의 관광 시즌에는 비정기 손님이 오기 때문에 가게가 쉬지 않는다고 했다. 여름방학인 지금도 그 비슷한 상황인 모양이었다.

어른들은 여름방학하고 상관없는 거 아닌가, 하고 쇼타는 생각했다.

"뭐, 여러 가지로 영향이 있다는 거지."

쇼타의 얼굴에 의문스러운 표정이 나타났는지, 코헤이가 달관한 듯한 투로 그렇게 덧붙였다.

오후에 만나자는 약속을 하고 나서, 어쩔 수 없이 쇼타는 집으로 돌아왔다. 웬일로 사쿠라코가 외출하지 않고 집에 머물며 모모미와 놀아주고 있어서 조금 놀랐다. 그러나 친구를 집에 부르기로 한 날이 내일이라는 것을 떠올리고 곧 납득했다.

오후에 어머니가 외출하자 쇼타도 집을 나섰다.

"꼼꼼히 조사해 올게."

현관에서 어머니가 그렇게 속삭이자 쇼타는 고개를 끄덕여 보였다. 그리고 자전거를 타고 단숨에 타츠미 빌라까지 달려갔다.

그런데 201호 인터폰을 눌러도 아무런 응답이 없었다. 집 안에서는 확실히 소리가 울렸다. 어머니 일로 갑자기 외출했나 하고 문틈을 살펴봐도 쪽지 같은 것은 보이지 않았다. 문 위아래에도 역시 없었다.

이상하네…….

갑작스런 일로 코헤이가 외출했다고 해도, 요전처럼 쇼타에게 쪽지를 남기고 갔을 것이다. 그럴 시간이 없을 정도로 급한 일이라고 해도 코헤이라면 '미안해'라는 한마디라도 써둘 것이다. 겉모습은 거칠어 보여도 꽤 사려 깊은 녀석이었다. 만난 지 오래되지는 않았지만 쇼타는 코헤이가 예의 바른 아이라는 것을 잘 알고 있었다.

혹시 어머니의 몸이 안 좋아진 게 아닐까?

그런 상상을 하자 쇼타는 저도 모르게 마음이 초조했다. 하지만 그렇다면 구급차를 불렀을 것이라는 생각을 떠올리고 조금 안심했다. 사이렌 소리가 들리지 않았기 때문이다.

무슨 일일까?

쇼타가 201호 앞을 좀처럼 떠나지 못하고 계속 문을 살펴보고 있을 때였다.

"이걸 찾니?"

옆을 보자, 눈앞에 코즈키 키미가 서 있었다.

터져 나오려는 비명을 겨우 삼키던 쇼타의 시선이 그녀의 오른손에 박혔다.

쇼타의 얼굴 앞에서 팔랑거리고 있는 것은 아무래도 코헤이가 남긴 쪽지 같았다. 쇼타가 여기 오기 전에 코즈키가 문틈에서 빼낸 것이었다.

하지만 왜?

코헤이가 외출하는 모습을 봤다면 문틈에 뭔가를 끼워 넣는 것을 알아챘을 것이다. 하지만 왜 이 사람이 그것을 가져갔을까? 그렇게 생각하며 쇼타는 그녀를 쳐다보았다.

예쁜 사람이네…….

이런 상황에서도 쇼타는 코즈키 키미를 멍하니 쳐다볼 뻔했다. 그런데 어딘가 이상했다. 구체적으로 콕 집어서 말할 수는 없지만, 틀림없이 뭔가 묘했다. 정상적이지 않다고 할까, 일그러진 느낌이 들었다. 한마디로 표현하면…… 무서웠다.

"그, 그건……."

쇼타는 필사적으로, 어떻게든 목소리를 내서 말했다.

"여기 문에……, 끼, 끼워져 있던…… 건가요?"

키미가 고개를 천천히 끄덕였다.

"그, 그건…… 제 거……일 거예요."

키미가 다시 고개를 끄덕였다.

"그, 그럼, 보여……주실 수 있을까요?"

조심조심 오른손을 뻗자 그녀가 쓱 물러섰다. 앞으로 더 나아가자 다시 물러섰다. 쪽지를 요구하자 또다시 쓱 멀어졌다.

쇼타가 퍼뜩 정신을 차렸을 때는, 한낮인데도 어두컴컴한 2층 복도 구석까지 교묘하게 끌려와 있었다.

"도, 돌아갈래요."

당황하며 발길을 돌리려 하자 키미가 입을 열었다.

"괜찮겠니? 여기에는 오늘 어디로 와줬으면 한다는 내용이 적혀 있는데."

"……."

거짓말인지도 모른다. 그러나 사실일 수도 있었다. 게다가 코헤이 어머니의 몸이 안 좋아져서 자신에게 도움을 요청하는 것이면……. 어떡하지? 이대로 도망칠 수는 없었다.

"보, 보여주세요."

"좋아."

키미는 미소 지으며 206호 문을 열었다.

"자, 들어오렴."

"아, 아뇨, 저는……."

"집에 들어가서 보여줄게."

"……."

"싫으면 안 들어와도 돼."

후회해도 모른다는 뉘앙스가 쇼타의 속을 긁었다.

쪽지만 보고 바로 돌아가면 돼.

활짝 열린 문에서 현관 바닥으로 발을 옮기려고 하는데 엄청나게 후텁지근한 열기가 훅 끼쳤다. 마치 온실 안에 들어간 것처럼 곧바로 온몸에서 땀이 뿜어져 나왔다.

뭐, 뭐지, 이건……?

쇼타는 저도 모르게 걸음을 멈췄다. 그러나 등 뒤에서 꾹꾹 밀려 안으로 들어가자마자 꽝 하고 문 닫히는 소리와 함께 작열하는 지옥에 갇히고 말았다.

"여기 서 있지 말고 안으로 들어와."

귓가에서 그녀의 속삭임이 들렸다.

"여, 여기서……."

돌아보니 문 뒤에 묘한 것이 보였다. 도어 스코프의 작은 구멍에 아주 커다란 깔때기가 꽂혀 있었다.

문 앞에 서 있는 방문자를 자세히 보려고 설치한 것인가 하는 생각이 들었다. 하지만 이걸로 그런 효과를 볼 수는 없었다. 게다가 아무래도 깔때기를 끼우기 위해 일부러 도어 스코프의 렌즈를 깬 것 같았다.

"자, 안으로 들어와."

코즈키 키미는 쇼타가 그 비정상적인 **장치**를 빤히 바라보고 있는 것을 전혀 개의치 않고 더욱 안쪽으로 불러들였다.

"자, 어서……."

쇼타는 어쩔 수 없이 샌들을 벗고 집 안으로 발을 들였다. 그 순간 발바닥이 **끈적끈적**하게 달라붙었다. 마치 연체동물을 밟은 듯 참으로 기분 나쁜 감촉이 발밑에서 전해져, 저도 모르게 몸을 떨었다. 타츠미 가의 폐허 저택에 들어갔을 때 느낀 오한과는 다른 종류의 전율이었다.

현관에서 이어지는 짧은 복도는 쓰레기가 잔뜩 굴러다니거나 먼지가 쌓여 있지는 않았지만, 몹시 끈적끈적했다. 한 걸음 내딛을 때마다 끈적끈적 달라붙어서 점착 물질 같은 뭔가가 실처럼 지익 하고 늘어나는 감촉이었다. 하지만 발바닥의 불쾌함 따위는 곧 신경 쓸 겨를이 없을 정도로 실내에는 다른 기묘함이 있었다.

덥다…….

너무 더웠다. 비정상적인 열기가 실내에 가득 차 있었다. 앞에 있는 작은방과 안쪽 큰방 사이의 미닫이문이 닫혀 있었고, 에어컨이 켜져 있지 않았다. 키미가 안내하는 대로 안쪽 방까지 들어가 보니 바깥 창문뿐만 아니라 덧창까지 완전히 닫혀 있었다.

이러니 더울 수밖에…….

7월 말인데 모든 문을 걸어 잠그고, 이 여자는 말 그대로 집 안에 틀어박혀 있었다.

센 할멈처럼?

도도 산에서 **그것**이 내려오는 것을 막고 있는 건가 하고 생각하던 쇼타는 문득 깨달았다.

아니야! 그 반대다!

문에 설치되어 있던 커다란 깔때기는, 밖에서 오는 **뭔가**를 집 안으로 불러들이기 위한 장치였다. 그리고 덧창과 창문까지 닫아놓은 것은 모처럼 불러들인 그것을 밖으로 내보내지 않기 위해 주의하는 거라는 사실을 알 수 있었다.

그때 문득 자기 집에 있는 의미 없는 뒷문과 복도가 쇼타의 뇌리에 스쳤다.

설마…… 그것은 산에서 내려오는 **뭔가**를 집 안으로 맞아들이기 위해 일부러 만들어놓은 것이 아닐까?

자신의 해석에 경악하고 있는데, 쇼타는 어느새 안쪽 큰방 창가까지 밀려가 있었다. 지나온 작은방과 큰방 사이에는 먹다 남긴 편의점 도시락 상자와 컵라면 용기, 빵을 담은 비닐봉지 등 대부분 잡다한 음식물 포장 쓰레기가 흩어져 있었다.

틈을 봐서 도망쳐야겠어.

쇼타의 머릿속에는 온통 그 생각뿐이었다.

"안 봐도 되겠니?"

그런 쇼타의 생각을 읽은 듯 키미가 쪽지를 팔랑거렸다. 아니, 광고지 뒷면에 쓴 듯한 쪽지는 실내의 습기를 잔뜩 머금고 이미 흐늘흐늘한 상태였다. 빨리 읽지 않으면 글씨가 번져 못 읽게 될지도 모른다.

"야, 약속했잖아요."

쇼타가 오른팔을 뻗자 팔꿈치에서 땀이 뚝뚝 떨어지기 시작했다. 이대로라면 탈수 증상을 일으키는 것도 시간문제였다.

"보여주세요."

그런데 키미는 쪽지를 자신의 가슴 속에 넣더니 말했다.

"가져가 보렴……."

그러고는 천천히 다가왔다.

쇼타는 상대가 아주 얇은 옷을 입고 있다는 것을 처음으로 깨달았다.

민소매의 얇은 핑크색 블라우스가 땀에 젖어 맨살이 비쳤고, 브래지어가 또렷이 드러났다. 하늘거리는 얇은 크림색 미니스커트도 거의 넓적다리에 찰싹 달라붙어 있었다. 거기 서 있는 것은 온몸에서 땀뿐만 아니라 기묘한 색기를 풍기며 에로틱한 자세를 취하고 있는 성숙한 여성이었다.

쇼타의 얼굴이 확 달아올랐다. 이미 충분히 몸이 뜨거웠는데도 얼굴에 더욱 열이 몰렸다. 작년 겨울 요시카와 키요시가 학교에 가지고 온 주간지에서 봤던 여자 누드 사진이 떠올랐다. 솔직히 다른 친구들만큼 흥분하지는 않았지만, 그래도 처음으로 흥분을 느꼈다.

지금, 그런 사진은 상대도 되지 않을 정도로 훨씬 생생한 것이 눈앞에 바짝 다가오고 있었다.

우선 사타구니가 거북했고, 이어서 가슴이 두근두근 고동치고, 목이 칼칼하게 말라붙었다. 어쩌면 목은 이미 수분을 원하고 있는지도 모른다. 그것을 간신히 인식했다고 해야 할까?

"왜 그러니? 안 가져갈 거야?"

도발적인 키미의 목소리에 쇼타는 저도 모르게 가슴에 눈길을 주었다. 단추를 푼 블라우스 속으로 솟아오른 하얀 살결이 보였고, 거기에 쪽지가 달라붙어 있었다. 원래 피부가 하얀 편인지 방에 틀어박혀 있어서 하얘졌는지, 땀에 젖어 빛나는 가슴이 아주 눈부셨다.

실내의 더위와 그녀의 에로틱함에 쇼타는 머리가 어질어질했다. 하지만 자연히 뒤로 물러서고 있었다. 상대에게서 멀어지려고 몸이 반응하고 있었다. 소년 나름의 이성이 작용했기 때문이 아니었다. 본능이 속삭이고 있었기 때문이다.

저걸 건드려서는 안 된다…….

뭔가 이상했다. 어딘가 묘했다. 201호 앞에서 대치했을 때 느꼈던 그 일그러진 감각이 더더욱 강해졌다.

그러나 정신을 차리고 보니 등 뒤에 창문이 있었다. 쇼타는 거기서부터 슬금슬금 오른편으로 옮겨 갔다. 그러나 드디어 방 가장자리, 구석에 몰리고 말았다.

더 이상 도망칠 수 없어…….

쇼타는 저도 모르게 눈을 감았다. 지금이라도 그녀의 땀투성이 가슴이 다가와서 자신에게 찰싹 밀착되는 모습을 상상하는 것만으로도 엄청난 흥분에 휩싸였지만, 동시에 그 몇 배의 전율이 일면서 오한이 온몸을 휘감았다.

그런데 아무리 시간이 지나도 자기 몸에 닿는 감촉이 없었다.

"아아······."

조금 뒤 기묘한 소리가 들리기 시작했다.

쇼타가 조심스럽게 눈을 떠보니, 키미가 조금씩 뒤로 물러서면서 부자연스럽게 몸을 비틀기 시작했다.

화장실에 가고 싶어서 그러나?

한순간 그런 생각이 스쳤지만 말도 안 된다는 것을 깨달았다. 자기 집인데 얼른 볼일을 보면 되지 않겠는가. 아니면 쇼타가 도망칠까 봐 경계하고 있는 걸까?

그게 아니야······.

아무래도 키미가 이상했다. 처음부터 이상했지만 지금은 완전히 정상이 아니었다. 온몸을 좌우로 비틀고 두 무릎을 구부렸다 폈다 하면서 두 팔로 자신의 몸을 더듬고 있었다.

언젠가 텔레비전에서 봤던 미국의 액션 영화에서, 주인공 형사가 들어간 클럽에서 춤추던 반라의 여인과 비슷한 움직임이었다. 다만 그 댄서에게 느꼈던 멋진 분위기가 코즈키 키미에게는 없었다. 단지 뭔가 흐물흐물한 몸짓이었다.

에로틱한 움직임에 매료되면서도 뭔가 기괴한 느낌에 사로잡혀 있던 쇼타의 눈동자에 이상한 광경이 비쳤다.

처음에는 그녀의 손인가 생각했다. 그러나 오른손이 왼쪽 넓적다리를 쓸고, 왼손이 오른쪽 가슴을 잡았을 때, 배에서 가슴에 걸쳐 옷 속을 기어 올라가는 어떤 움직임이 있었다.

어……?

가늘고 길쭉한 것이, 마치 구불구불 기어가는 뱀 같았다.

설마…….

옷 속에 정말 뱀이 있다면 또렷이 보일 것이다. 그만큼 살결이 비치는 옷이니까 보이지 않을 리 없었다.

"아아아아아……."

키미가 또다시 소리를 질렀다. 그녀의 얼굴이 상기되었다. 방 안이 덥고 습해서 그런 것만은 아닌 듯했다. 그녀의 얼굴에는 환희의 표정이 떠올라 있었다.

그녀는 자연스럽게 미니스커트를 걷어 올렸다. 하얀 속옷이 보이자 쇼타는 눈길을 돌렸다. 하지만 어쩔 수 없이 눈이 빨려 들어가고 말았다.

곧 넓적다리가 흔들리며 허리에서 배, 배에서 가슴 언저리까지 블라우스가 올라갔을 때였다.

"안 돼!"

갑작스러운 절규와 함께 키미가 스커트 앞을 두 손으로 누르면서 엉덩방아를 찧더니 그대로 앉아 계속 신음을 내뱉었다.

쇼타는 눈앞에서 무슨 일이 일어나고 있는지 이해할 수 없었다. 그저 황홀해하는 그녀의 얼굴을 잡아먹을 듯 쳐다보면서 온몸에 땀을 줄줄 흘리고 있을 뿐이었다.

"아아아아, 아아아아, 아아아아아……."

신음 소리가 점차 커지고 빨라졌다. 거부하고 싶었지만 어쩔 수 없이 그녀의 흥분이 전해졌다. 그것은 쇼타가 처음으로 느낀 부도덕의 냄새였다. 퇴폐의 향기였다. 불쾌하면서도 이끌렸다. 보고 싶지 않은데도 눈길이 갔다.

이윽고…….

"아아아앗!"

키미가 절정에 달한 순간, 쇼타는 왜 2층 복도가 무섭다고 느꼈는지를 비로소 깨달았다.

한순간이었지만, 그때 코즈키 키미의 눈은 파충류와 똑같았던 것이다. 딱 지금의 그녀가 그렇듯이…….

17장 바닥을 기는 것

코즈키 키미의 뱀 같은 눈빛을 인식함과 동시에 쇼타는 현관을 향해 뛰기 시작했다.

다행히 그녀는 방바닥에 축 늘어져 있었다. 의식이 있는 건지 없는 건지, 몸이 풀린 듯 옆으로 드러누워 사지를 힘없이 뻗고 있었다.

그녀의 머리 옆을 지나가는 순간 쇼타는 발목을 붙들렸다.

"악!"

쇼타가 소리를 지르며 쓰러졌다. 바닥에 몸을 부딪친 아픔을 느낄 겨를도 없이, 끈적끈적한 감촉이 팔과 얼굴에 닿는 순간 팔뚝에 소름이 돋았다.

그리고 갑자기 키미가 "으아앗!" 하고 기분 나쁜 신음을 내지르며 쇼타를 덮치고 눌렀다.

후끈한 성인 여자의 체취에 감싸인 쇼타는 저도 모르게 머리가 어찔했다. 하지만 곧 까칠까칠하고 기분 나쁜 감촉을 느끼고 곧바로 온몸에 소름이 돋았다.

스륵스륵스륵…….

그녀는 쇼타의 몸 위를 기어 다니기 시작했다. 아니, 그렇게 느껴졌다. 쇼타는 눈을 질끈 감으면서 벗어나려고 필사적으로 몸을 뒤트느라 자신에게 무슨 일이 일어나고 있는지 전혀 알 수 없었다.

이내 키미와 자기 사이에 **뭔가**, 두 사람이 아닌 어떤 **물체**가 구불구불하며 떨리는 감촉이 느껴졌다.

"으악!"

너무나 소름 끼치는 감촉에 쇼타는 비명을 내질렀다. 그녀와 **그것**으로부터 도망치기 위해 그야말로 젖 먹던 힘까지 짜내며 날뛰었다.

하지만 키미의 두 팔이 재빨리 쇼타의 목덜미와 등을 누르고, 강하게 휘감은 두 다리가 하반신에 단단히 달라붙었다. 쇼타는 꼼짝도 할 수 없었다. 아니, 그녀의 가슴에 코와 입이 눌려 숨도 제대로 쉴 수 없었다.

수, 숨이 막혀…….

갑갑함과 더위에 의식이 아득해지기 시작했다. 이대로 죽어 버리면 어쩌나 하는 두려움에 휩싸였다.

문득 눌려 있던 얼굴이 풀리기에 슬며시 눈을 뜨자, 뭔가 새빨간 것이 움직이고 있었다. 가만히 보니 그녀의 비정상적으로 긴 혀가 쇼타의 뺨을 할짝할짝 핥고 있었다. 그녀의 혀가 쇼타의 입술을 가를 듯이 꿈틀거렸다.

저것에 입을 빨리면 죽고 말 거야······.

곧 그런 생각이 솟구쳤다. 이유는 알 수 없었지만 그런 확신이 들었다.

얼굴에 뚝뚝 떨어지고 있는 것은 그녀의 땀일까, 아니면 침일까? 전혀 다른, 알 수 없는 액체일까?

모모미······.

쇼타는 문득 여동생의 얼굴이 떠올랐다. 여기서 자기가 죽으면 대체 누가 그 애를 지킬까? 그렇게 생각하니 다시 힘이 솟아났다.

하지만 이대로는 안 돼.

일단 몸의 힘을 풀고 완전히 몸을 맡기는 척하다 한순간에 빈틈을 찌를 수밖에 없었다. 물론 그사이 얼굴을 핥고 있는 저 혀가 자기 입속으로 들어올지도 모른다. 하지만 다른 방법이 없었다.

쇼타가 그렇게 각오를 다졌을 때였다.

키미의 몸이 쓱 떨어졌다. 게다가 본인의 의사에 반하고 있는지, 그녀는 몹시 놀란 얼굴을 하고 있었다. 쇼타가 뭔가를 했다고 생각했는지, 깜짝 놀란 표정으로 가만히 쳐다보았다.

다음 순간 그녀는 바닥을 뒹굴기 시작했다.

"아아……, 아아아……, 아아아아앗!"

신음 소리가 점차 커져갔지만 조금 전과 같은 희열은 전혀 배어 있지 않았다. 오히려 고통의 비명에 가까웠다. 똑같은 점은 그녀의 몸에 뭔가 굵고 길쭉한 것이 기어다니고 있는 듯 보인다는 것뿐이었다.

도망치자…….

머리로는 그렇게 말하면서도 쇼타는 몸을 전혀 움직일 수 없었다. 조금 전에 넘쳐흐르던 힘이 지금은 느껴지지 않았다. 키미의 상태가 언제까지 저렇게 계속될지 전혀 예측할 수 없었다. 원래대로 돌아온다면 곧바로 붙잡히고, 이번에야말로 골수까지 빨려서 먹히고 말 것이다.

도망쳐야 해…….

그러나 도저히 몸을 움직일 수 없었다. 쇼타는 저도 모르게 눈물이 뺨을 타고 흘렀다.

그때 쇼타는 어깨를 붙들렸다.

"히익!"

메마른 비명과 동시에 곧바로 상반신이 일으켜졌다.

"도망쳐!"

바로 옆에 코헤이가 있었다. 쇼타는 기쁨의 눈물이 넘쳐흐르고 안도의 미소가 떠올랐다.

"뭐 해? 어서!"

큰방과 작은방의 경계에서 필사적으로 손짓하는 친구를 보면서 빨리 일어나려고 했지만, 쇼타는 도무지 다리에 힘을 줄 수 없었다.

"다리가 풀린 거야?"

코헤이가 곧장 뛰어오더니 쇼타의 옆구리에 자기 팔을 두르고 뒤쪽으로 잡아당기기 시작했다.

"젠장! 뭐야, 이 바닥은……. 끈적끈적하고 미끈거려서 도무지 나아갈 수가 없잖아. 이거 완전 바퀴벌레 끈끈이야."

절묘한 비유에 쇼타는 저도 모르게 웃음이 나왔다. 하지만 자신들이 덫에 걸린 사냥감이고, 저 여자가 포식자라는 도식이 떠오른 순간 등골이 오싹했다.

큰방을 나와 작은방으로 들어가자 곧바로 코헤이가 멈췄다. 힘이 빠져서 그런가 싶었지만 아무래도 눈치가 이상했다. 왜 그러냐고 물어보려는 순간 쇼타는 여자의 신음 소리가 멈춘 것을 깨달았다.

스륵…… 찰싹, 스륵스륵…… 찰싹, 스륵…….

옆방에서 기분 나쁜 소리가 들려오기 시작했다. 등골이 오싹하는 섬뜩함과 구역질이 날 것 같은 소름 끼치는 기운이 바싹바

싹 전해져 왔다.

저 여자가 바닥을 기어 이쪽으로 오고 있다!

그 광경이 뇌리에 또렷이 떠오르자 쇼타가 외쳤다.

"코, 코우! 자, 자, 잡아당겨!"

다시 바닥을 움직이는 소리가 들림과 동시에 코즈키 키미가 미닫이문 너머에 나타나 큰방의 다다미 위를 기어 왔다.

"으아악!"

쇼타가 기절할 듯이 비명을 지른 것은 그 여자가 쫓아왔기 때문만은 아니었다. 두 손과 두 다리를 전혀 사용하지 않고 마치 뱀처럼 몸을 구불거리며 방바닥의 쓰레기를 헤치고, 말 그대로 기어 오는 모습 때문이었다.

"오, 오, 오지 마, 멍청아!"

코헤이가 그녀를 꾸짖듯이 욕을 퍼부었지만 키미는 눈 하나 깜짝하지 않고 계속 다가왔다.

"코우!"

"이, 일어서! 빠, 빠, 빨랑!"

쇼타는 다급히 일어서려고 했지만, 오른쪽 다리가 미끄러지고 왼쪽 다리는 끈적끈적 달라붙어서 마음대로 움직일 수 없었다.

"젠장!"

등 뒤에서 코헤이가 소리를 질렀다. 그리고 단숨에 쇼타의 몸이 뒤쪽으로 잡아당겨지며 순식간에 그녀와의 거리가 벌어졌다.

쿵!

커다란 소리가 나기에 돌아보니 코헤이가 엉덩방아를 찧고 있었다.

"크, 큰일 났네."

초조해하는 코헤이의 얼굴을 처음 본 쇼타는 그때까지 느끼던 것 이상으로 공포를 느꼈다.

"야, 야, 야! 아, 앞, 앞 좀 봐!"

코헤이의 절규에 얼굴을 돌리자, 그 여자가 눈앞에서 스륵스륵스륵 무시무시한 기세로 기어 오고 있었다.

"악! 오, 오지 마!"

그러나 쇼타의 호소에도 아랑곳하지 않고 스륵스륵 다가왔다.

이젠 틀렸어…….

쇼타는 저도 모르게 눈을 질끈 감았다. 자신과 코헤이가 이 여자에게 잡아먹히는 광경이 문득 뇌리에 떠올랐다.

그런데 갑자기 여자의 기척이 뚝 그쳤다. 쇼타의 발치에서 갑자기 움직임을 멈춘 것이었다.

구비……구비비비비비…….

이상한 소리가 들리기 시작했다. 보고 싶지 않았지만 계속 눈을 감고 있기도 무서웠다. 천천히 눈꺼풀을 들자, 그야말로 뱀이 고개를 쳐들듯 여자가 바닥에 엎드린 채 얼굴을 쳐들고 있었다.

구비비비……구비비비비비…….

여자의 목이 꿈적거렸다. 이제부터 두 사람을 삼킬 연습을 하는 듯 목이 기분 나쁘게 아래위로 움직이고 있었다.

그러더니 여자의 입속에서 새빨간 혀가 보였다. 가늘고 긴, 도저히 인간의 것이라고는 생각할 수 없는 혀가 슬금슬금 늘어나기 시작했다. 그것이 쇼타의 발바닥을 할짝거리는가 싶더니 이어서 스르륵 발목을 휘감기 시작했다.

"아아아아악!"

반사적으로 쇼타는 발목을 움직였다. 다리를 마구 휘두르면서, 어떻게든 일어나서 도망치려고 했다. 다리를 버둥거리자 여자의 혀가 떨어졌다. 하지만 쇼타의 다리를 감으려고 쉭쉭 재빨리 움직였다.

"쇼타!"

등 뒤에서 자신을 부르는 소리를 들은 순간 쇼타는 벌떡 일어났다. 그와 동시에 왼쪽 팔뚝이 붙들려 뒤쪽으로 잡아당겨졌다.

"도망쳐!"

쇼타는 몸을 돌려 코헤이의 등을 보면서 현관까지 단숨에 내달렸다. 짧은 복도에 이른 순간 쇼타는 바닥에 넘어졌다. 황급히 일어서려다 다시 넘어졌다. 등 뒤에서 여자가 다가오는 소리가 들렸다. 일어서느라 시간을 허비할 짬이 없었다. 쇼타는 엉금엉금 기어 현관 바닥으로 내려가서, 샌들을 집어 들고 코헤이가 활짝 열어놓은 문을 지나 2층 복도로 굴러 나왔다.

안도하는 것도 잠시였다.

"얼른…… 이쪽이야……."

쇼타는 거친 숨을 몰아쉬면서 재촉하는 코헤이 뒤를 비틀거리면서 필사적으로 따라갔다.

땀을 비 오듯 흘리고 얼굴과 손발과 옷이 잔뜩 더러워진 채로 두 소년은 숨을 몰아쉬면서 대낮의 어두운 복도를 유령처럼 비틀거리며 나아갔다.

간신히 201호 문을 열고 안에 들어가서 문을 잠그자마자 둘은 그 자리에 풀썩 주저앉았다.

"사, 살았다……."

"쪼, 쫓아오…… 오지…… 않을까?"

"괜찮을 거야……. 오, 온다고 해도, 문을 잠갔으니까…… 못 들어올 거야."

코헤이는 일어나 복도로 들어가서 현관 바닥에 주저앉아 있는 쇼타를 손짓으로 불렀다.

"일단 옷부터 벗고 샤워하자."

"그래……."

쇼타는 손에 들고 있던 샌들을 내려놓고 천천히 일어서면서 말했다.

"고마워, 구해줘서."

"그래……. 늦지 않아서 정말 다행이야."

"그런데 내가 저 집에 있는 걸 어떻게 알았어?"

곧바로 세면실에 들어간 코헤이는 옷을 벗어 세탁기에 집어넣으면서 말했다.

"빌라 앞에 네 자전거가 세워져 있는데 2층 복도에 안 보이더라고. 혹시 몰라서 1층도 살펴봤는데 역시 없었고. 설마 하고 우리 집에 들어가 봤지만 당연히 있을 리가 없지. 그때 문득 떠올랐어. 혹시나…… 하고."

"코우, 너, 굉장하다."

"그건 됐고, 얼른 옷이나 벗어. 빨래할 거니까."

"어……?"

"걱정 마. 이렇게 날씨가 좋잖아. 저녁까지 다 마를 거야."

"그, 그럴까……?"

"뭘 부끄러워하는 거야, 남자끼리. 얼른 벗어."

쇼타가 주저하는 이유를 간파하고 코헤이가 계속 재촉하자, 쇼타는 결심하고 속옷까지 전부 벗어서 세탁기 속에 넣었다.

코헤이가 전원을 켜고 자동 세탁 버튼을 눌렀다. 세탁조가 빙글빙글 도는가 싶더니 세탁물의 양이 표시되었다. 코헤이는 그것을 확인하고 익숙한 손놀림으로 세제를 전용 컵으로 재어서 물이 주입되는 세탁조에 넣고 재빨리 뚜껑을 닫았다. 그 일을 마칠 때까지 시간은 얼마 걸리지 않았다.

물론 감탄할 정도로 어려운 일은 아니었다. 그러나 그때까지 빨래를 해본 적 없는 쇼타는 친구의 행동이 아주 멋져 보였다.

"으아! 찝찝해!"

욕조 속에서 코헤이의 목소리가 울려 퍼짐과 동시에 샤워기에서 물이 힘차게 뿜어져 나와 악몽의 흔적을 씻어냈다.

두 사람은 샤워기로 온몸에 물을 뿌린 다음 머리를 먼저 감고 몸을 닦았다. 샴푸나 비누 거품으로 장난을 치면서, 단 몇 분 전까지는 생각조차 할 수 없었던 즐거운 비명이 좁은 욕실에 메아리쳤다.

목욕을 마치고 나온 두 사람은 팬티 한 장만 걸친 차림—쇼타는 코헤이 것을 잠깐 빌려 입었다—으로 에어컨을 틀어놓은 큰방에서 사이다를 마시며 잠시 멍하니 앉아 쉬었다.

"전기세가 엄청 나오니까 낮에는 에어컨을 틀지 말라고 어머니가 말씀하셨지만, 오늘만큼은 예외야."

"미안해……."

"신경 쓰지 마. 덕분에 나도 시원하니까. 바람이 좀 부니까 현관을 살짝 열어두기만 해도 그럭저럭 버틸 수 있지만……. 지금은 무서워서 안 되겠어."

"그래……."

"그건 그렇고 대체 무슨 일이 있었어?"

쇼타는 201호 앞에 왔을 때부터 코헤이가 206호에 들어올 때까지 일어난 사건을 전부 이야기해주었다. 다만 키미에게 에로틱한 감각을 느꼈던 것은 일부러 뺐다.

"센 할멈도 그렇고 코즈……가 아니라 저 여자도 그렇고, 너 은근히 인기 많구나?"

"농담하지 마."

코즈키 씨라고 말하려다가 저 여자라고 고쳐 말한 것을 보니, 코즈키 키미에 대한 감정에 변화가 생긴 것이었다.

"그런데 쪽지에는 뭐라고 적혀 있었어?"

"지난번하고 똑같아. 어머니 일로 외출한다고…….."

요컨대 쪽지의 내용에 대해 코즈키 키미가 거짓말을 했던 것이다.

"내 눈이 좀 이상한지는 모르겠지만, 그 여자 몸이…… 좀 이상하지 않았어?"

"기어서 쫓아온 거?"

"아니, 그 전에."

"……."

거대한 뱀이 몸을 감은 듯 보였던 그 광경을 말하는 것이었다. 쇼타가 자신이 생각한 것을 그대로 말하자 코헤이가 가만히 중얼거렸다.

"저 사람도 이젠 틀렸나 보네…….."

그 어조에서 뭐라고 말할 수 없는 코헤이의 마음이 느껴져 쇼타는 가슴이 아팠다.

"코우, 너네 집은 이 마을 모임에 나가니?"

쇼타는 곧바로 그렇게 물어보았다. 어머니가 겪은 기묘한 체험 때문이기도 했지만, 친구의 의식을 코즈키 키미에게서 돌려놓기 위해서였다.

"마을 모임? 나가하시 마을? 아니, 안 나갈걸. 그런데 왜?"

"실은 토요일에······."

어머니가 겪은 이야기를 쇼타가 들려주자 가만히 듣고 있던 코헤이가 어두운 표정으로 입을 열었다.

"지금 네 이야기를 듣고 깨달았어. 분명 이 연립하고 산 윗집에 사는 사람은 이 마을 사람으로 인정받지 못하는 게 아닐까?"

"어째서?"

"난들 알겠어?"

"하지만 왠지 알 것 같은 기분이 들어."

"그건 그래······."

"이 마을의 주민이라기보다 산에 사는 사람으로 간주되고 있는지도."

"······."

"좀 더 자세히 말하면, 산에 사는 죄수로서······."

"마을에서 사는 주민이 아니라 산에 사는 죄수? 재치 있는 말이네."

태평스럽게 말하고 있지만 코헤이의 눈이 날카롭게 빛났다.

"게다가 산의 주민도 존재하는 것 같아."

쇼타는 모모미가 만난 히미코와 그 동료들이 전부 여섯 명인 것 같다고 얘기했다.

"요괴 일족인가? 네가 보지 못한 사람의 형체가 아직 두 명이나 더 있다는 거야?"

"이케우치 토코가 본 형체는 둘뿐이었으니 그럴 가능성이 있다고 봐."

"일기의 나머지 부분에 네 사람이 더 나오는 걸까?"

"그래."

쇼타는 일기를 가지고 나오지 못한 것이 몹시 후회되었다. 그 일기에는 어쩌면 이번의 괴이한 현상에 관한 중요한 단서가 기록되어 있는지도 모른다. 나머지 내용을 훑어보지 못했던 것이 지금 와서 뼈아프게 느껴졌다.

세탁기가 삑삑 소리를 내며 빨래가 끝났음을 알렸다. 코헤이는 바구니에 옷과 속옷을 담아 익숙한 손놀림으로 빨래 건조대에 차례차례 널고, 금세 창밖에 매달았다.

"이제 어떡할래?"

"오늘 도서관에 가려고 했는데……."

"또?"

쇼타는 히미코란 이름에서 떠올린 야마타이쿠니에 대해 이야기하고, 히히노나 도도츠기가 여왕의 시종이 아니었는지 조사해보고 싶다고 했다.

"네 머리가 좋은 건 알겠지만, 그건 글쎄다……."

"역시 좀 무린가?"

"센 할매의 이야기로 봐도 이 산은 불길한 곳이잖아? 그런 곳에……."

듣고 보니 그랬다. 여왕의 영혼이 나왔다고 한다면 이곳은 분묘가 되어버린다.

"아, 중요한 얘기를 빼먹었어."

이번 일을 어머니에게 모두 털어놓았다고 하자 코헤이가 깜짝 놀라면서 몸을 앞으로 쑥 내밀고 물었다.

"그래서 어떻게 됐어? 어머니가 뭐라고 하던?"

"아직…… 모르겠어. 내가 거짓말하고 있다고 생각하지는 않지만, 그렇다고 전부 믿는 눈치는 아니라서……."

"그건 그렇겠지."

"하지만 엄마 나름대로 조사해보겠대."

"진짜?"

"아빠하고도 의논한다고 했어."

"잘됐네……. 이제 우리 둘만으로는 어떻게 할 수 없으니 말이야."

쇼타는 해 질 녘까지 코헤이와 같이 보내고, 아직 축축함이 완전히 가시지 않은 옷들을 챙겨 입고 저녁 식사에 늦지 않게 집으로 돌아갔다.

    그러나 쇼타를 기다리고 있었던 것은, 더욱 깊은 어둠 속을 헤매게 만드는 이야기였다.

18장 　　　　　　　　　　　또다시 과거

저녁 식사 후, 쇼타는 좀처럼 어머니와 단둘이 있을 틈이 나지 않자 조금 짜증이 났다. 내일 친구들을 부르기로 한 사쿠라코가 계속 그 일에 대해 어머니와 의논하고 있었기 때문이다.

"오빠, 벌써 목욕한 거야?"

그런 데다 코헤이의 집에서 샤워를 하고 왔다는 사실을 모모미가 날카롭게 지적하는 바람에 몹시 당황했다. 다행히 두 사람은 거실에 있었고 어머니와 사쿠라코는 식당에 있었기 때문에 적당히 얼버무리고 넘어갔다.

"쇼타, 잠깐 와볼래?"

이윽고 사쿠라코가 자기 방으로 돌아가자 곧 어머니가 쇼타를 불렀다. 마침 모모미는 텔레비전에 빠져 있었다. 그 문제에 대해 이야기하기 딱 좋은 타이밍이었다.

"어땠어요? 뭔가 알아냈어요?"

그래도 쇼타는 자연스럽게 목소리를 억눌렀다. 여동생이 듣고 겁먹으면 안 되었던 것이다.

쇼타는 코즈키 키미와 관련된 일을 어머니에게 이야기할 생각은 없었다. 그 여자가 어쩌다 **그런 모습**이 되었는지 제대로 설명할 수 없기 때문이었다. 그리고 그 여자하고 있었던 일을 생각하면 너무 부끄러워서 말을 꺼낼 엄두도 나지 않았다.

"역 앞에 있는 부동산 사무소에 다녀왔어."

어머니의 표정이 어딘가 묘했다.

"무엇부터 어떻게 물어봐야 할까 몹시 고민했는데……."

"네."

"이번에 할머니가 오시잖아? 그래서 죄송스럽지만 그걸 좀 이용해볼 생각이었지."

"어떻게요?"

어머니는 점점 묘한 표정을 짓더니 말했다.

"시어머니께서 오시는데 상당한 고령이신지라 만일의 경우를 대비하고 싶다고 말했지. 즉 몸이 안 좋아지셨을 경우에는 어느 병원이 좋은가 하고. 그런 이야기를 하면서 과거에 살던 사람 중에 구급차 신세를 진 사람은 없는지, 그때 어느 병원에 데려갔는지 물어봤단다."

과연, 하고 쇼타는 감탄했다. 누군가 죽었다면 구급차를 불렀을 가능성이 아주 높다.

"그리고 너무 억지스럽기는 했지만 슬쩍 장례 이야기도 해봤어. 이 집에서 돌아가셨을 경우에는 어느 장의사에게 부탁하는 것이 좋은가 하고."

사람이 죽으면 당연히 장례를 치러야 할 것이다.

"여기 온 지 얼마 되지 않아서, 부동산 사무소에 그런 일을 상담하는 것이 그리 이상하지 않았던 모양이야. 별로 수상하게 여기지 않고 이것저것 알려주더구나."

역시 코헤이 같은 아이와는 달리 상대가 어른이기 때문에—그것도 산 윗집에 사는 사람이다—부동산 중개인도 조금은 이상하다고 생각하면서도 그냥 받아준 것 같았다.

"결론부터 말하면, 이 집에서 죽은 사람이 있어."

역시라는 생각이 듦과 동시에 등골이 오싹했다.

"여기에 두 번째로 살았던 이케우치 씨 가족의……."

토코의 집이다!

"할아버지가 저 다다미방에서 돌아가셨대."

그렇다면 다다미방의 형체는 토코의 할아버지였나?

"할머니를 구실 삼아 알아낸 것이 같은 노인의 죽음이라니……. 엄마는 조금 무서워졌지 뭐니. 그 할아버지도 이 집에 다니러 오셨다가 그렇게 되었다고 하니 더욱 무서워져서……."

토코의 일기를 계속 읽었다면 할아버지의 죽음에 대한 내용이 있었을까?

"그 할아버지, 어쩌다 돌아가셨대요?"

"그게 말이지……."

어머니가 머뭇거렸다.

그 순간 쇼타의 머릿속에는 '살해당했구나!'라는 말이 웅웅 메아리쳤다.

"아니, 그렇지 않아."

그런데 어머니는 쇼타의 생각을 읽은 듯 곧바로 부정했다. 하지만 노인이 죽은 원인을 말하기는 여전히 망설였다.

"누군가에 의해 죽은 것은 아닌가 보네요."

쇼타가 나지막이 물어보자 어머니가 고개를 끄덕였다.

"그럼……."

"부동산 중개인도 확실한 것은 말해주지 않았어. 다만 아무래도 자살 같다고……."

"……."

"그것도 장롱 서랍에 끈을 매고 앉은 채로 목매단 것 같다고 말이야……."

"네?"

다다미방에서 목격한 사람의 형체에는 목에서 장롱까지 검고 긴 것이 늘어져 있었다…….

그것은 뱀이 아니라 목을 매단 끈이었던 것일까? 그리고 다다미방의 형체는 자살한 토코의 할아버지였다? 그렇다면 다른 사람의 형체는…….

"하지만 말이야, 이 집에서 죽은 사람은 그 이케우치 씨네 할아버지뿐이었어."

"말도 안 돼요……."

"아니야. 부동산 중개인이 거짓말을 하거나 뭔가를 감추는 건 아닐 거야. 게다가 이런 사건에 대해서는 손님한테 이야기해줘야 할 의무가 있어. 그 집에서 자연사 이외의 원인으로 죽은 사람이 있을 경우 미리 설명해줘야 해. 다만 알려줄 필요가 있는 대상은 사건이 일어난 다음 살게 된 사람들에 한해서지. 그래서 엄마한테는 말하지 않았던 거야. 이케우치 씨네 다음에 살았던 가족 중 누군가 같은 죽음을 당했다면 부동산 중개인이 미리 이야기했을 거야."

그건 사실이었다. 하지만 그렇다면…….

"제가 본 그 형체들은요?"

"모르겠구나……."

"저만 본 게 아니에요. 이케우치 토코란 애도 2층 베란다와 뒷문으로 통하는 복도에서 그걸 봤어요. 게다가 거실에서 저는 사람의 형체를 보았고, 그 애는 웃음소리를 듣기는 했지만 둘 다 기묘한 체험이었어요. 다다미방에서만 아무 일도 없었는데 그건 그때 아직 그 애의 할아버지가 살아 계셨기 때문이 아닐까요? 그렇게 생각하면 납득이 가요."

"하지만 쇼타, 그 할아버지 말고는 아무도 죽지 않았어. 그 점은 어떻게 생각하니?"

신문을 살펴봐도 그에 관한 기사는 없었다. 토코의 할아버지의 죽음이 기사로 실리지 않은 것은 마음에 걸리지만, 우연히 기사가 되지 못했을 뿐인지도 모른다. 하지만 같은 집에서 사람이 계속 죽어나갔는데 그것을 놓칠 리 없다. 그런 데다 어머니가 말했듯이 부동산 중개인의 고지 의무도 있었다.

말하자면 이 집에서 일어난 사건은 노인의 자살 한 건뿐이었고 그 밖에 죽은 사람은 없었다. 살해당한 사람은 더더구나 없었다.

쇼타가 골똘히 생각에 잠겨 있자 어머니가 부드럽게 말했다.

"엄마도 그 모든 것이 쇼타의 기분 탓이나 착각이라고 생각하지는 않아. 예전 일도 있으니까. 다만 과거에 이 집에서 무서운 사건이 일어난 것은 아니라는 사실은 받아들여야 한다고 생각해."

"아무것도 하지 않고 그냥 이대로 산다고요?"

"그건 아직 모르지. 다만 아빠하고도 의논해볼 거야. 그럼 어떻겠니?"

쇼타는 받아들일 수밖에 없었다. 어머니가 부동산 중개인의 이야기를 들은 뒤에 쇼타의 체험 일체를 신경 쓰지 않게 되어도 어쩔 수 없는 상황이니, 그래도 아직은 나은 편이었다. 적어도 아버지와 의논해보겠다는 것은 역시 진전된 것으로 받아들여야 할 것이다.

"아빠하고 이야기해보고 뭔가 결정되면 바로 알려주실래요?"

"물론이지."

마지막으로 어머니와 약속하고 쇼타는 거실을 나와 2층 자기 방으로 향했다. 혼자 머릿속을 정리하고 싶었다.

계단 중간을 돌 때쯤 아래쪽에서 부르는 소리가 들렸다.

"잠깐, 쇼타."

돌아보니 세면실에서 나온 사쿠라코가 계단을 올라와 쇼타에게 대뜸 물었다.

"뭔가 있는 거지? 여기?"

사쿠라코의 오른손 검지가 자신의 발밑을 향하고 있었다. 이 집을 가리키는 듯했다.

"어…….."

"얼버무리지 마. 저녁 먹고 나서 네가 줄곧 엄마를 신경 쓰면서 몇 번이나 봤던 거 다 알아. 그리고 내 이야기가 끝난 뒤에 지금까지 몰래 비밀 이야기를 나눈 거잖아?"

"딱히……."

"이사 오고 나서부터 계속 좀 이상했어. 아냐?"

눈치채고 있었구나…….

쇼타는 내심 놀랐다. 누나한테도 털어놓을까 하는 생각도 했지만, 부모님이 어떻게 대처하는지 보고 나서 얘기해도 늦지 않을 것이다.

"저기, 왜 그래?"

"……."

"흥! 뭐, 상관없어."

대답할 것 같지 않아서 포기했는지 사쿠라코는 고개를 절레절레 흔들며 한숨을 쉬었다. 하지만 갑자기 진지한 표정을 짓더니 나직하게 말했다.

"정말 중대한 문제가 있다면 나한테 말해. 아버지하고 어머니가 알고 있다면 상관없지만, 두 분 다 어른이니까 일상적이지 않은 일에 그렇게 간단히 마음을 열지는 않을지도 몰라. 그럴 때는 말해. 나한테 상담하는 거야."

"알았어……."

좀 더 일찍 그렇게 말해주면 좋았을걸 하면서도, 쇼타는 순순히 고개를 끄덕였다. 부모님이 아무런 조치도 취하지 않을 경우, 다음에 의지할 사람은 두 할머니와 누나였다. 그 세 사람을 각각 비교해보면 역시 두 할머니보다 같이 살고 있는 사쿠라코와 이야기가 잘 통할 것이다.

남동생이 말로만 그렇게 대답하는 것은 아니라고 느꼈는지, 사쿠라코는 납득한 기색을 보이고는 거실 쪽으로 갔다.

다음 날 오전 11시경 사쿠라코의 친구들이 올 예정이었다. 그래서 쇼타는 아침부터 집을 나섰다.

우선 쇼타는 자전거를 타고 도서관에 갔다. 만일의 경우를 대비해 야마타이쿠니의 히미코에 대해 조사할 생각이었다. 긴키 지방 설에서 야마타이쿠니가 있었다고 여겨지는 지역은 적어도 나가하시 마을의 도도 산 인근이 아니라는 사실을 알았다. 히히노나 도도츠기라는 이름 역시 그 어디에도 나오지 않았다.

쇼타는 문화회관 근처 공원 매점에서 핫도그로 점심을 때우고 잠시 시간을 보내다가 타츠미 빌라로 향했다.

쇼타는 2층에 올라가지 않고 201호 우편함을 살펴보았다. 코헤이가 집을 비울 경우 여기에 쪽지를 남겨두기로 미리 정해두었던 것이다.

어머니 일로 외출한다. 늦게 올 거야.

광고지 뒷면에 적힌 내용을 보고 쇼타는 낙담했다. 저녁 전까지 돌아온다면 다시 와볼 수도 있겠지만, 늦는다고 했으니 아무래도 오늘은 만날 수 없을 것 같았다.

이제 어떡하지······.

쇼타는 혼자 역 부근 번화가로 나갈 생각은 없었다. 그렇다고 눈앞의 산에는 두 번 다시 올라가고 싶지 않았고, 이 부근에 있으면 언제 코즈키 키미나 센 할멈과 맞닥뜨릴지 모른다.

집에 돌아갈까······?

쇼타는 할 수 없이 자전거를 밀면서 무거운 걸음으로 언덕길을 올라갔다.

어이······.

산 위쪽에서 누군가 부르는 소리가 들렸다.

코헤이인가 싶어 얼른 고개를 들었지만, 곧 그럴 리 없다는 것을 깨달았다. 무슨 일이 있더라도 코헤이가 산에 들어갔을 리는 없었다. 게다가 지금은 어머니 일로 외출했다. 산 위에 있을 리는 절대 없었다.

고개를 숙인 채 언덕길을 뛰어 올라가서, 첫 번째 곁길에 이르러 자전거에 올라타고 단숨에 집까지 달려갔다.

집에 돌아온 쇼타는 결국 사쿠라코의 친구들과 시간을 보냈다. 이미 모모미까지 합세해 게임을 하고 있었기 때문에 자연스럽게 끼어들 수 있었다. 카린이라는 친구가 빈말이기는 해도 "나도 이런 귀여운 동생들이 있으면 좋겠네"라고 말하자 몹시 부끄러웠다. 사쿠라코는 "언제든 줄 테니 데리고 가"라고 대답했지만 싫지는 않은 눈치였다.

누나의 친구들은 모모미한테 또 오겠다고 약속하고 아직 날이 밝을 때 돌아갔다.

그날 밤, 잠자리에 들기 전에 쇼타는 부엌을 정리하고 있는 어머니에게 물었다.

"아버지하고 얘기해보셨어요?"

어머니는 어젯밤에 이야기를 꺼냈다고 했다. 하지만 평일에는 귀가가 늦어 피곤하다 보니 그리 깊은 이야기는 할 수 없었다고 했다. 그래서 이번 주말까지 기다려야 할 것 같았다.

다음 날 오전에 쇼타는 코헤이를 찾아갔다. 인터폰을 누르고 코헤이가 나올 때까지 기다리는 동안, 복도 안쪽이 신경 쓰여서 견딜 수가 없었다. 다행히 곧 코헤이가 응답했고 집 안으로 들어갈 수 있었다.

"어제는 미안해. 쪽지는 봤지?"

"응. 어머니가 주무시고 계시는 거 아냐?"

평소처럼 말하는 코헤이에게 쇼타가 나지막이 물었다.

"아니. 오늘 아침에는 아직 돌아오시지 않았어."

"그렇구나……."

"가끔 이런 날이 있어. 이럴 때는 대개 어느 한쪽이지."

"뭐가?"

"엄청 기분이 좋거나, 엄청 침울하거나."

"왜 그런 거야?"

"뭐, 남자하고 잘됐거나 그렇지 않았거나, 그 차이라고 추측하고 있어."

기가 막힌 대답에 쇼타는 말문이 막힐 지경이었다. 하지만 코헤이는 다른 이야기로 넘어갔다.

"그러고 나서 어떻게 됐어?"

코헤이는 자기 어머니 걱정보다 쇼타를 더 신경 쓰는 듯했다.

쇼타는 어머니가 부동산 중개인에게 들은 내용과, 아버지에게도 이야기했지만 회사 일이 바쁘다는 것, 누나 사쿠라코가 뭔가 이상하게 여기고 있다는 이야기를 했다.

"죽은 사람은 토코의 할아버지뿐이라고?"

역시 코헤이도 그 부분이 걸리는 듯했다.

"신문 축쇄판을 살펴봤을 때 기사가 없었으니 당연하다고 하자면 그렇지만……."

"그렇지. 그렇다면 너하고 토코가 본 사람의 형체는 유령이 아니라 역시 이 산에 사는 요괴라는 이야기가 되나."

"히히노와 사람의 형체는 같은 존재였다……."

"하지만 납득이 가지 않아. 너도 영 개운치 않은 얼굴이고 말이야."

코헤이의 날카로운 지적에 쇼타는 조금 놀랐다.

"모모한테 히히노 이야기를 들었을 때 느낀 인상하고 내가 본 사람의 형체들에 떠도는 분위기가 어쩐지 맞지 않아서……."

"그러니까 히히노 쪽은 요괴고 사람 형체는 유령이라고, 각자 어울리는 것으로 나눈 거구나."

"그냥 자연스럽게 그렇게 됐어."

"너는 어떻게 하고 싶어?"

어떤 도움도 아끼지 않겠다는 마음이 그 물음에 그대로 전해졌다.

"우선 엄마가 아빠하고 차분히 상의할 수 있는 이번 주말까지는 기다릴까 해."

"그렇구나. 하긴 그것도 그러네."

"다만 모레 금요일에는 오카야마에서 할머니가 오셔."

"친할머니?"

"응. 외할머니는 후쿠오카에 계시고."

"여차하면 할머니에게 상담할 수도 있겠네."

"그때는 최종 수단을 취해야지."

"뭘 할 건데?"

코헤이가 흠칫하는 표정을 지었다.

"모모미 먼저 재우고 나서 아빠하고 엄마, 누나, 할머니, 모두에게 이야기할 거야."

"아, 그 얘기였어?"

코헤이는 쇼타가 뭔가 무모한 짓을 저지르지 않을까 걱정했던 모양이었다.

"그러는 편이 빠를지도 모르지."

"다만……."

"왜?"

"최종 수단을 취하는 건 아빠하고 엄마가 알아주지 않았을 때겠지."

"그래, 그렇지."

"그런 상태에서 누나하고 할머니를 설득할 수 있을지……."

"가령 두 사람이 네 이야기를 믿는다 해도, 아버지와 어머니가 이해해주지 않으면 확실히 어렵겠네."

"누나와 할머니가 내 편에 서면 아주 든든하겠지만……."

"그 말은, 어느 한 명이라도 너에게서 떨어지면 3대2가 되어버리니까 승산이 없다는 건가?"

타츠미 빌라 201호에서 두 사람은 앞으로 어떻게 할지 계속 의논했다. 하지만 좋은 아이디어가 전혀 떠오르지 않았고, 낮이 될 무렵 두 사람 모두 지쳐버렸다.

쇼타는 떨떠름하게 여기는 코헤이를 반쯤 잡아당기며 집으로 데리고 왔다. 어제 사쿠라코가 친구들을 부른 것이 부럽기도 했고, 낮에는 늘 편의점 빵이나 주먹밥으로 때운다는 코헤이에게 어머니가 차려준 점심을 맛보게 해주고 싶었다.

"다녀왔습니다."

현관문을 열자, 거실에 있었던 듯 모모미가 나왔다. 그러나 코헤이를 보는 순간 깜짝 놀라더니 재빨리 부엌으로 뛰어갔다.

곧바로 어머니가 앞치마 차림으로 나왔다.

"어머나, 어서 오렴. 늘 쇼타가 신세 지고 있는 것 같더구나, 고마워."

"아, 아, 안녕하세요……."

코헤이는 긴장한 나머지 깜짝 놀란 투로 인사했다. 그러고는 어머니가 몇 번이나 "자, 들어오렴"이라고 하자 그제야 겨우 샌들을 벗었다.

거실에는 사쿠라코가 앉아 있었다. 그녀는 남동생의 새 친구를 흥미롭게 바라보았다. 그러자 코헤이는 또다시 긴장했는지 히비노 집에 들어온 뒤로는 평소와 달리 믿을 수 없을 만큼 말수가 극히 적었다.

이윽고 점심식사로 소면이 나왔다. 갑자기 친구를 데려왔는데도 어머니는 처음부터 그럴 예정이었던 것처럼 코헤이의 몫까지 준비해주었다.

점심을 먹는 동안 어머니가 계속 코헤이에게 말을 걸었다. 하지만 코헤이는 "네"라든가 "아니요", "그러네요." 정도로만 대답할 뿐이었다. 아니, 할 수 없었던 것이겠지.

쇼타는 억지로 끌고 온 것을 조금 후회했다. 이렇게 친구가 불편해할 거라면 굳이 데려오지 말걸 그랬다고 반성했다.

그런 쇼타의 마음을 풀어준 것은 모모미였다. 모모미는 한눈에 코헤이가 마음에 들었는지, 점심을 먹고 나서 같이 놀고 싶다고 말했다. 코헤이는 당황한 듯했지만 결국 셋이 함께 게임을 했다.

사쿠라코는 얼른 자기 방으로 가버렸다. 쇼타는 누나가 없으면 코헤이가 더 편하겠다는 생각에 오히려 안심했다.

결국 코헤이는 오후 3시에 간식까지 함께 먹고 해 질 때까지 히비노 집에서 보냈다.

"저녁까지 먹고 가지그래?"

코헤이의 어머니가 늦게 퇴근한다는 것을 알게 된 쇼타의 어머니가 그렇게 청했다. 모모미도 그게 좋겠다며 대찬성이었고 쇼타도 꼭 그러라고 권했다.

하지만 코헤이는 완고했다.

"가, 감사합니다. 안녕히 계세요."

현관까지 배웅 나온 어머니와 쇼타와 모모미에게, 왔을 때와는 딴판인 밝은 모습으로 인사하고 코헤이는 돌아갔다.

"좋은 애구나. 너하고 친구가 되어서 정말 잘됐다."

어머니는 진심으로 안도하는 듯 보였다.

"모모도 코우 오빠 좋아!"

빈말이 아니라, 모모미는 어제 누나의 친구들하고 놀았을 때보다 오늘 더 즐거워 보였다.

앞으로 좀 더 자주 불러야겠어.

쇼타는 기뻤다. 그것은 이 마을에 이사 오고 나서 처음 느낀 큰 기쁨이었는지도 모른다.

다음 날 오전, 쇼타는 자기 방에서 여름방학 숙제를 하고 오후에는 타츠미 빌라로 갔다. 하지만 우편함에 쪽지가 들어 있었다.

미안. 외출한다. 저녁때 한번 들러. 없으면 내일 아침.

쇼타는 낙담했다. 코헤이의 어머니가 허락하면 내일 저녁 식사에 초대해도 좋다고 어머니가 말했기 때문이다.

또 어머니 일인가……

쇼타는 코헤이가 자신과 사귀게 된 뒤로 예전만큼 어머니를 돌보거나 일을 돕지 못하고 있는 것이 아닐까 하는 걱정이 들었다. 그러면서 코헤이가 그런 얘기를 자기 입으로 말할 리 없으니, 자기가 좀더 신경 써야겠다고 생각했다.

그날 저녁때까지 코헤이가 돌아오지 않았다.

다음 날 아침, 쇼타는 9시 조금 지나서 타츠미 빌라 201호 앞으로 갔다. 우편함에 쪽지는 없었다.

어젯밤에 코헤이가 돌아왔을까?

인터폰을 누르고 한동안 기다려도 아무런 응답이 없었다. 다시 한번 인터폰을 누르고 잠시 기다려봤지만 역시 아무런 응답이 없었다.

어젯밤에 돌아오지 않은 건가? 어디서 자고 오는 건가? 어머니와 함께? 설마 며칠 집을 비우는 걸까?

온갖 상념에 사로잡힌 채 쇼타는 좀처럼 201호 앞을 떠나지 못했다.

그런데 복도 안쪽에서 끼익 하고 문 열리는 소리가 들렸다.

쇼타는 재빨리 계단을 뛰어 내려갔다. 그리고 집까지 내달리려던 쇼타는 문득 아주 무서운 생각이 떠올랐다.

설마 코우가 그 여자에게 붙잡힌 건 아닐까……?

쇼타는 저도 모르게 멈춰 서서 계단을 올려다보았다. 돌아가서 확인해볼까 하고 망설였다. 코우는 용감하게 206호에 들어와서 쇼타를 구해주었다.

하지만 어제는 우편함에 쪽지가 있었다…….

아무리 그래도 코즈키 키미의 방에 갔을 리 없었다. 역시 어머니 용무나 뭔가 다른 일이 있어서 나갔을 것이다.

낮에 다시 오면 돼.

조금 망설이던 쇼타는 집으로 돌아가서 어제와 마찬가지로 숙제를 했다. 그러나 좀처럼 집중하지 못했다. 같은 문제를 몇 번이나 읽고 있었다. 문제를 풀 의욕이 나지 않았다.

점심을 먹자마자 쇼타는 곧장 코헤이를 찾아갔다. 하지만 코헤이는 아직 돌아오지 않았다. 쇼타는 복도 안쪽에 주의를 기울이면서 돌아왔다.

다음에는 간식을 먹기 전에 찾아가 보았다. 코헤이가 있으면 집에 같이 가서 먹을 생각이었다. 하지만 역시 코헤이는 없었다. 쇼타는 205호 앞까지 갔다가 발걸음을 돌려 도망치듯 돌아왔다.

오후 4시가 지났을 즈음 오카야마에 사는 친할머니 타에가 집에 도착했다. 사쿠라코가 안라 역까지 마중 나갔다가 택시를 타고 온 것이었다.

거실에 어머니, 사쿠라코, 쇼타, 모모미, 할머니가 앉아서 시끌벅적 이야기꽃을 피웠다. 쇼타도 함께 이야기를 나누다 보니 어느새 오후 6시가 다 되었다.

"금방 돌아올게요."

쇼타는 집을 나와서 자전거를 타고 단숨에 타츠미 빌라까지 달려갔다. 일단 우편함을 살펴보고 계단을 뛰어올라 201호 인터폰을 눌렀다. 그러자 잠시 후에 "네……." 하고 희미하지만 확실히 코헤이의 목소리가 들렸다.

"코우! 나야."

한참 뒤 천천히 문이 열렸다.

"어, 어, 어떻게 된 거야?"

코헤이의 얼굴과 팔다리가 긁힌 생채기와 멍으로 뒤덮여 있었고, 옷도 잔뜩 더러워져 있었다.

"조금 전에…… 돌아……온…… 참이라."

코헤이는 숨까지 헐떡였다.

"코우……, 대체 무슨 일이……."

코헤이는 경악하는 쇼타를 얼른 집 안으로 들이고, 문을 잠근 다음 안쪽 방으로 데리고 갔다.

"진짜 죽는 줄…… 알았어."

코헤이는 방바닥에 있던 뭔가를 집어 쇼타에게 내밀었다.

"어, 설마 이건……."

코우의 손에 들린 것은 이케우치 토코의 일기였다.

19장 일기 2

- 8월 9일, 수요일 -

아침에 쿠리코의 장례식을 치렀다.

아빠는 '산에 묻어주는 게 어떨까' 하셨지만 나하고 리코는 반대했다. 둘이 이야기해서 집 근처에 묻어주기로 했다.

쿠리코의 관은 과자 상자였다. 쿠리코가 편히 잘 수 있도록 어젯밤 엄마가 상자 속에 천을 넣어 제대로 준비해주었다.

리코하고 번갈아가며 삽으로 땅을 파서 무덤을 만들었다. 그리고 엄마에게 받은 나무판에 '쿠리코의 무덤'이라고 써서, 쿠리코를 넣은 상자를 묻은 땅에 튼튼히 박아 세웠다.

그러고 나서 엄마가 하느님께 기도했다. 오빠는 한 번도 얼굴을 비치지 않았다.

"쿠리코는 늙어서 죽은 거예요?"라고 엄마에게 물었다. 엄마는 "하느님의 뜻이란다"라고 말했다. 하지만 나중에 리코가 알려주었다.

어제저녁 엄마가 저녁을 준비하고 있는데(나는 엄마를 거드는 것이 여름방학 목표가 되었다), 갑자기 쿠리코가 날뛰기 시작했다고 한다. 그러다 "온다, 온다, 온다"라고 소리치더니 횃대에서 떨어졌다는 것이었다. 엄마가 새장에서 꺼내보니 이미 쿠리코는 죽어 있었다.

엄마는 "쿠리코는 너희가 태어나기 전부터 기르던 새지만, 아직 수명이 다하지는 않았을 텐데"라며 이상하게 여겼다.

점심을 먹고 나서, 나는 쿠리코의 일을 할머니에게 알려주려고 집을 나왔다. 리코가 어디 가느냐고 묻기 전에, 엄마에게도 들키기 전에 몰래 집을 나왔다.

지금까지 그런 적이 없어서 어쩐지 양심의 가책이 느껴졌지만, 어쨌든 할머니를 만나고 싶었다.

언덕을 내려오니 그 언니가 또 있었다. 어제 만난 것은 우연이었지만 오늘은 분명 기다리고 있었던 것 같았다.

인사를 하고 지나쳐 가려는데, 언니가 "아이스크림 좋아하지?"라고 말을 걸었다. 웃으면서 자기 집에 있으니 들어가서 먹고 가라고 했다. 하지만 눈은 웃고 있지 않았다.

오늘은 갈 데가 있어서 죄송해요, 하고 대답하자 또 놀러 온다고 약속했으면서, 하며 조금 화난 듯 말했다.

내키지 않았지만 어쩔 수 없이 언니 집에 갔다. 아이스크림은 아주 맛있었지만 얼른 먹고 할머니 집에 가려고 하는데, 언니가 "그 집에 가려는 거지?"라고 물었다.

어떻게 알았지, 하고 깜짝 놀랐다. 문께에 앉아 있는 언니 곁에 가보고 나서야 그곳에서 할머니 집이 보인다는 것을 알았다. 어쩌면 언니는 내가 할머니 집에 들어가는 것을 여기서 지켜보고 있었는지도 모른다.

언니는 창문으로 그 집을 보면서 "기분 나쁜 집이야"라고 말했다.

내가 할머니는 자상하고 좋은 사람이라고 말했더니 엄청 무서운 눈으로 노려보았다.

아이스크림을 다 먹고 나서 고맙다는 인사를 하고 돌아가려는데 "우리, 점 볼까?"라고 언니가 말했다. 사실은 내키지 않았지만 한 번 정도는 괜찮을 거라고 생각했다.

타로 카드라고 하는, 트럼프를 좀더 길쭉하게 만든 듯한 이상한 카드를 사용했다. 각 장마다 다양한 그림이 그려져 있고 각각의 그림마다 의미가 있었다. 처음에는 한 번만 할 생각이었는데, 점에도 여러 가지 방법이 있다고 해서 그것을 한 번씩 전부 하기로 했다.

나는 언니가 시키는 대로 카드를 뽑아서 내려놓았다. 한 번씩 끝날 때마다 언니가 카드의 의미를 하나씩 알려주었다.

처음에는 재미있었다. 그러던 중에 언니가 우리 집이나 이 연립주택, 그리고 뒷산과 할머니의 집에 대해 점을 치기 시작했다.

그러더니 언니가 이상해졌다. 더 이상 나에게 카드 그림의 의미를 알려주지 않았다. 자기 혼자 알고 넘어가거나, 놀라거나 무서워하는 듯 보였다.

그러다 마지막에 나한테 "카드를 뽑으렴"이라고 말했다. 한 장을 뽑았더니 손가락이 끈적끈적했다. 너무 소름 끼쳐서 나도 모르게 카드를 던져버리자, 칼 몇 자루가 별 모양으로 겹쳐 있는 그림이었다. 그런데 카드에 뭔가 기분 나쁘게 질척질척한 것이 찰싹 달라붙어 있었다.

그렇게 이상한 것을 지금까지 본 적이 없다. 계속 묻어 있었다면 좀더 일찍 알았을 것이다.

언니는 당황하며 티슈로 카드를 닦았다. "그게 뭐예요?"라고 물어보았지만 고개를 저을 뿐이었다. 카드를 깨끗이 닦고 나서 내 손도 닦아주었다. 그것으로 점치는 일이 끝났다.

하지만 나는 신경이 쓰여서 카드의 의미를 물었다.

그러자 그 카드는 그림이 똑바로 보이는 상태라면 병의 시작이나 슬픈 일을 예고하는 것이며, 그림이 거꾸로 보이면 포기하거나 기적이 일어나지 않는 것을 의미한다고 알려주었다.

어느 쪽이든 썩 좋지 않은 의미여서 기분이 몹시 안 좋았다. 그 카드가 어쩌다 끈적끈적해졌는지 결국 알 수 없었다.

- 8월 10일, 목요일 -

오빠하고 싸웠다.

어젯밤에 리코가 도도츠기 말고 도도가 나왔다고 말하길래 이 집에 요정이 살지도 모른다고, 동화책에 나올 법한 이야기를 지어내 거실에서 리코에게 들려주었다.

그런데 오빠가 그 얘기를 듣고 나를 바보 취급했다.

오빠는 머리가 나빠서 이야기도 못 지어낼 거라고 대꾸했더니 내 팔하고 등을 때렸다. 나는 화가 나서 오빠를 할퀴었다.

그래도 기분이 풀리지 않아 부엌으로 가서 엄마한테 일러바쳤다. 그러자 엄마는 "사람이 죄를 짓는 원천에는 분노가 있는 거야."라고 말했다. '원천'이란 원인이고, '분노'란 화를 내는 것인 듯했다.

하지만 엄마도 자주 화를 내지 않느냐고 했더니 그것은 우리를 위해서라고 말했다. 이해할 수 없었다. 화를 낸 것은 마찬가지인데.

내가 납득하지 못하자 엄마는 "세면실 벽에, 교회에서 받은 카드가 있어"라고 말했다. 그 카드에 어린이도 이해하기 쉽게 사람의 죄에 대해 적혀 있으니 읽어보고 오라고 했다.

주일학교에서 본 적 있는 카드일 거라고 생각했지만 시키는 대로 보러 갔다. 그런데 그 카드가 마치 구정물을 끼얹은 것처럼 더러워져 있었다. 나는 오빠 짓이라고 생각했다. 오빠도 엄마한테 같은 말을 듣고 화가 나서 이런 짓을 했다고 말이다.

엄마한테 알리려고 세면실을 나가는데, 복도를 돌아서 뒷문 쪽으로 가는 사람의 형체가 또 보였다. 무서워서 거실로 갔는데 2층 복도 밑에도 사람의 형체가 있었다.

비명을 지르자 엄마가 깜짝 놀라며 달려왔다. 하지만 그때는 이미 사람의 형체는 사라지고 없었다.

엄마는 내가 세면실 벽에 붙은 카드를 더럽힌 것을 감추기 위해 그런 거짓말을 했다고 생각한 듯했다.

잘못한 사람은 오빠라며 리코가 나를 감싸주었다. 엄마도 그 이상 아무 말도 하지 않았다. 세면실에 가서 묵묵히 더러워진 카드를 닦았다.

그때 엄마도 내가 더럽혔다고 생각하지 않는다는 것을 알았다. 그냥 그렇게 생각하고 싶었던 것뿐이라고 말이다.

하지만 왜…….

- 8월 11일, 금요일 -

아침을 먹고 나서 바로 할머니 집으로 향했다. 낮에 가면 또

다시 그 언니에게 붙잡힐지도 모른다. 오전에는 분명 괜찮을 거라고 생각했다.

내 생각이 맞았다. 언덕길로 나와서, 연립주택을 몇 번이나 주의 깊게 살펴보았지만 언니의 모습은 보이지 않았다. 하지만 언덕을 내려갈 때는 할머니 집까지 단숨에 뛰어갔다.

할머니는 집에 있었다. 나를 보더니 몹시 반가워했다. 내가 땀을 많이 흘린 것을 보고 놀라면서 우물 옆까지 데려가 주었다. 그리고 우물에서 물을 길어 주었다. 우물물이 깜짝 놀랄 정도로 차가워서 기분이 좋았다. 할머니가 꺼내 준 수박도 그 우물에 담가둔 것이었다.

땀을 씻고 할머니와 둘이 마당에서 놀았다. 나는 쿠리코가 죽은 것하며 연립에 사는 언니에 대해 이것저것 이야기했다.

쿠리코가 죽기 전에 "온다, 온다, 온다"고 말했다고 하자 할머니의 낯빛이 변했다. '온다'는 것은 '뭔가 온다'는 의미냐고 물어보니 할머니가 말없이 고개를 끄덕였다. "어디서 뭐가 오는 거예요?"라고 묻자 산에서 무서운 것이 오는 거라고 했다.

언덕 아래 있는 무덤 같은 돌 두 개가 산에서 나쁜 것이 내려오지 않도록 망을 보고 있다고 했던 할머니의 이야기를 떠올렸다.

집 안에 이상한 것이 나타나는 것이나 쿠리코가 죽은 것도 그 산 탓이냐고 물으니, 할머니는 이사 가는 편이 좋겠다고 말했다. 하지만 그렇게 말하면서도 우리 가족이 이사 갈 수 없다는 것을 알고 있는 듯한 눈치였다.

나는 우리가 이사 오기 전에 그 집에 다른 가족이 살지 않았는지 궁금했다. 할머니에게 물어보니 다른 가족이 살았다고 대답했다. 그 사람들도 이상한 일을 겪었을까 궁금했지만, 할머니는 그 가족하고 알고 지내는 사이가 아니어서 아무것도 모르는 모양이었다.

하지만 그 사람들이 이사를 간 것은 저 집에 뭔가 있었기 때문이 아닐까? 할머니에게 그렇게 물어보니 모든 사람들이 그런 것을 알 수는 없다고 했다. '그런 것'이란 저 집에서 내가 느끼는 이상한 것을 말하는 듯했다.

하지만 엄마는 웬만큼 그런 것을 아는 듯했다. 내가 그렇게 이야기하자 할머니는 엄마에게 한번 상담해보라고 말했다.

낮이 되어 집에 돌아가려고 하자 할머니가 점심을 먹고 가라고 했다. 그러고 싶었지만 엄마한테 얘기도 하지 않고 와서, 점심때 돌아가지 않으면 혼난다고 설명했다.

그러자 할머니가 우리 집 전화번호를 물어보았다. 할머니는 전화를 걸어 엄마하고 한참을 이야기하다가 나에게 수화기를 넘겼다. 엄마는 "공손히 감사의 인사를 하려무나"라고 말했다. 그리고 점심을 먹고 너무 늦지 않게 돌아오라고 했다.

할머니 집에서 점심을 먹고 잠시 있으니 갑자기 날이 어두워지기 시작했다. 곧 비가 한바탕 퍼부을 것 같다고 할머니가 말하길래 나는 집에 돌아가기로 했다. 연립주택 앞을 달려갔다. 너무너무 힘들었지만 언덕을 뛰어 올라갔다. 그런데 올라오면서 우리 집을 보고는 깜짝 놀라고 말았다.

우리 집 위에 엄청나게 낮은 구름이, 마치 집을 뭉개버릴 것처럼 떠 있었기 때문이다. 만화에 흔히 나오는, 구름 아래만 비가 내리고 나머지는 맑은 것처럼 보였다.

구름은 회색과 검은색이 빙글빙글 섞이며 똬리를 틀고 있는 모양이었다. 그것을 가만히 보고 있으니 점점 무서워져서 얼른 집에 뛰어 들어왔다.

- 8월 12일, 토요일 -

아침을 먹고 오빠와 리코가 거실에서 나간 뒤 엄마에게 할머니 이야기를 했다.

그러자 엄마는 아주 싫은 표정을 지었다. 그리고 "나이 드신 분들은 미신을 잘 믿으니까"라고 말했다. 엄마는 미신이란 옛날 사람들이 귀신 같은 것이 있다고 생각하는 것이다, 사실 그런 것은 없다, 그건 낡은 생각이다, 하고 설명해주었다.

하지만 그림이 떨어진 것이나 십자가가 거꾸로 뒤집힌 것 등, 집 안에서 이상한 일이 일어났다고 말하자 "우연히 그런 일이 겹친 것뿐이야"라고 말했다.

나는 아빠의 생일날 밤에 있었던 일이나 뒷문으로 이어지는 복도에서 본 사람의 형체에 대해 엄마한테 말할까 생각했지만, 결국 그만두었다.

"또 이사 갈 수는 없어요?"라고 물었더니 엄마가 무서운 얼굴로 "그럴 수 없잖니"라고 크게 화를 냈다. 그러고는 "세상에는 잘 집이 없는 사람도 많아"라고 말을 꺼내더니 한동안 불쌍한 아이들 이야기를 들려주었다.

점심 먹을 때 엄마가 리코를 불러오라고 했다. 거실에 가보니 리코가 없어서 다다미방으로 갔다.

다다미방 미닫이문을 여는 순간 하마터면 비명을 지를 뻔했다. 리코 바로 뒤에 사람의 형체가 있었다. 비명을 지르지 않았던 것은 너무 놀라서 목소리가 나오지 않았기 때문이다.

갑자기 "뭐 해?"라고 뒤에서 오빠가 말을 걸었을 때 오히려 깜짝 놀라 비명을 질렀다. 오빠의 얼굴을 보고 나서 다시 방 안을 돌아봤을 때는 이미 아무것도 없었다.

낮에 할머니 집에 가려고 했는데, 엄마가 "가면 안 돼"라고 말했다. 내 교육에 좋지 않기 때문이라는 것이었다.

내가 아무리 자상하고 좋은 할머니라고 해도(조금 이상한 면도 있다는 말은 하지 않았다) 허락해주지 않았다. 나는 분한 마음에 울음을 터뜨렸다. 그러자 리코가 같이 놀자며 위로해주었다.

나중에 오빠가 무슨 일 있었느냐고 물었다. 오빠에게 말해봤자 소용없다고 생각했지만 나는 할머니 얘기와 집 안에서 일어난 이상한 일들에 대해 모두 털어놓았다. 할머니에 대해서는 내가 말한 대로 분명 좋은 사람일 거라고, 웬일로 오빠가 내 편을 들어주었다. 하지만 집 안에서 생긴 일에 대해서는 어쩌다 우연히 그렇게 된 거라고, 엄마와 같은 의견이었다.

그리고 오빠는 이 집에 이사 오기 위해 아빠하고 엄마가 고생을 많이 한 것이 틀림없다고 말했다. 아마도 돈이 많이 필요했을 거라고 했다. 게다가 오빠의 입시는 물론이고 나하고 리코에게도 돈이 많이 들어가기 때문에 이사 왔다고 해서 살림이 나아진 것은 아니라는 것이었다. 그러니 너무 엄마를 걱정시키면 안 된다고 오빠가 말했다.

혼자 허세나 부릴 줄 알았더니, 집안일에 대해 의외로 잘 알고 있어서 깜짝 놀랐다. 이런 점에서는 역시 오빠였다. 그래서 조금 다시 봤다.

하지만 이 집에 계속 살기가 너무 무서웠다.

- 8월 13일, 일요일 -

아빠 회사가 오늘부터 휴가다. 사실 어제부터였지만 어제는 회사에서 회의가 있었다. 아빠도 고생이 많은 것 같다.

아침에 조용히 아빠 엄마의 침실 문을 열고 들어갔다. 역시 아빠만 자고 있었다. 나는 가까이 다가가서 깨우려고 살며시 침대로 갔다.

침대 위에는 십자가에 매달린 예수님 그림이 걸려 있었다. 예수님 머리 위에는 비둘기가 있고, 그 발밑에는 기도하는 사람들이 있었다.

그런데 그림 속 예수님의 눈에서 검은 것이 흘렀다. 예수님의 두 팔과 두 다리에서도 검은 것이 흘렀다. 비둘기의 몸이 검어지기 시작하더니 금세 까마귀처럼 변했다.

나는 깜짝 놀라서 아빠를 깨웠다.

아빠는 좀처럼 일어나지 않더니, 내가 소리치자 눈을 비비며 겨우 일어났다.

하지만 이미 그때는 그림이 원래 모습으로 돌아가 있었다.

믿어달라는 심정으로 내가 본 것을 아빠한테 아주 열심히 설명했다. 아빠는 그래그래 하고 고개를 끄덕였지만 침대 위에 걸린 그림을 떼어내 보여주면서 "자, 아무것도 없지?"라고 했다.

그래도 내가 "예수님의 얼굴에서 검은 것이 흘렀어요"라고 말하자 "이런 거?"라면서 웃고 있는 아버지의 두 눈이 새까맣게 변하더니 거기서 검은 것이 줄줄 흘러내리기 시작했다.

내가 무시무시한 비명을 지르자 두 팔을 뻗더니 내 팔을 꽉 잡았다.

그 순간 아빠의 온몸이 새까맣게 변했고, 이윽고 그것이 아주 작게 나뉘더니 붕 하고 무시무시한 소리를 내며 주위를 날다가 나한테 덤벼들었다.

그 작은 것들이 모두 파리라는 것을 깨달은 이후로 기억이 나지 않는다.

정신을 차렸을 때 나는 알몸으로 욕실에 있었다. 엄마가 샤워기로 내 몸에 물을 뿌렸다. 엄마는 무엇 때문인지 나한테 새 잠옷을 입히고 침대에 눕혀주었다. 그리고 엄마가 늘 지니고 다니는 십자가 펜던트를 벗어서 내 목에 걸어주었다.

나는 엄마가 방에서 나가기를 기다렸다가, 침대를 내려와 옷 주머니에서 할머니한테 받은 부적을 꺼냈다. 그것을 두 손에 쥐고 침대에 들어가니 조금이나마 안심이 되었다.

밤에 아빠가 내 상태를 보러 왔다.

나는 무서워서 비명을 질렀다. 아빠는 난처한 얼굴로 "내일 기운이 나면 모두 같이 어디 놀러 가자. 그리고 오늘 밤은 편히 자렴"이라고 말하고 방을 나갔다.

지금 2층 침대에서 자고 있는 리코가 깨지 않도록 신경 쓰면서 이 일기를 쓰고 있다.

조금 전에 온 것은 정말로 아빠였을까?

그래, 분명히 그럴 것이다.

빨리 내일이 되면 좋겠다.

이 집에서 벗어날 수 있다면 어디라도 좋으니 아빠가 빨리 데려가 주면 좋겠다.

- 8월 14일, 월요일 -

아침에 일어나니 열이 조금 났다. 엄마가 만들어준 죽을 먹고 다시 잠들었다.

다음에 눈을 떴을 때는 10시가 지나 있었다. 1층으로 내려가니 거실에 아빠와 엄마, 오빠와 리코까지 모두 함께 있어서 마음이 놓였다. 하지만 아직 열이 내리지 않았으니 더 누워 있으라고 엄마가 말했다.

아빠도 내일은 미에에 사는 할아버지가 오시는 날이니 그때까지 다 나으면 좋겠다고 말했다. 할아버지는 신사의 칸누시(신사의 우두머리—옮긴이)다.

할아버지가 오시는데 누워 있을 수는 없다는 생각에 다시 방으로 돌아갔다.

침대에 눕자 바로 잠이 왔다. 하지만 누군가 보고 있는 듯 오싹한 기분이 들었다.

눈을 뜨자 2층 침대 위에서 새까만 얼굴 두 개가 나를 내려다보고 있었다.

- 8월 15일, 화요일 -

아침에 눈을 뜨자 기분이 좋았다.

리코가 어젯밤에 도도츠기와 도도뿐만 아니라 히히코도 나타났다고 말했다. 리코는 재미있어했지만 나는 더 이상 재미있지 않았다.

이상한 이름을 가진 자들이 정말 리코의 상상일까?

그렇게 생각하고 있는데 리코가 "언니는 아직이야?"라고 물었다. 머잖아 그 이상한 이름을 가진 자들이 나에게도 찾아온다는 뜻일까?

아니, 리코와 같이 자면 싫어도 그 이상한 이름을 가진 자들을 만나야 한다.

낮에 할아버지가 오셨다.

리코와 둘이 집 안을 안내했더니 "이 산■■■■■■■■■■■■■■■■■■." 라고 할아버지■■■■.

■■■■■■■■■■■■■■■■■■■■■■■■■■■■■■■■다.

■■■■■■■■■■■■■■■■■■■■■■■■■■■■■■
검은■■■■■■■■■■■■주르륵■■■■■■■■■■

할아버■■■■■■■■■■■■■■■■■■■■■■■■■■
■■■■■■■

■■■■■■■■■■■연립■■■■■■■■언니■■■
■■■■■■■■

■■■■■■■■장■■에■■■■■■■■■■■■■■■
■■부적■■■■■■■■■■■■■■■아■■■■■■■■

■■■■■■■■■■■■■버지■■■■■■■■■■■■■산■

■ ■ ■ ■ ■ ■ ■ ■

--■ ■16■ ■(■)--
할아버■ ■ ■ ■ ■ ■다다미■ ■ ■ ■ ■
　■ ■ ■ ■와■ ■ ■ ■끈■ ■ ■ ■ ■ ■목■ ■ ■ ■ ■
　■ ■차■ ■ ■ ■ ■ ■ ■ ■ ■ ■ ■ ■ ■ ■ ■ ■ ■ ■다■ ■
■ ■ ■ ■ ■ ■ ■ ■ ■집■ ■ ■ ■ ■ ■ ■ ■ ■ ■ ■ ■ ■?

20장   놈들

이케우치 토코의 일기는 물에 젖었는지, 8월 15일부터는 글자가 번져서 거의 읽을 수 없었다. 그래도 다음 날인 16일에 일기가 끝났다는 것은 알 수 있었다.

"코우, 이거……."

쇼타는 일기를 건네받자마자 그 집에서 가져왔느냐고 물었다. 그러나 코헤이가 어쨌든 읽어보라고 다그치기에 우선 읽기부터 했다.

"끝까지 읽었어?"

"응. 그건 그렇고 이 일기를 가지러 갔다 온 거야, 저 집에?"

코헤이가 말없이 고개를 끄덕였다.

"어제 갔었어? 우편함에 들어 있던 쪽지는 그것 때문이었던 거야?"

코헤이가 또다시 고개를 끄덕였다.

"그럼 어젯밤에는……. 설마……?"

"도망쳐 나올 수가 없더라고."

코헤이는 무거운 입을 겨우 떼며 이야기했다. 그는 덧창이 열려 있는 남쪽 툇마루를 통해 타츠미 가에 숨어들었다고 했다. 요컨대 직접 그 쓰레기 방에 침입했던 것이다.

그러나 쓰레기 산 속에서 일기를 찾아내기는 힘들었다. 좀처럼 보이지 않았다. 쇼타가 도망치다가 다른 방에 떨어뜨렸을 수도 있겠다 싶어서 주위의 다다미방까지 살펴보았다. 쓰레기 방 말고는 칠흑같이 어두웠기 때문에 찾기가 너무 힘들었다. 그러다 저녁이 되었다.

포기하고 돌아가려는데, 일기가 가방에 들어 있었다는 사실이 떠올랐다. 어쩌면 센 할멈이 다시 가방에 집어넣었는지도 모른다고 생각했다. 그래서 이번에는 하얗고 귀여운 토끼 인형이 달린 천 가방을 찾아보았다. 그리고 거의 해 지기 직전에 쓰레기 산 속에서 가방을 찾아냈다.

기뻐하며 돌아가려는데 센 할멈이 돌아왔다. 게다가 툇마루에 진을 치고 앉아 꿈쩍도 하지 않았다.

도망칠 길이 막힌 코헤이는 쇼타의 이야기를 떠올리고 현관으로 향했다. 하지만 어둠 속을 손으로 더듬어가며 간신히 도달한 현관문은 잠겨 있었다. 어쩔 수 없이 다른 출구를 찾았지만 전혀 보이지 않았다. 그동안 집 안을 배회하는 센 할멈의 기척이 들렸다. 정말로 센 할멈이었는지는 알 수 없지만…….

계속 돌아다니다가는 들키겠다 싶어서 결국에는 방구석에 가만히 앉아 밤을 지샌 뒤, 센 할멈이 외출하기를 기다렸다가 쓰레기 방 툇마루를 통해 나왔다고 했다.

"괴, 굉장하다, 코우……."

흥분하는 쇼타에게 코헤이는 별것 아니라는 듯 오른손을 내저었다.

"너, 정말 끝까지 제대로 읽은 거야?"

코헤이는 떨리는 손끝으로 문제의 일기를 가리켰다.

"어, 그런 것 같은데……."

쇼타가 의아한 듯 날짜가 번진 8월 16일 다음 페이지를 넘기자 거기는 백지였다. 별 생각 없이 또 한 장을 넘기자마자, 그 글이 눈에 날아들었다.

산 윗집에 살면 안 돼! 지금 당장 도망쳐!

토코의 일기는 아주 깨끗한 글씨로 적혀 있었다. 그러나 이 마지막 글은 같은 소녀가 썼다고 생각되지 않을 정도로 흐트러지고 지저분했다. 하지만 그렇기에 토코가 느꼈을 공포가, 그 휘갈긴 글자를 통해 생생히 전해졌다.

"얼른 돌아가서 그걸 보여주는 거야."

"……."

"그 일기라면 증거가 될 수 있을 거야. 네 이야기와 그 일기가 동떨어졌다면 몰라도, 두 가지가 서로 맞아떨어진다면 어떻게든 되겠지."

"그래서 일부러 일기를……."

"얼른 가봐."

"그래……. 코헤이, 고마워."

두 사람은 시선이 마주치자 어느 쪽이 먼저랄 것도 없이 서로 고개를 끄덕였다.

쇼타는 일기를 오른손에 단단히 쥐고 종종걸음으로 현관에 나갔다. 샌들을 신고 복도로 나갔을 때였다.

"쇼타!"

부르는 소리에 돌아보니 코헤이가 비틀거리며 이쪽으로 걸어오고 있었다.

"왜 그래?"

"이걸 가져가."

코헤이가 눈앞에 내민 것은 작은 부적 같은 물건과 불꽃놀이 세트였다.

"어……? 이걸 왜?"

"토코의 가방 속에 일기랑 같이 있었어. 분명 센 할멈에게 받은 부적이겠지. 도움이 될지도 모르니까 가지고 있어. 그리고 이건 어머니가 손님한테 받은…… 아니, 그런 건 됐어. 여기에 로켓 폭죽이 들어 있으니까 무슨 일이 생기면 이걸 쏴."

"……."

"만일을 위해서야. 내 도움이 필요하면 이걸 쏴서 부르는 거야. 한밤중이라도 상관없어. 이미 자고 있을 거라고 생각되면, 몇 발이고 계속 불을 붙여서 쏴. 반드시 갈게."

"알았어."

"자."

"그럼 갈게……."

자전거를 밀면서 쇼타는 단숨에 언덕길을 뛰어 올라갔다.

집으로 향하는 곁길로 들어서기 직전에 돌아보니, 언덕 아래서 코헤이가 지켜보고 있었다. 일기를 든 채 오른손을 들어 보이자 코헤이도 한 손을 흔들어서 응답했다. 순간 코헤이와 헤어져 집으로 돌아가기가 견딜 수 없을 만큼 싫었다. 당장이라도 언덕길을 내려가 코헤이랑 함께 있어야 할 것 같은 기분이 들었다.

말도 안 돼.

스스로도 받아들이기 힘든 감정을 떨쳐버리듯이, 쇼타는 자전거에 뛰어올라 집을 향해 달려갔다. 막 가라앉을 듯한 적갈색

태양을 등지고 열심히 페달을 밟았다.

왼편으로 보이는 첫 번째 집터의 바닥없는 늪을 지나고 두 번째 집터의 화재 현장을 지나, 세 번째 집터의 교수대를 지날 무렵 쇼타는 앗 하고 소리를 지를 뻔했다.

네 번째 히비노 가족의 집이 커다란 검은 상자로 보였기 때문이다.

설날 어머니가 만든 요리를 담는 큼지막한 사각 도시락 통을 새까맣게 칠한 듯 기분 나쁜 상자였다. 그것이 아주 자연스럽게 산 가운데 놓여 있었다. 마치 공양된 것처럼 보였다.

마치 도도 산에 바쳐진 공물처럼······.

커다란 검은 상자 앞에 자전거를 세우고, 쇼타는 달려온 길을 돌아보았다.

옆집은 골조뿐이었고 그 너머는 기초공사, 맨 가장자리는 늪인 그곳에 해 질 녘의 잔광을 받은 집 세 채의 환영이 하늘거리며 신기루처럼 꿈틀거렸다.

이윽고 첫 번째 집이 부글부글 늪 속으로 가라앉았고, 두 번째 집이 활활 불타오르다 무너졌고, 세 번째 집이 삭아서 빠지직빠지직 부서져 내렸다. 그렇게 눈 깜짝할 사이에 집의 환영이 사라졌다.

정신을 차리고 보니 쇼타는 완전히 해가 진 뒤의 어둠 속에서 원래 모습으로 돌아온 자기 집 앞에 멍하니 서 있었다.

"다녀왔습니다."

어떻게 집에 들어갈까 망설였지만, 현관문을 열자 저절로 목소리가 나왔다.

"오빠! 어디 갔다 이제 왔어! 벌써 저녁 먹을 시간인데!"

이내 모모미가 맞아주었고, 쇼타는 거실로 들어갔다.

"어서 오렴. 아슬아슬했구나."

평소보다 훨씬 일찍 귀가한 아버지를 보고 쇼타는 조금 놀랐다. 하지만 생글생글 미소 짓는 할머니를 보는 순간 바로 이유를 알았다.

"갑자기 밖에 나가길래 이 할미가 깜짝 놀랐다. 새 친구네 집에 갔다 왔니?"

"어머, 나카미나미 군을 부르러 간 거 아니었니? 엄마는 그런 줄 알았는데."

어머니는 부엌과 식당을 왔다 갔다 하며 저녁 준비를 하고 있었다. 사쿠라코가 웬일로 어머니를 거들었다.

"반찬은 넉넉히 만들었으니까 그 애를 초대해도 괜찮아."

쇼타는 망설였다. 물론 코헤이가 같이 있으면 든든할 것이다. 하지만 코헤이가 휘말리게 된다. 그 녀석은 자기 몸을 돌보지 않고 그 폐허 저택에 침입해서 이 일기를 가지고 왔다. 그것만으로 충분했다.

"다음에 그럴게요. 일단 손부터 씻고 올게요."

일기를 보여주면서 이야기하는 건 모모미가 자고 난 뒤에 해야 할 것이다. 혼자만 빼놓고 이야기하면 여동생이 가만히 있지 않을 것이 뻔했다. 그렇다고 그 애한테 이 이야기를 들려줄 수도 없었다.

쇼타는 세면실에서 손을 씻고 일단 2층 자기 방으로 가서 일기와 불꽃놀이 세트를 책상 위에 놓고 거실로 돌아왔다.

저녁 식사는 할머니의 환영회였다. 요리는 어느 것이나 호화로웠고 아주 화기애애한 분위기 속에서 저녁을 먹었다. 모두, 아니, 쇼타를 제외한 모든 가족들은 얘기도 많이 하고 많이 웃었다. 하지만 모모미 말고는 모두 쇼타의 눈치가 심상치 않음을 깨달았다. 다만 그것을 걱정한 사람은 할머니뿐이었다. 왜냐하면 아버지와 어머니는 아들의 고민이 무엇인지 이미 알고 있었고, 사쿠라코는 남동생의 말이나 행동이 이상하다는 것을 전부터 눈치채고 있었기 때문이다.

"쇼타야, 왜 그러니? 어쩨 기운이 없어 보이는구나."

결국 할머니가 한마디 했다.

"새 친구하고 밖에서 너무 오래 놀다가 지친 거예요."

곧바로 어머니가 자연스럽게 얼버무리자 아버지도 거들었다.

"너무 놀다 보면 힘이 쏙 빠져서 밥이 잘 안 먹힐 때도 있고 그러잖아요."

그런 부모님의 반응을 보고 사쿠라코는 마치 진위를 확인하려는 듯 세 사람의 눈치를 살폈다.

"그래. 할미도 그 친구를 한번 봐야겠구나."

할머니는 어머니의 말을 곧이곧대로 받아들였는지 아니면 식탁 분위기에서 뭔가를 알아차렸는지, 그렇게 말하더니 화제를 바꿨다.

후식으로 과일을 먹는 동안에도 담소는 끊이지 않았다. 평소보다 몇 배는 더 길게 저녁 식사가 이어졌다.

"모모, 할머니하고 같이 목욕하렴."

어머니의 말이 할머니 환영회를 끝내는 신호가 되었다. 아버지는 거실로 갔고, 어머니와 사쿠라코는 그릇을 부엌으로 옮겼다.

쇼타는 크게 심호흡을 하고 식당에서 양쪽을 번갈아 보며 말했다.

"아빠, 엄마…… 그리고 누나, 할머니가 목욕하고 나오시고 모모를 재운 뒤에 할 얘기가 있어요."

아버지는 소파에서 돌아보았고, 어머니는 부엌에서 얼굴을 내밀었다. 그리고 누나는 그릇을 옮기다가 멈춰 섰다.

잠시 침묵이 흘렀다.

"알았다. 여기서 이야기를 들을 테니 안심해."

아버지가 대답했다. 사쿠라코는 뭔가 묻는 듯한 눈빛으로 쳐다보았지만, 월요일에 남동생과 이야기한 것을 떠올렸는지 아무 말도 하지 않고 부엌으로 가버렸다.

목욕을 하고 나온 모모미는 곧바로 자려고 하지 않았다. 할머니가 왔으니 좀 더 있다가 자겠다고 떼를 썼다.

"오빠도 언니도 아직 깨어 있는데 모모 혼자 자는 건 싫어!"

결국 할머니가 같이 자자고 하자 겨우 다다미방으로 들어갔다.

쇼타는 마음이 편치 않았다. 이 집에서 다다미방이 유일하게 사람 형체가 나타난 방이었기 때문이다. 그러나 지금은 어쨌든 소녀의 일기를 모두에게 보여줄 필요가 있었다. 이 집이 얼마나 무서운 곳인지 알면 할머니도 다다미방에서 자려고 하지 않을 것이다. 아니, 아버지가 곧바로 모든 가족을 이 집에서 내보낼지도 모른다.

시간이 조금 흐른 뒤 할머니가 다다미방에서 나왔다. 거실에 아버지와 어머니, 사쿠라코가 모였다. 드디어 시작이라며 쇼타가 긴장하고 있을 때였다.

"쇼타, 목욕부터 하고 오렴."

어머니가 당연하다는 듯 말했다. 그러자 쇼타는 저도 모르게 맥이 빠졌다.

"저기, 지금은……."

"땀을 많이 흘렸잖니. 욕조에 들어가서 개운하게 씻고 오렴."

어머니의 얼굴을 보는 순간, 반항해봤자 소용없다는 생각에 쇼타는 포기했다.

그런데 욕조에 몸을 담그고 있으니 몸과 마음의 긴장이 풀렸다. 어쩌면 어머니는 이 효과를 노렸던 것일까? 이제부터 아들이 털어놓아야 할 기묘한 이야기를 앞두고, 조금이라도 편하게 해주고 싶었는지도 모른다. 목욕을 마치고 잠옷으로 갈아입을 때 코헤이가 준 부적을 어떻게 해야 할지 난감했다. 깊이 생각하지 않고 바지 주머니에 넣어두었는데, 토코가 일기에 썼던 것처럼 아무래도 뱀 껍질로 만든 듯했다. 그런 것을 목욕을 하고 난 뒤에 지니고 있으려니 왠지 꺼림칙했다. 하지만 코헤이가 일부러 갖다 주었다고 생각하며 잠옷 가슴 주머니에 넣었다.

쇼타는 2층 자기 방에 가서 토코의 일기를 들고 서둘러 거실로 내려왔다.

아버지, 어머니, 사쿠라코, 할머니가 이미 앉아서 기다리고 있었다. 모두 긴장하고 있음을 알 수 있었다. 아직은 내가 좀 더 평상심에 가까운 것이 아닐까 하고 쇼타는 생각했다. 다만 혼자 잠옷 차림인 것이 얼빠져 보인다는 느낌을 지울 수 없었다. 쓸데없는 것까지 괜히 신경 쓰였다. 역시 긴장되어서 그런지도 모른다.

그러나 어머니의 자상한 재촉에, 더듬더듬하며 어릴 적 체험부터 이야기를 시작할 수 있었다.

이윽고 쇼타의 긴 이야기가 끝나고 이케우치 토코의 일기를 모두 돌려가며 읽고 난 뒤, 거실에 정적이 흘렀다. 답답하고 흉흉한 분위기가 떠돌았다.

"음······. 이 시간에 모두 호텔로 갈 수는 없겠지."

아버지가 먼저 입을 열었다.

이어서 어머니가 말했다.

"오늘 밤은 일단 이 집에서 잘 수밖에 없겠네요."

할머니가 이어서 말했다.

"오늘내일은 그렇다 치고······ 아이들은 여름방학 동안 오카야마에 와 있으면 되지 않을까? 마이코, 너도 애들이랑 같이 오렴. 살 곳이 정해질 때까지 마사유키는 당분간 회사 근처에서 혼자 지내는 게 어떻겠니?"

그렇게 어른들의 이야기가 시작되었다.

"사쿠라코와 쇼타는 그만 들어가 자거라."

잠시 후 아이들에게 할 이야기는 아니라고 깨달았는지, 아버지가 그렇게 말했다.

"이제 걱정 안 해도 되니까 오늘은 그만 자렴."

어머니까지 재촉하자 사쿠라코가 먼저 일어섰다. 어쩔 수 없이 쇼타도 누나의 뒤를 따라 일어나 거실을 나와서 2층으로 올라갔다.

내 역할은 끝난 것이다. 아버지와 어머니, 할머니가 믿었는지 어떤지는 알 수 없지만 적어도 이 집에서 계속 살면 안 된다고 판단한 듯하다.

계단을 올라가 2층 복도에서 누나와 헤어지기 전에 쇼타는 문득 물어보았다.

"내 얘기, 믿어?"

자기 방으로 향하던 사쿠라코는 멈춰 서더니 "이런 건 어른들한테 맡겨"라면서 쇼타를 보지도 않고 얼른 들어가 버렸다.

애초에 자기한테 상담하지 않았다고 화가 난 모양이었다.

누나의 뒷모습을 보면서 쇼타는 생각했다. 사쿠라코는 이사 온 것을 기뻐했다. 그때 밝혔어도 과연 쇼타의 편이 되어주었을까……?

쇼타는 방에 들어가자마자 침대에 누워 머리맡에 있는 스탠드만 켜고 토코의 일기를 다시 읽었다.

이 집에서 이케우치 가족은 결국 채 보름도 살지 않았던 것이 아닐까? 히비노 가족이 이사 올 때까지 3년간 세 가족이 살았다는 이야기를 듣고 거의 1년마다 사람이 바뀌었다고 보고, 세 가족의 평균 체류 기간을 10개월로 잡았다. 하지만 그 반대였는지도 모른다. 즉 빈집이었던 기간이 더 길었던 것이다.

그렇다고 해도…….

일기 마지막에 기록된 '산 윗집에 살면 안 돼! 지금 당장 도망쳐!'라는 흐트러진 글씨를 보면서 쇼타는 생각했다.

이 메시지는 대체 누구에게 쓴 것일까? 자신들 다음으로 이사 올 가족에게? 세 번째로 이 집에 살았던 사람들은 토코의 일기를 보지 못했던 것일까? 아니, 애초에 토코의 일기를 왜 센 할멈이 가지고 있었던 것일까? 토코가 맡긴 것일까?

의문투성이다. 다만 이 일기 덕분에 우리 가족은 무사할 수 있게 되었으니, 이케우치 토코에게 고마워해야 한다.

산 윗집에 살면 안 돼!

모처럼 이사 온 집이지만, 남은 여름방학은 오카야마의 할머니 댁에서 지내게 될 것 같았다.

지금 당장 도망쳐!

우선 내일은 어느 호텔에서 묵게 될까?

어느새 쇼타는 꾸벅꾸벅 졸았다. 스탠드 조명을 꺼야 한다고 생각하면서도 한동안 반쯤 졸고 있는 상태로 계속 있었다.

그러다 본격적으로 졸음이 몰려오기 시작했다. 스르륵 의식이 희미해졌다. 아, 이대로 기분 좋게 잠들고 싶다고 생각하던 그때였다. 침대 곁에 누군가 서 있는 기척을 느꼈다. 반쯤 잠든 눈으로 멍하니 검은 형체를 바라보자, 그것이 가만히 자신을 들여다보고 있었다.

쇼타는 몸을 부르르 떨면서 눈을 번쩍 떴다.

"악……."

쇼타는 저도 모르게 비명을 삼켰다. 그것은 모모미였다.

"뭐, 뭐야……. 간 떨어질 뻔했잖아……."

"오빠……."

"왜? 화장실 가려고?"

그렇게 말하기는 했지만, 모모미가 1층 다다미방에서 할머니와 함께 잠들었다는 사실을 떠올렸다. 화장실에 가고 싶으면 할머니에게 데려다 달라고 했을 것이다. 그런데 왜 2층 자기 방에 온 걸까?

쇼타는 잠이 덜 깬 눈으로 시계를 보고 깜짝 놀랐다. 벌써 새벽 2시가 다 되었다. 하지만 모모미의 다음 말에 쇼타의 잠기운이 싹 달아나 버렸다.

"저기 말이야, 히히노가 와 있어."

"뭐……?"

"히미코도 왔어."

"하, 할머니는……."

모모미는 고개를 젓더니 히히노와 히미코가 거실에 있다고 했다.

"게다가 말이야, 킷코도 왔어."

새로운 이름이었다. 히히노와 히미코와 킷코, 거기에 토코의 여동생 리코가 만난 도도츠기와 도도와 히히코를 더하면 딱 여섯 명이었다. 모모미가 말한 기묘한 존재들의 수와 딱 들어맞았다.

하지만 왜 리코에게는 도도츠기와 도도와 히히코 셋만 나타나고, 모모미에게는 히히노와 히미코와 킷코 셋만 나타난 것일까? 어째서 각각 절반만 나타난 것일까?

아니, 그보다 지금 녀석들이 거실에 있다!

"오빠도 만날 수 있을까?"

모모미가 고개를 끄덕였다.

쇼타는 침대에서 내려와 일기를 책상 위에 놓고 여동생의 손을 끌면서 복도로 나갔다. 아버지와 어머니, 혹은 사쿠라코를 깨울까 싶었지만 그사이 녀석들이 사라져버릴까 봐 마음을 단단히 먹고 서둘러 1층으로 향했다.

"모모, 추워……."

계단을 내려가려고 할 즈음 모모미가 잠옷을 잡아당겼다. 여름이라고는 해도 산속이라 공기가 찼다. 쇼타는 잠옷을 벗어서 여동생에게 걸쳐주었다.

어두운 계단을 조심조심 내려간 쇼타는 현관 쪽 복도를 걸어가서 식당으로 들어갔다. 집 밖에 켜진 외등의 흐릿한 불빛이 창 너머 거실에 비쳐 들었다. 마치 해가 지기 직전처럼 어두컴컴했다.

참으로 기분 나쁜 공간 속에…… **그것**이 있었다.

흐릿한 광원을 등지고 흐릿하게 떠오른 사람의 형체가 멀거니 서 있었다.

모모미를 맞잡은 손에 저절로 힘이 들어갔다. 쇼타는 한 걸음씩 천천히 다가갔다. 식당과 거실의 경계에서 쇼타가 한 걸음만 내디디면 상대의 모습이 보일 것이다. 그때였다.

"처음 뵙겠습니다. 히히노입니다."

그것이 입을 열었다.

쇼타의 눈앞에 서 있는 것은 아버지였다.

21장 이변

"아, 아, 아빠……?"

쇼타가 영문을 모른 채 당황하고 있는데, 뒤에서 다른 목소리가 들렸다.

"처음 뵙겠습니다. 히미코입니다."

깜짝 놀라 뒤돌아보니 부엌의 어둠 속에서 어머니가 나타났다.

"어, 엄마……."

이어서 다다미방의 장지문이 열리는 소리가 나더니 복도에서 목소리가 들렸다.

"처음 뵙겠습니다. 킷코입니다. 여자애예요."

"누나……."

사쿠라코가 복도 쪽 문을 열고 거실의 경계에 서 있었다.

"모모, 이거 어떻게 된 거야?"

쇼타의 절박한 목소리와는 대조적으로, 몹시 졸린 듯 모모미가 늘어지는 목소리로 대답했다.

"그러니까, 아빠 안에 살고 있는 다른 사람이, 히히노야……. 이 집이 마음에 들어서 나왔대……."

"엄마 쪽 히미코와 누나 쪽 킷코도 그런 거야?"

"히미코가 나온 건 좀 더 나중이야……. 킷코는 말이지, 방금 전에……."

그때 문득 쇼타는 어떤 사실을 깨달았다.

모모미가 히히노를 만났다고 이야기한 날은 일요일인 20일 밤이었다. 그다음에 온 것은 토요일인 26일 밤이라고 했다. 즉 둘 다 쉬는 날이어서 어두워지기 시작할 무렵 - 아직 모모미가 잠들기 전에—아버지가 집에 있던 날이었다.

잠깐…….

토코의 동생 리코가 도도츠기를 만난 것은 8월 5일 토요일 밤이었다. 그렇다면 도도츠기의 정체도 토코의 아버지란 말인가?

히히노는 산에 살고 있다고 했고, 도도츠기는 집에 살고 있다고 했다. 확실히 양쪽 다 거짓말은 아니다…….

쇼타는 머릿속이 혼란스러웠다. 모모미는 아버지와 어머니의 놀이라고 생각하는 듯했지만 절대 그런 것이 아니었다.

"모모, 이쪽으로 오렴."

아버지, 아니, 히히노가 그렇게 불렀다.

"……."

하지만 모모미는 거의 선 채로 잠든 상태여서 전혀 들리지 않는 듯했다.

"모모, 얼른 이쪽으로."

히히노의 말투가 조금 변했다.

쇼타는 여동생의 손을 고쳐 쥐고 천천히 뒤로 물러서기 시작했다. 하지만 등 뒤에서 히미코가 다가오고 있었다.

"모모, 이리 와."

히히노가 조금 험악한 목소리로 말했다. 그리고 뒤에서 히미코의 손이 모모미에게 걸쳐준 쇼타의 잠옷을 움켜쥐었다.

곧바로 쇼타는 모모미를 팔로 감싸고 복도로 데리고 나오려고 했다. 히미코는 잠옷을 움켜쥔 손을 놓으려고 하지 않았다. 꾹꾹 잡아당기는 바람에 거의 반쯤 벗겨졌다.

설마……?

그때 쇼타는 히미코가 무엇을 노리는지 알 것 같았다. 히미코가 노리는 것은 모모미가 아니라 쇼타의 잠옷, 정확히 말해 그 가슴 주머니에 들어 있는 부적이 아닐까?

쇼타는 얼른 주머니에 손을 넣어 부적을 꺼냈다. 그러자마자 히미코가 잡고 있던 잠옷을 놓았다.

모모미가 춥다고 한 것도, 분명 히히노가 부추긴 말이었을 것이다. 여동생을 아끼는 쇼타가 잠옷을 벗어서 걸쳐줄 거라고 예상했음이 틀림없었다. 그렇다면 어젯밤에 조금 부자연스럽게 목욕을 하라고 했던 것도 쇼타의 몸에서 부적을 떼어놓기 위해서였을까? 목욕하는 동안 숨기지 않았던 것은 쓸데없는 경계심을 품지 않게 하려고 그랬는지도 모른다.

복도로 나가자 현관 쪽에서 킷코가 다가왔다. 히히노는 거실을 지나 이미 식당에 들어와 있었다.

뒷문으로 도망칠 수밖에 없어.

쇼타는 모모미를 품에 안는 듯한 자세로 복도 안쪽으로 나아갔다. 바깥으로 나가서 자전거를 탈까 생각했지만 산악자전거는 둘이 같이 탈 수 없었다.

뛸 수밖에 없겠다.

하지만 반쯤 졸고 있는 모모미를 데리고 과연 어디까지 도망칠 수 있을까?

집에서 탈출하기도 전에 절망적인 기분에 사로잡혔을 때였다. 뒷문으로 이어지는 복도 구석에서, 천천히 사람의 형체가 나타났다.

"처음 뵙겠습니다. 타타에입니다."

그것은 할머니였다. 게다가 할머니 뒤에는 부엌 쪽에서 돌아 들어온 듯한 히미코가 있었다.

하지만 쇼타는 할머니의 기묘한 이름을 듣는 순간, "앗!" 하고 소리 지르고 말았다. 그제야 기묘한 이름들의 비밀을 알아차렸기 때문이다.

오카야마의 할머니 이름은 타에, 한자로 '多江'라고 쓴다. 이 한자를 분해하면 '夕'와 '夕', 삼수변(氵)과 'エ'가 된다. 여기서 발음이 따로 없는 삼수변을 빼고 읽으면 '夕夕エ', 즉 '타타에'가 된다.

아버지 마사유키(昌之)는, '日', '日', '之'니까 발음대로 읽으면 '히히노'.

어머니 마이코(昧子)는 '日', '未', '子'니까 발음대로 읽으면 '히미코'.

누나 사쿠라코(桜子)는 '木', 'ツ', '女', '子'에서 '女'를 빼고 '킷코'라고 읽고, 뒤에 '여자애(女)'라는 말을 붙였다.

쇼타는 토코 가족의 이름을 떠올려보았다.

토코의 아버지 케이지(圭次)는 '土', '土', '次'니까 발음대로 읽으면 '도도츠기'.

어머니 마사코(昌子)는 '日', '日', '子'니까 발음대로 읽으면 '히히코'.

오빠 케이이치(圭一)는 '土', '土', 'ー'인데, 'ー'는 장음 표기로 보고 '도도'.

물론 왜 그런 식으로 부르는지는 전혀 알 수 없었다. 가족에게 다른 인격이 들어간 것은 틀림없이 도도 산 때문일 것이다. 뱀신의 영향이 틀림없었다. 그 과정에서 각각의 이상한 이름이 탄생했는지도 모른다.

토코의 여동생이 "언니는 아직이야?"라고 말했던 것은 도도츠기가 언니의 방에 아직 나타나지 않았느냐고 물은 것이 아니라 '언니의 다른 인격은 아직 나오지 않았는가'라는 의미였던 것이다.

쇼타는 모모미를 왼팔로 안고서 서서히 계단 쪽으로 뒷걸음질치기 시작했다. 앞에서는 타타에와 히미코, 오른편에서는 히히노와 킷코가 천천히 다가왔다.

계단 아래로 몰리자, 어쩔 수 없이 뒷걸음질로 계단을 올라가기 시작했다. 2층에 올라가 버리면 더 이상 이 집에서 도망칠 수 없다. 하지만 반쯤 잠들어 있는 여동생을 데리고 이 자리를 돌파하기는 불가능했다. 현관이든 뒷문이든, 저들을 뚫고 도달할 수 없었다.

놈들은 히히노, 킷코, 타타에, 히미코의 순서로 계단을 올라오기 시작했다. 층계참에서 붙잡힐 것 같았다.

"아빠! 저예요, 쇼타!"

열심히 불러보았지만 아빠는 무표정한 히히노의 얼굴로 계단을 하나씩 올라올 뿐 아무런 반응도 보이지 않았다.

곧바로 쇼타는 오카야마의 할머니 집에서 봤던 시대극의 한 장면처럼, 부적을 쥔 오른손을 앞으로 불쑥 내뻗었다. 그 순간 히히노가 살짝 뒤로 물러나는 것 같았다. 그러나 그것도 오래가지 않았다. 아무래도 자기 몸을 지키는 정도일 뿐, 놈들을 격퇴할 만한 효력은 없는 듯했다.

쇼타는 두 팔로 모모미를 고쳐 안고 남은 절반의 계단을 필사적으로 올라갔다. 단숨에 달려 올라가고 싶었지만 역시 여동생을 안은 상태로는 어려웠다. 놈들의 걸음이 좀비처럼 느린 것이 유일한 위안이었다.

쇼타는 간신히 계단을 다 올라갔다. 베란다를 통해 도망칠까도 생각했지만 뛰어내릴 수는 없었다. 게다가 복도 문은 잠글 수 없는 데다, 사쿠라코의 방을 통해 베란다로 나올 수 있었다. 누나의 방이든 부모님의 침실이든 한번 들어가면 독 안에 든 쥐가 되고 만다. 그래서 쇼타는 자기 방으로 도망쳤다. 같은 상황에 처할 거라면 조금이라도 친숙한 장소가 나았다.

곧장 방문을 걸어 잠그고, 일단 모모미를 침대에 눕혔다.

철컥철컥……

문손잡이를 돌리는 소리가 들렸다.

똑똑……

이어서 노크 소리가 들렸다.

쇼타가 숨죽이고 가만히 있으니 아버지의 목소리가 들렸다.

"쇼타, 아빠다."

늘 듣던, 평소의 아버지 목소리였다.

"잠깐 얘기 좀 할 수 있겠니? 오늘 밤에 했던 얘기에 관해 듣고 싶은 게 있는데 말이야."

역시 평소의 아버지 목소리였다.

"어, 어떤 거요?"

"그래, 할 얘기가 좀 있으니 문 좀 열어보렴."

"여, 여기서 들을게요."

"야, 인마. 문을 사이에 두고 얘기하자는 거야?"

"똑똑히 잘 들리니까 괜찮아요."

"그런 문제가 아니잖아. 아니, 조금 복잡한 이야기라서 말이야. 얼굴을 마주 보고 이야기해야······."

"······."

"쇼타? 듣고 있니?"

"······."

"쇼타! 문 열어!"

"쇼타, 무슨 일이니?"

어머니, 아니, 히미코의 목소리가 들렸다.

"누나하고 할머니도 여기 있단다."

"······."

"자, **너도 이쪽으로 오렴**."

그 말을 듣는 순간 온몸에 소름이 돋았다. 그와 동시에 모모미가 말했던 '모두 여섯 명'이란 말의 의미를 알았다.

나하고 모모까지 포함해서 여섯 명이구나······.

그러니까 쇼타와 모모도 히히노처럼 된다, 아니, 되어버린다는 것이다.

어쩌면 욕실에 들어가기 전에는 누나와 할머니가 아직 킷코나 타타에가 되지 않았을지도 모른다······.

쇼타가 목욕하는 사이 사쿠라코는 부엌에서 히미코에 의해, 할머니는 다다미방에서 히히노에 의해 각각 감화된 것이 아닐까?

쿵쿵!

밖에서 문을 두드리기 시작했다.

쿵쿵! 쿵쿵!

저렇게 문을 계속 두들겨대면 언젠가 문이 부서져버릴지도 모른다.

쇼타는 모모미를 안아 일으켜서 의자에 앉히고, 침대를 문 앞까지 밀었다. 다행히 안쪽으로 열리는 문이었다. 이것으로 조금은 열기 힘들어졌을 것이다.

쿵쿵! 쿵쿵! 쿵쿵!

그러나 침대가 막고 있는 것은 문 아래쪽이었다. 위쪽에 구멍이 뚫리면 그곳으로 팔을 집어넣어 문을 열지도 모른다. 그러고 나서 문을 계속 밀면, 히히노의 힘으로 침대를 움직이는 것도 어렵지 않을 것이다.

쇼타는 서둘러 방 안을 둘러보았다. 곧바로 책상이 눈에 들어왔지만, 혼자서는 도저히 침대 위까지 옮길 수 없을 것 같았다. 옷장이나 책장도 마찬가지였다. 그 밖에는 문을 막을 수 있는 것이 아무것도 없었다.

쿵쿵쿵! 쿵쿵쿵!

문 두드리는 소리가 점점 더 격해졌다. 히히노뿐만 아니라 모두 같이 두들기고 있는 것 같았다. 아니, 이미 사람의 손으로 두들기고 있다고 생각되지 않는, 뭐라고 말할 수 없는 기분 나쁜 소리가 울려 퍼지고 있었다.

놈들이 들어오면 끝장이다.

쇼타와 모모미도 같은 존재가 되어버린다. 그 순간 히비노 가족은 전혀 다른 가족으로 변한다.

쇼타는 다시 한번 방 안을 둘러보았다. 바리케이드가 될 만한 것이 정말로 아무것도 없는지 필사적으로 방 안을 살펴보았다. 책상, 서랍장, 책장…… 어느 것도 안 된다.

맞아, 책이 있었지!

쇼타는 책장 앞으로 가서, 가지런히 꽂힌 책들을 전부 꺼내 책장을 싹 비웠다. 빈 책장을 어깨에 짊어지고, 어떻게든 침대 위에 올린 다음, 책장 뒷면을 문에 딱 붙여놓았다. 그리고 꺼낸 책들을 다시 책장에 꽂기 시작했다.

한 권씩이라면 별것 아니지만, 책장 가득 꽂으면 책도 굉장히 무거워진다. 이사하면서 알게 된 사실이었다.

침대와 책장으로 바리케이드가 완성되었다. 쇼타는 온몸이 땀으로 흠뻑 젖어 옷장에서 수건을 꺼내 닦았다.

이것으로 일단은 괜찮겠지.

우선은 마음이 놓였다. 하지만 이렇게 해서는 도망칠 수 없었다. 기껏해야 오늘 밤을 넘기는 것이 전부였다.

북쪽과 동쪽 창문으로 아래를 살펴보았지만 도저히 내려갈 수 없을 것 같았다. 로프로 쓸 만한 것이 없을까 하고 옷장 속을 전부 뒤져보았다. 하지만 아무것도 없었다. 가령 있다고 해도 무사히 내려갈 수 있을지 알 수 없었다. 게다가 모모미는 어떡하지? 남겨두고 갈 수는 없다.

"시끄러워……."

졸린 목소리에 돌아보니 모모미가 의자에서 일어나 있었다. 문 두드리는 소리에 깬 것 같았다.

"오빠……."

"응. 잠깐 기다려."

그러나 다행히 아직 잠이 완전히 깨지는 않았는지, 지금 어떤 상황인지 거의 모르는 듯했다.

"모모, 의자에 앉아서 책상 쪽으로 머리를……."

그렇게 말하며 쇼타가 다가가려고 할 때였다.

"이거, 뭐야?"

모모미가 책상 위에서 **그것**을 집어 들었다.

"맞다! 불꽃놀이 세트가 있었지!"

모모미가 오른손에 들고 있던 것은 코헤이가 준 불꽃놀이 세트였다. 쇼타는 곧바로 로켓 폭죽 세 개를 전부 꺼내 동쪽 창가로 갔다.

"앗······."

쇼타는 중요한 것을 깨달았다. 성냥이 없었다. 애초에 우리 집에 성냥이 있었던가? 아버지는 담배를 피우지 않는다. 모기향도 전자식이다.

"이래서는 아무 소용없어······."

절망적인 기분에 빠졌을 때였다.

"오빠, 이거······."

모모미가 일회용 라이터를 내밀었다. 아무래도 불꽃놀이 세트 속에 들어 있었던 듯했다. 코헤이가 챙겨 넣었던 것이다.

로켓 폭죽을 남쪽으로 조준하고 불을 붙였다.

피유우우우······.

다음 폭죽에 불을 붙이고, 남쪽 밤하늘을 향해 발사했다.

피유우우우······ 피유우우우······.

코헤이! 알아차려 줘!

그때 갑자기 문 두드리는 소리가 뚝 그쳤다.

코헤이는 비몽사몽간에 삑 하는 소리를 들었다. 주전자 물이 끓었음을 알리는 소리였다.

아, 물이 끓었네……. 불을 꺼야지…….

그렇게 생각하며 코헤이는 눈을 떴다. 그런데 불에 주전자를 올려놓은 기억이 없었다.

꿈이었나…….

코헤이는 다시 꾸벅꾸벅 졸다가 벌떡 일어났다. 지금 들은 게 로켓 폭죽 소리 아니었나?

코헤이는 잠들지 않으려고 애쓰면서 안방 창가에 앉아 있었다. 그러나 밤 12시가 지나자 몇 번이나 꾸벅꾸벅 졸다가 어느새 잠들어 버렸다.

창문은 열어두었지만 남향이었다. 그리고 산 윗집은 타츠미 빌라의 북쪽에 있었다. 어쩌면 로켓 폭죽 소리가 들리지 않을지도 모른다. 코헤이는 그것을 염려해서 계속 자지 않고 있을 생각이었다.

지금 그것은 확실히……?

아니, 잘 모르겠는데…….

가만히 귀를 기울이면서 코헤이가 망설였다.

그렇다면 쇼타, 하나만이라도 좋으니 하나 더 터뜨려봐.

그렇게 간절히 바라면서 코헤이는 창밖에서 나는 소리에 귀를 기울였다.

문 두드리는 소리가 뚝 멈추자 저도 모르게 쇼타의 움직임도 멈췄다. 어쩌면 로켓 폭죽 소리에 놈들이 깜짝 놀랐는지 모른다.

소리 내지 말라고 주의를 주려고 돌아보니 모모미가 책상에 엎드려 자고 있었다. 쇼타는 그대로 아침까지 깨지 말았으면 하고 간절히 바랐다.

아침까지……

물론 날이 밝았다고 해서 이 악몽이 호전되리라는 보장은 없었다. 아버지와 어머니, 누나와 할머니까지 모두 원래대로 돌아오고, 온 가족이 도도 산에서 도망치려면 대체 어떻게 해야 할까?

센 할멈이라면 알고 있을지도……?

그러나 제대로 이야기할 수 있을 것 같지 않았다. 과연 평소에 제정신이 돌아오는 시간이 얼마나 될까?

칸다라는 점쟁이는?

하지만 코헤이가 그리 신뢰하지 않는 듯했다. 게다가 칸다도 코헤이 어머니의 상담에 응한 뒤로 어쩐지 이 마을에 거리를 두고 있는 느낌이었다.

누구에게 도움을 청하든 우선 이 집에서 도망쳐야 한다.

쇼타는 살금살금 문 앞으로 다가가서 복도의 상황을 살피려고 했다. 하지만 책장 때문에 문에 귀를 대어볼 수 없었다. 할 수 없이 조용히 침대 위로 올라가서 책장 너머로 가만히 귀를 기울여보았다.

2층 복도는 아주 고요했다. 조금 전까지 문 너머에서 나던, 놈들이 우글거리는 기척이 사라졌다.

책장만 치워볼까……?

한순간 그런 생각이 들었지만, 놈들이 문 앞을 떠났는지 알 수 없었다. 문 너머에서 숨을 죽이고 이쪽의 동향을 살피고 있을지도 모른다.

하지만 놈들이 움직임을 멈춘 지금이 기회인 것은 틀림없었다.

코헤이! 얼른 와줘!

역시 잘못 들었나……?

남쪽 창가에 조용히 앉아 있던 코헤이는 일어서서 기지개를 켰다.

어머니는 날이 밝은 뒤에나 집에 돌아올 것이다. 그때까지 조금은 자두는 편이 좋다. 하지만 쇼타가 몹시 신경 쓰였다.

산 윗집에 가볼까?

그러나 한밤중에 저 언덕길을 올라갈 생각을 하니 등골이 오싹했다. 로켓 폭죽 신호가 울렸다면 아무 망설임 없이 쇼타네 가족이 사는 집으로 달려갈 것이다. 하지만 일부러 살피러 가는 것은 또 다르다. 밤에 산속으로 들어간다는 것을 의식하지 않을 수 없었다. 코헤이는 좀처럼 결단을 내릴 수 없었다. 그러자 두려움과 한심함에 뭐라고 말할 수 없는 기분이었다.

 귀를 기울여보니 아래층에서 돌아다니는 기척이 들렸다. 놈들이 틀림없었다. 역시 1층에 내려갔던 것이다. 우선은 마음이 놓였다.
 이 틈을 타서 어떻게든 해야 하는데…….
 마음이 초조했지만 무엇을 해야 좋을지 알 수 없었다. 아니, 손쓸 방법이 도무지 없었다.
 이윽고 망연자실한 쇼타의 귀에 오싹한 소리가 들려왔다.
 놈들이 계단을 올라오는 발소리였다.

 어느새 코헤이는 창가에서 꾸벅꾸벅 졸고 있었다. 물론 잠을 잘 생각은 없었다. 옷도 갈아입지 않았다. 하지만 수마를 이기는 것은 누구에게나 불가능한 일이었다. 하물며 코헤이는 아직 아이였다. 이미 한계를 넘어서고 있었다.
 코헤이의 머리가 아래로 축 쳐지고, 끝내 옆으로 기울어지더니 깊고 깊은 잠에 빠져들었다.

 쿵쿵, 우지직! 쿵쿵, 우지직!
 문 너머에서 무시무시한 소리가 들리기 시작했다. 끌이나 쇠망치 같은 것으로 문을 부수는 소리였다.

놈들은 로켓 폭죽 소리에 놀라 잠잠해진 것이 아니었다. 오히려 자극했는지 모른다. 때아닌 한밤중의 불꽃놀이를 수상하게 여기고 누군가 여기 오기 전에, 두 사람을 얼른 동료로 만들어 버려야겠다고 말이다.

쇼타는 옷장에서 얇은 이불을 꺼내 방구석에 깔았다. 그리고 의자에서 잠든 모모미를 낑낑거리며 안아서 그 위에 눕혔다.

그리고 몇 번 심호흡을 하고 마음을 가라앉힌 다음 혼신의 힘을 다해 책상을 침대 옆으로 밀기 시작했다.

바리케이드를 보강하는 것 말고는 지금 쇼타가 할 수 있는 일이 없었다.

어……? 방금 무슨 소리가 들린 것 같은데…….

코헤이가 잠이 덜 깬 눈을 뜨자, 연립주택 남쪽에 펼쳐진 논에서 개구리 울음소리가 시끄럽게 들려왔다.

개구리……?

아니, 그게 아니었다.

펑! 파파파팡!

코헤이는 벌떡 일어나 창밖을 살펴보았다.

"불꽃놀이의 불꽃이다! 로켓 폭죽이 아니라……."

한순간 대체 무슨 일인지 영문을 알 수 없었지만 코헤이는 곧바로 일어나 현관으로 달려갔다.

로켓 폭죽이 아니라 하늘에서 터져 흩어지는 보통의 불꽃까지 쐈다는 것은, 아무리 생각해도 긴급사태가 틀림없었다.

문을 열려고 하던 코헤이는 다급히 안방으로 돌아가 서랍에서 금속 배트를 꺼냈다. 어머니가 선물이라며 가져온 것이었다. 물론 손님에게 받은 것이겠지.

코헤이는 오른손에 배트를 들고, 다시 현관으로 달려가서 문을 열고 뛰어나가다 곧바로 멈춰 섰다.

계단 앞에 사람의 형체가 서 있었다.

코즈키 키미였다.

쇼타는 불꽃의 도화선에 연달아 불을 붙였다.

손에 들고 있기가 무서웠지만, 팔을 최대한 창밖으로 쭉 내밀고 어떻게든 참았다.

펑! 파파파방!

불꽃이 터지는 폭음에 섞여서 문을 부수는 소리가 쾅쾅 울려 퍼졌다.

코헤이, 제발 알아차려 줘!

그렇게 기도하면서 쇼타는 불꽃을 하나씩 쏘아 올렸다. 하지만 불꽃놀이 세트에는 커다란 불꽃 역시 세 개밖에 들어 있지 않았다. 나머지는 신호로 쓸 수 없는 조그만 것들이었다.

그래도 이 정도면 마을 사람들도 잠에서 깰 테니…….

거기까지 생각하다가 쓸데없는 기대는 하지 않는 편이 좋다며 고개를 저었다. 가령 산 윗집에서 뭔가 괴이한 일이 일어났다는 사실을 알아차린다고 해도, 그냥 내버려둘 것이다. 괜히 긁어 부스럼 만들지 않겠다는 생각으로 말이다.

우지직! 우지직!

세 번째 불꽃을 쏘아 올렸을 때, 한층 커다란 소리가 문 쪽에서 울려 퍼졌다.

한동안 쥐 죽은 듯 고요했다. 아니, 부스럭거리는 소리가 들렸다. 그러다 찰칵 하는 작은 소리가 귓가에 닿았다.

문의 자물쇠가 풀리는 소리였다.

코즈키 키미가 천천히 앞으로 다가왔다.

곧바로 코헤이가 뒤로 물러서자 그대로 척척 다가왔다.

코헤이는 저도 모르게 금속 배트를 치켜들었지만, 키미가 아랑곳하지 않고 계속 밀고 들어오자 더더욱 뒤로 물러나고 말았다.

키미가 계속 다가왔다. 코헤이는 슬금슬금 물러났다.

어느새 코헤이는 2층 복도 안쪽 206호 앞까지 밀려갔다.

덜컥덜컥……쿵! 덜컥덜컥……쿵!

문이 책장과 침대를 밀어붙이는 소리가 계속 울려 퍼졌다.

"오빠……."

잠에서 깬 모모미가 울기 시작했다.

"엄마는……? 아빠는……?"

"응……."

"언니는……? 할머니는……?"

"응……."

"오빠, 나 무서워……."

뒤돌아보니 이미 복도 벽까지 얼마 남지 않았다. 이대로 벽까지 몰리면 영락없이 저 여자에게 붙잡히고 말 터였다.

그럼 어떻게 되는 걸까……?

생각만으로도 코헤이는 공포에 몸서리쳤다. 저 여자에게 깔려 있던 쇼타의 모습이 선명하게 떠올랐다.

벽까지 밀리면 제대로 움직일 수 없게 돼. 그러면 끝장이야.

한순간에 결심을 굳힌 코헤이는 금속 배트를 창처럼 내찌르는 자세로 코즈키 키미를 향해 돌격했다.

침대와 책장과 책상의 바리케이드는 역시나 튼튼했다. 하지만 조금씩 움직이고 있는 것도 사실이었다. 히히노가, 아니, 그보다 홀쭉한 킷코가 문틈을 비집고 들어오는 것은 시간문제였다.

쇼타는 끌어안고 있던 모모미를 떼어놓고—모모미가 떨어지지 않으려고 했지만—옷장을 침대 쪽으로 밀어붙이기 시작했다.

책상 뒤에 놓기만 해서는 그다지 효과가 없을 것 같았다. 침대 위에 올려놓는 것이 가장 좋겠지만 혼자서는 할 수 없었다. 그래서 침대 위에 어떻게든 쓰러뜨려 놓을 생각이었다.

쿵! 쿵! 쿵!

문이 꽤 열렸다는 것을 책장이나 침대에 닿는 소리로 알 수 있었다. 이미 한시를 다투는 상황이었다.

쇼타가 사력을 다해 옷장을 밀고 있는 것을 보고 모모미도 거들기 시작했다. 심상치 않은 기색을 눈치채고 오빠를 돕고 싶다고 생각한 것이다.

물론 모모미의 힘으로는 옷장을 1밀리미터도 움직이지 못한다. 그러나 여동생의 마음만은 생생히 전해졌다. 그것이 쇼타에게 큰 힘을 주었다. 옷장이 단숨에 움직이기 시작했고 곧바로 침대 옆까지 옮겼다.

하지만 안도하는 것도 잠시였다.

꽝!

한층 커다란 소리가 나면서 문틈으로 팔 하나가 쑥 들어왔다.

금속 배트 끝이 키미의 가슴을 찌르고, 상대가 비틀거리는 틈에 코헤이는 그녀 옆으로 빠져나갔다. 하지만 왼팔이 붙들리고 말았다.

축축하면서도 싸늘하고 어딘가 까칠까칠한 감촉이 마치 뱀비늘 같아서 온몸에 소름이 돋았다.

"이거 놔!"

하지만 그 혐오감이 오히려 코헤이를 구했다. 너무나 기분이 나빠서 정신없이 왼팔을 마구 휘두르다 보니 어느새 키미의 손아귀에서 주르륵 풀려날 수 있었던 것이다.

그 바람에 두 사람 모두 복도에 쓰러졌다.

두 팔을 짚고 일어서려는 코헤이의 뒤에서 스륵스륵 소리가 났다. 돌아보니 키미가 온몸을 좌우로 구불거리며 다가오고 있었다.

코헤이는 얼른 일어나 달리기 시작했다. 탁탁탁 복도를 달리는 코헤이의 메마른 발소리를 따라, 스륵스륵 바닥을 기는 키미의 점착 물질 소리가 믿기지 않는 속도로 다가왔다.

안 돼! 이러다 잡히겠어!

계단에 막 도달했을 때, 코헤이는 등 뒤로 그것이 벌떡 일어나 자기를 향해 뛰어오는 기척을 느꼈다.

"모모, 오빠가 옷장을 들 테니까, 그 밑에 책을 넣어줘."

쇼타는 침대 위에서 옷장의 윗부분을 자기 쪽으로 기울이려고 했다. 단숨에 넘어뜨리면 좋겠지만 쉽지 않았다. 우선 조금씩 기울여서 바닥과 옷장 사이에 뭔가를 끼워 넣고, 그것을 몇 번 반복한 다음 적당한 상태가 되면 지레의 원리를 이용해 쓰러뜨릴 생각이었다.

다행히 쇼타의 방에는 마룻바닥을 청소하는 핸드클리너—대걸레 같은 봉 형태의 청소 도구—가 있었다. 그것을 옷장과 방바닥 사이에 밀어 넣고 옷장을 침대 쪽으로 쓰러뜨렸다. 쇼타가 즉석에서 고안해낸 방법이었다.

이렇게 해서 쇼타는 책이 가득 들어찬 책장과 옷장이 얹힌 침대, 그리고 책상으로 문 앞에 바리케이드를 쳤다.

"이걸로 우선 걱정 없어."

모모미를 안심시키려고 쇼타는 그렇게 말했다.

"괜찮을 리가 있겠니?"

그 즉시 문틈으로 히히노의 목소리가 들려왔다.

"맞아, 쇼타. 그런 곳에 틀어박혀 있으면 안 돼."

이어서 히미코의 목소리가 들렸다.

"얼른 이리 나와."

킷코가 말했다.

"모모, 할미가 있는 곳으로 나오려무나."

타타에가 모모를 불렀다.

"모두 한가족이잖아. 자······."

히히노의 오른손이 문틈에서 뻗어 나와 흔들거렸다. 계속해서 손짓으로 이리 오라고 불렀다.

"이, 이제 곧 코헤이가, 친구가 올 거예요. 그러면 도, 도움을 청하러 갈 수 있다고요······."

그렇게 말한 순간, 오른손이 다시 문틈으로 쑥 사라졌다.

계단을 내려가기 직전, 코헤이는 난간 기둥을 잡고 계단 위로 뛰어올랐다.

코헤이의 몸이 몇 초간 공중에 붕 떴다. 허공을 날아 오른 순간 위장 부위가 지끈거리고 온몸의 털이 곤두섰다. 물론 그대로 있다가는 땅바닥으로 떨어지고 말 것이다. 하지만 코헤이는 기둥을 축으로 빙글 한 바퀴 돌았다. 일단 난간 밖으로 몸을 던졌다가, 다시 2층 복도로 돌아온 것이다.

그와 동시에 무시무시한 소리가 주위에 울려 퍼졌다. 코즈키 키미가 계단에서 굴러떨어지는 소리였다. 코헤이가 내려다보니 코즈키 키미가 계단 밑에 쓰러져 있었다. 전혀 움직이지 않았다.

코헤이는 뛰어 내려가려고 했지만 다리가 후들후들 떨렸다. 자칫 2층에서 떨어질 뻔했으니 그럴 만도 했다. 코헤이는 계단을 하나씩 조심스럽게 내려갔다.

마지막 계단에서 키미의 몸을 넘어 땅에 발을 딛는 순간이 가장 무서웠다. 당장이라도 발이 콱 붙들려 자신이 쓰러지는 광경이 머릿속에 어른거렸다.

하지만 그것은 기우였다. 옆에 서 있는데도 키미는 꿈쩍도 하지 않았다.

죽은 건가······.

그런 생각이 드는 순간 코헤이는 또 다른 공포에 휩싸였다. 하지만 지금은 쇼타가 훨씬 걱정되었다.

코헤이는 코즈키 키미에게서 천천히 뒷걸음질쳤다. 그리고 충분히 거리를 두었을 때, 발길을 돌려 재빨리 산 윗집 방향으로 달려갔다.

한쪽 팔이 드나들 정도의 문틈으로 쇼타는 복도를 엿보았다.

불이 꺼져 있어서 제대로 보이지는 않았지만, 아무도 없는 듯했다. 조금 전에 몇 명이 주르르 계단을 내려가는 소리가 확실히 들리기는 했다.

포기한 건가······?

쇼타는 가만히 귀 기울였다.

그러자 아래층에서 이리저리 돌아다니는 소리가 들렸다.

이번에는 대체 뭘 할 생각이지?

언덕길을 뛰어 올라가면서 코헤이는 줄곧 발밑을 보았다. 어둠 속에서 넘어지지 않도록 조심하는 것이기도 했지만, 그보다 산 위쪽을 보기가 무서웠기 때문이다. 보고 싶지 않았던 것이다.

산꼭대기에서 **뭔가**가 손짓으로 자기를 부른다면······, 코헤이는 그것에 저항하면서 산 윗집까지 갈 자신이 없었다.

쇼타는 문틈에 귀를 대고 가만히 아래층의 기색을 살폈다.

그러자 어딘가에서 문 여닫는 소리가 차례차례 들려오기 시작했다. 다다미방 문과 복도 뒷문 소리도 나는 것 같았다.

도대체 뭘 하고 있는 걸까?

놈들이 왜 저런 행동을 하는지 알 수 없어서 몹시 불안했다.

설마 코헤이를 기다렸다가 덮칠 준비를 하는 건 아닌가…….

코헤이가 올 거라고 말해버린 것은 경솔한 짓이었다. 그렇게 쇼타가 후회하고 있는데, 계단을 올라오는 소리가 들려왔다.

언덕길에서 곁길로 들어섰을 때 코헤이는 고개를 들었다. 이제 단숨에 쇼타네 집까지 달려갈 생각이었다.

그런데 쇼타네 집으로 다가갈수록 코헤이의 달리기는 점차 느려졌고, 집을 눈앞에 두고 끝내 멈춰 서고 말았다.

2층으로 올라오는 발소리를 듣고 쇼타는 서둘러 문에서 떨어졌다. 그런데 쇼타의 방으로 오지 않고 복도에서 사쿠라코의 방 쪽으로 걸어갔다.

어, 왜 저러지?

의아하게 여긴 쇼타는 당황하며 얼른 문 앞으로 다가갔다. 그리고 다시 문틈에 귀를 대고 온 신경을 집중해 집 안에서 들리는 소리에 귀를 기울였다.

그때였다.

"쇼타!"

무시무시한 코헤이의 절규가 집 앞에서 울려 퍼졌다.

"쇼타!"

코헤이는 계속 소리쳤다. 소리치지 않을 수 없었다.

경악과 전율과 공포와 비탄에 휩싸인 채 코헤이는 계속 소리쳤다.

"코헤이!"

쇼타는 동쪽 창문으로 몸을 내밀고 집 앞쪽을 향해 소리쳤다.

그런데 코헤이는 자신의 이름을 부르는 것 말고 다른 반응을 보이지 않았다. 쇼타가 부르는 소리가 들리지 않을 리 없는데 말이다.

"코헤이……."

모모미는 방구석에 깔아둔 얇은 담요 위에서 잠들어 있었다. 쇼타는 깨지 않도록 살며시 모모미의 잠옷 가슴 주머니에 부적을 넣어주었다.

이제 쇼타는 고생해서 만든 바리케이드를 무너뜨리기 시작했다. 방 밖으로 나가는 것이 안전할지 어떨지는 알 수 없었다. 하지만 코헤이의 목소리가 심상치 않았다. 빨리 코헤이한테 가는 편이 나을 것이다. 쇼타의 본능이 그렇게 속삭이고 있었다.

어떻게든 지나갈 수 있을 만큼 문을 열고, 쇼타는 복도로 빠져나갔다.

부모님 침실과 사쿠라코의 방, 그리고 계단을 살펴보았다. 방에서 누군가 나오지도, 몇 사람이 계단을 올라오지도 않았다.

그래도 2층 복도에 주의를 기울이면서 천천히 계단을 내려갔다. 층계참에 이르러 이번에는 아래층의 기척을 살폈다.

아무 소리도 안 들려…….

우선 고개만 돌려 계단 밑을 보았다. 그리고 계단을 천천히 내려가 1층 복도에 섰다. 부엌과 현관으로 뻗은 복도를 차례로 확인해보았다.

아무도 없다…….

거실과 식당, 그리고 다다미방에서 누군가 갑자기 튀어나올 경우를 염두에 두면서 조용히 발소리를 죽이고, 그러나 되도록 빨리 현관으로 향했다. 그런데 활짝 열린 거실 문 너머로 말도 안 되는 광경이 눈에 들어왔다.

어머니가 공중에 떠 있었다.

쇼타는 자기도 모르게 발을 멈추고 찬찬히 쳐다보았다. 2층 복도 난간에서 뻗은 로프 끝에 어머니가 목매달려 있었다.

설마 하고 다다미방의 장지문을 열어보니 장롱 맨 위 손잡이에서 뻗어 나온 끈에 할머니가 목매달려 있었다.

소리 없는 비명을 지르며 현관 밖으로 뛰쳐나가자, 눈앞에 사쿠라코가 늘어져 있었다. 2층 베란다에 누나가 목매달려 있었다.

나중에 알게 되었는데, 집 뒤편 옹벽에서 뻗어 나온 검은 뿌리 끝에는 아버지가 목매달려 있었다.

종장

 후쿠오카의 외할머니 댁에서 보낸 지 일주일이 지났다.

 그 집에서 아버지와 어머니, 사쿠라코, 그리고 오카야마의 친할머니가 목매단 일은 아주 또렷이 기억하고 있었지만, 쇼타는 아주 먼 옛날 일처럼 느껴졌다.

 경찰의 참고인 조사, 모모미를 보살피는 일, 급히 달려온 후쿠오카의 할머니에게 설명하는 일, 신문사와 잡지사의 집요한 취재, 장례식, 주변의 호기로운 시선……. 쇼타는 그런 것들과 혼자 맞서야 했다.

 물론 외할머니 키와코가 온 뒤로는 대부분 할머니가 맡아주었다. 그러나 어떻게 된 일인지 가장 잘 아는 당사자로서 어쩔 수 없이 쇼타가 나서야 할 때가 적지 않았다. 괴이한 사건인 만큼 어쩔 수 없는 일이었다.

경찰이 내놓은 견해는 일가족의 동반 자살이었다. 쇼타하고 모모미까지 끌어들이려고 했지만, 여의치 않아서 나머지 가족만 자살한 것으로 간주했다.

다만 자살 동기가 수수께끼였다. 현장 검증 결과, 아버지와 어머니가 주도한 동반 자살이 아니라 네 명이 **각자의 의사로 목매달았다**는 사실이 판명되었기 때문이다. 요컨대 거의 동시에 일제히 네 명이 스스로 목매달았다는 것이다.

당연한 일인지도 모르지만, 쇼타의 기괴한 이야기는 모조리 무시되었다. 믿어준 것은 외할머니 키와코와 코헤이, 그리고 코헤이의 어머니였고, 그 밖에는 삼류 주간지 정도였다.

코헤이의 어머니는 마치 자기 가족처럼 쇼타와 모모미를 돌봐주었다. 특히 후쿠오카에서 키와코가 달려올 때까지 두 사람의 보호자 역할을 했다. 그녀의 존재가 쇼타에게 얼마나 큰 힘이 되었는지 모른다.

지금 돌이켜보면, 쇼타는 목매단 어머니의 모습을 본 순간 모든 것을 알게 되었다는 기분이 들었다.

그 기분 나쁜 현상들이 무엇을 의미하는지 그제야 알게 되었던 것이다. 그때까지 완전히 착각하고 엉뚱한 대응책을 생각하며 우왕좌왕하던 문제에 대해, 겨우 올바른 판단을 내릴 수 있었다.

그 현상이란 물론 산 윗집에서 목격한 사람의 형체였다.

쇼타와 이케우치 토코가 목격한 것은 과거에 그 집에서 죽은 사람의 유령이 아니라, 이제부터 죽게 될 자기 가족의 미래 모습이었던 것이다.

다만 그것이 검은 형체였기 때문에 베란다에 서 있던 것이 소년(토코의 오빠)인지 소녀(사쿠라코)인지 구별이 되지 않았고, 다다미방에 있던 것이 할아버지(토코의 할아버지)인지 할머니(타에)인지 분간할 수 없었다. 나타난 장소가 같았기 때문에 자신과 토코가 목격한 형체가 같은 사람이라고 착각한 것도 무리는 아니었다.

토코는 2층 침대에서 두 개의 작은 형체를 목격했는데, 그것은 토코 자신과 여동생 리코의 미래 모습이 아니었을까?

어떻게 토코의 할아버지만 목매달았는지, 이케우치 가족이 언제 이사했는지, 어떻게 해서 그 집을 나왔는지 쇼타는 아무것도 모른다. 그러나 산 윗집에 계속 살았다면 언젠가 토코의 아버지와 어머니, 오빠와 여동생도 틀림없이 목매달았을 것이다. 아마도 토코와 리코는 2층 침대에 목매달았으리라.

목매단다…….

생각해보면 차례차례 세상을 뜬 타츠미 가 사람들의 죽음도 목과 관련이 있지 않았던가.

어떤 이는 아침을 먹다가 토란 조림이 목에 걸려서 질식사를 했다.

어떤 이는 창고에서 뱀한테 목이 감긴 채 쇼크사한 상태로 발견되었다.

어떤 이는 이른 아침에 타츠미 저택 앞 논바닥에 얼굴을 처박고 익사한 채로 발견되었다.

어떤 이는 세 번째 구획의 집 골조에 목매단 채로 발견되었다.

어떤 이는 마을의 맨션 건설 현장 근처에서 떨어진 철골에 깔려 죽었다.

어떤 이는 타고 가던 택시가 급브레이크를 밟자 갑자기 차문이 열려 도로로 떨어졌다가 뒤따라오던 차에 치여 죽었다.

첫 번째 질식사도 두 번째 쇼크사도, 목과 관련이 있다고 할 수 있었다. 다섯 번째와 여섯 번째도 조사해보면 둘 다 목뼈가 부러지지 않았을까? 아니면, 이 모든 것이 **억측**일 뿐인가. 생각이 너무 많아서 그런 걸까?

그 섬뜩한 두근거림은 우리 가족이 겪을 참극을 미리 알려준 것이었다…….

그런 생각에 쇼타는 견딜 수 없었다. 과거 느낀 세 차례 경험 중에 적어도 한 번은 사쿠라코를 구했다. 어머니와 아버지는 상관없었을지도 모르지만, 어머니를 구했을 가능성은 있다. 하지만 그 모든 것이 허사로 돌아갔다.

그렇게 울면서 호소하자 할머니는 뜻밖의 말을 했다.

예전부터 쇼타가 부모님과 누나에게 소외감을 느끼면서도 모모미에게는 깊은 애정을 느끼는 특이한 상황이 이어져온 것은, 지금의 이 운명을 예견하고 있었기 때문이 아닐까?

쇼타는 할머니의 말에 소스라치게 놀랐다. 사건이 일어나고 나서 그렇게 생각해본 적은 한 번도 없었다. 그러나 그 말을 듣고 보니 그럴 수도 있겠다는 생각이 들었다. 물론 그렇다고 마음이 편해지지는 않았다. 하지만 할머니의 뜻밖의 해석은, 시간이 지남에 따라 신기한 효과를 가져다주었다.

모든 것은 운명이었는지도 모른다.

그렇게 생각을 정리하는 것이 과연 좋은 일인지 나쁜 일인지는 별개로 하더라도, 최소한 쇼타가 그 사건의 충격에서 다시 일어서는 계기가 되었다.

─한시라도 빨리 그 자리를 벗어나서 두 번 다시는 관여하지 마라.

예전에 키와코 할머니가 말했던 대로, 그 마을에서도 그 산에서도 그 집에서도 벗어나 쇼타와 모모미는 지금 아주 먼 곳에 있었다. 두 번 다시 가까이 갈 생각이 없었다.

문제는 모모미였다. 아직 어려서 진실을 이야기해주는 것은 무리였고, 그렇다고 아무것도 모르는 유아도 아니었기 때문에 단순히 얼버무리고 넘어갈 수도 없었다. 모모미한테 어떻게 대처해야 할지 쇼타는 엄청난 고민에 빠졌다.

후쿠오카에 온 뒤로 모모미는 밤에 오줌을 싸곤 했다. 매일 우는 데다 특히 밤에는 어머니를 부르며 계속 울었다. 집 안에서 나는 소리, 비치는 그림자, 어떤 기척……, 그런 작은 것들을 몹시 무서워했다.

하지만 할머니는 아주 자연스럽게 모모미를 대했다. 하루하루를 보내면서 손녀와 놀아주고, 집안일을 거들게 하고, 다양한 일을 배우게 했다. 시간은 걸리겠지만 분명 할머니라면 모모미를 악몽에서 구해줄 것이다. 쇼타는 그런 희망을 갖고 있었다.

지금은 며칠 뒤에 맞이하는 오봉 준비로 할머니는 물론 쇼타와 모모미도 바빴다. 시골 특유의 풍습이 있기 때문에, 할머니가 올해의 오봉 준비는 제대로 해보겠다며 의욕에 넘쳤다. 최근 몇 년 동안 혼자 준비하기 힘들어서 간략하게 넘긴 모양이었다.

옛날 방식을 되살리는 것은, 말할 것도 없이 손자손녀의 의식을 오봉 행사로 돌리기 위해서였다. 게다가 할머니는 오봉이기에 가능한 효과도 노리고 있는 듯했다.

오봉에는 선조의 영이 돌아온다.

쇼타와 모모미가 아버지, 어머니, 사쿠라코, 친할머니와 다시 만나는 특별한 날이 오봉인 것이다. 아마도 할머니는 그 점까지 충분히 배려하고 있는 것이리라.

그뿐만이 아니었다. 오봉에는 나카미나미 코헤이가 찾아올 예정이었다.

할머니가 초대하는 형식으로 여비를 보내주기로 했다. 어머니 앞으로 보내면 꿀꺽해버릴지도 모르니 반드시 자기 앞으로 보내달라고 코헤이가 부탁했다. 여름방학 숙제를 같이 하는 조건으로, 새 학기가 시작될 때까지 머물러도 좋다는 허락을 할머니와 코헤이의 어머니에게 받아놓은 상태였다.

한편 타츠미 빌라 206호에 살던 코즈키 키미는 계단에서 굴러떨어졌는데도 가벼운 상처만 입었다. 그 사건이 있고 나서 고향에 있던 부모님이 그녀를 데리고 갔다고 한다. 쇼타는 죽지 않아서 정말 다행이라고 생각했다.

코헤이가 놀러 오면 분명 모모미에게도 좋을 것이다. 오봉 준비가 진행될수록 조금씩이나마 모모미도 마음의 안정을 되찾아가고 있었다.

그런데 오늘 아침 일이었다. 잠에서 깬 모모미의 기색이 심상치 않아 보여서 쇼타가 무슨 일 있느냐고 물어보니 묘한 소리를 했다.

쇼타(翔太)의 얼굴을 빤히 바라보더니, 모모미가 이렇게 말했던 것이다.

"오빠, 어젯밤에 하네타(羊翔太)란 이름의 양이 나왔어."